大庆师范学院学术著作基金项目成果
（14RW05）

花间集研究

赵 丽◎著

黑龙江人民出版社

图书在版编目(CIP)数据

《花间集》研究 / 赵丽著. — 哈尔滨：黑龙江人民出版社，2017.11
ISBN 978-7-207-11199-9

Ⅰ.①花… Ⅱ.①赵… Ⅲ.①词(文学)—作品集—中国—古代 ②《花间集》—研究 Ⅳ.①I222.82

中国版本图书馆 CIP 数据核字(2017)第 284265 号

责任编辑：崔　冉
封面设计：鲲　鹏　张雅男

《花间集》研究

赵　丽　著

出版发行	黑龙江人民出版社
地　　址	哈尔滨市南岗区宣庆小区 1 号楼
邮　　编	150008
网　　址	www.longpress.com
电子邮箱	hljrmcbs@yeah.net
印　　刷	北京万博诚印刷有限公司
开　　本	787×1092　1/16
印　　张	16
字　　数	200 千字
版　　次	2018 年 2 月第 1 版　2021 年 1 月第 2 次印刷
书　　号	ISBN 978-7-207-11199-9
定　　价	55.00 元

版权所有　侵权必究

法律顾问：北京市大成律师事务所哈尔滨分所律师赵学利、赵景波

序

吾生赵丽,十余年前,从吾攻读硕士学位之时,即以《花间集》为硕士论文之题目。卒业后,于教学之余,仍抱定此"一经"(王兆鹏先生即称《花间集》为词中之"经")苦心钻研,孜孜不怠,今日终于得见正果,诚可谓"十年磨一剑"矣!前日嘱吾为序,吾自当应命。读过全书,第一印象,是其对《花间集》之熟,此诚为研究之初关也。当今学界,风气浮躁,且沽名钓誉、滥竽充数者众;而沉潜涵泳、真心向学者寡。笔者即多见此种人,不读元典,偏能驰骋空论,则其所论,自何而来,固不待言矣。此即现下学界抄袭剽窃之风盛行之一内因也。吾当年指导学生,常反复聒噪诸生,必熟读原著,方可有真知灼见。今吾于赵丽文中见之也。其所论《花间集》诸作,信手拈来,称心而谈,如数家珍,心知其意,无不运用自如,此绝非隔膜者所能达之也。

印象之二,既突出重点,又覆盖全面。所谓突出重点,即以温庭筠、韦庄、李珣为三派之代表,专列一章,分别研究。此说虽有自来,然运用于花间词之研究,似未多见。尤其将李珣与温、韦并列,做单独之评析,确能言之成理,持之有故;亦可见作者之覃思独悟,予人以启迪也。所谓覆盖全面,即在三、四、五各章,全面列举概括其他词人之作,既见全书内容之丰满无遗,亦显结构之精巧也。

印象之三,详人之所略,重人之所轻。一部二十万字之学术著作,自

《花间集》研究
Huajianji Yanjiu

无法面面俱到,解决所有之问题。自宋代以还,凡涉花间词之研究者,夥矣!尤其近四十年来,对《花间集》之研究,无论宏观、微观,方方面面,实无所不到,蔑以复加矣。若欲觅新径,立新说,实难乎其难。然作者却能知难而进,对他人所略之处,则详之深之;他人所轻之处,则重之细之。如温、韦,学界所论,几乎题无剩义。作者则避免一般论述,极力向深细处开拓,使人不觉重复。而最见作者之深刻性与功力处,则在三、四、五三章。诚然,此三章之内容亦非作者首次提出,然就吾所见《花间集》之研究论著,诸如女性意识之觉醒,各种意象之深意,道教文化意蕴之阐发,实以作者之说最为深刻到位。其中如对"玉"意象之分析颇为精彩;而对道教文化浸润花间词香软艳丽等审美风格之分析,更是深入细密,层层如剥椒心,令人叹赏。

印象之四,作者行文多引西哲之语,诸多引语皆能与所论之内容深相契合,揭示吾国古代文化之精神与古典文学之审美特质。此亦昭示一种如何将西方之思想理论与吾国古典文学研究之相结合也。

望赵丽同学能多读书治学。

周奇文
2017.12.18

目 录

第一章 导 论 ······ 1
第一节 关于《花间集》的版本 ······ 1
第二节 关于《花间集》的校勘、注释 ······ 3
第三节 《花间集》研究综述 ······ 4
一、国内研究现状 ······ 4
二、国外研究现状 ······ 14
三、本研究的主要内容和方法 ······ 15

第二章 《花间集》的创作主体 ······ 22
第一节 温庭筠 ······ 22
第二节 韦 庄 ······ 40
第三节 李 珣 ······ 58

第三章 《花间集》中女性意识的凸显 ······ 76
第一节 唐前文学中女性形象的变迁 ······ 76
一、从半人半兽到半人半仙——古代神话传说中的女性形象 ······ 77
二、《诗经》中的女性形象 ······ 80
三、《楚辞》中女性形象的审美特征 ······ 92
四、汉代文学中的女性形象 ······ 96
五、南朝民歌中的女性形象 ······ 103

六、梁陈宫体诗中的女性形象 ………………………………… 106
　第二节　《花间集》中的女性形象 ……………………………… 110
　　一、丰富的身份类型 …………………………………………… 111
　　二、华丽奢靡的服饰 …………………………………………… 114
　　三、秾艳的妆容 ………………………………………………… 117
　第三节　《花间集》中女性意识的凸显 ………………………… 120
　　一、外在形象与内在情感的统一 ……………………………… 120
　　二、女性自我意识的觉醒 ……………………………………… 123

第四章　《花间集》的审美意象 ……………………………… 129
　第一节　自然意象 ………………………………………………… 132
　　一、花意象 ……………………………………………………… 132
　　二、月意象 ……………………………………………………… 141
　　三、春意象 ……………………………………………………… 148
　第二节　人文意象 ………………………………………………… 155
　　一、楼意象 ……………………………………………………… 155
　　二、帘意象 ……………………………………………………… 161
　　三、屏意象 ……………………………………………………… 170
　第三节　梦意象 …………………………………………………… 184
　　一、梦境描写所涉及的题材范围 ……………………………… 185
　　二、朦胧缥缈、迷蒙浪漫的意境 ……………………………… 197

第五章　《花间集》中的道教文化意蕴 ……………………… 206
　第一节　《花间集》的道教文化意蕴之表征 …………………… 210
　　一、紧承道曲的词牌 …………………………………………… 210
　　二、浸润道教的题材内容 ……………………………………… 216
　　三、反映道教的意象经营 ……………………………………… 224

第二节 《花间集》的道教文化意蕴之成因 …………………… 227
一、特殊的时代文化背景——唐五代的崇道之风 ………………… 227
二、创作主体的道教情结 ……………………………………… 230
第三节 道教文化对花间词风格的影响 …………………………… 234
一、对男女性爱的大胆直露的描写直接促成了花间词华艳媚俗的审美风格 ……………………………………………………… 235
二、对神仙世界的向往与追求促成了花间词浪漫清绮的审美风格 ……………………………………………………………… 237
三、道教尚阴的思想促成了花间词阴柔的审美风格 ……………… 238
后　　记 …………………………………………………………… 247

第一章 导 论

结集于后蜀广政三年(940年)的《花间集》共收录晚唐五代时期十八位文人的五百首作品,作为中国文学史上第一部文人词总集,在词史上更占有极为重要的地位。它真实地反映了我国早期文人词创作的题材取向、审美情趣和艺术风尚,奠定了以"婉约"为正宗的词学观念,被誉为"倚声填词之祖"[1]。同时也集中地体现了词这种独特的抒情文学样式由民间里巷的胡夷之曲走向文人骚客的笔端案头的历史进程。自其产生以来的千余年间,多少诗人词客、先贤时人对其产生了浓厚的兴趣,或效仿创作,或校注评译,对当时及后世词体的发展产生了深远的影响。

第一节 关于《花间集》的版本

《花间集》自产生以来即受到社会的极大关注,历代选家、作家、评论家从多种角度挖掘其内在的意蕴,不乏精妙的分析和深刻的见解。据统计,仅《词话丛编》收录的有关花间词总评的条目就有二百多条,对十八位花间词人的评点达七百三十多条。一部作品的流传得益于它的刊刻和选录。自五代至清,《花间集》以各种体例和样式被刊刻出版。

《花间集》研究

历代选家根据自己的审美标准和编撰原则,选录《花间集》的名家名作,对其传播后世起到了助推作用。

对《花间集》版本的研究要追溯到二十世纪初的赵尊岳先生,他在《词学季刊》第三卷第三号《词籍提要·花间集十卷》中对《花间集》的版本进行了简要的叙述。虽未为详尽,但属首涉其端。其后经李一氓、施蛰存、饶宗颐的梳爬整理,《花间集》的各种版本情况逐渐清晰明朗。

现存最早的版本为南宋绍兴十八年(1148年)晁谦之建康刻本(1955年古籍刊行社影印本)。在该刻本的序中,晁谦之曰:"建康府有旧本,比得往年例卷,犹载郡将监司僚之行,有《六朝实录》与《花间集》之赆。又他处本皆讹舛,乃是正而复刊,聊以存旧事云。"从这段话中我们可以推断,在晁谦之的刻本前应该还有北宋版的《花间集》,可惜已亡佚。北宋时期《花间集》和《六朝实录》是官吏往来馈赠的礼品,1126年宋室南渡后曾一度废除教坊,实行乐禁,直至1142年才开放乐禁。另一个印证是毛扆在《汲古阁秘藏本书目》中所记"北宋版《花间集》四本,八两"[2]。明正德十六年(1521年)陆元大刻本,据晁谦之刻本影刊,改正了部分错字,颇精善。万历八年(1580年)茅氏凌霞山房刻本(附明温博辑《花间集补》两卷及明茅一桢撰《音释》两卷)、明万历壬寅(1608年)玄览斋刻本(附温博《花间集补》两卷,《四部丛刊》本据此影印)、明万历年间吴勉学师古斋刻本、明天启甲子(1624年)钟人杰《花间草堂》合刻本、明嘉靖年间震泽王延喆刻本、明张尚友刻本、明末雪艳亭活字本、清光绪十四年(1888年)徐干刻《邵武徐氏丛书》本和民国吴昌绶的《双照楼本》(《景刊宋金元明本词》),近代《四部丛刊》本又分别据陆刻本影刊和校刊。

其次是淳熙年间的鄂州刻本。清末王鹏运的《四印斋所刻词》本据宋鄂州本影刊,宣统年间上海书坊依王氏刻本的石印本、中华书局《四部备要》本、世界书局铅印本也是据鄂州本校印。

明末毛晋汲古阁刊《词苑英华》本《花间集》，出自南宋开禧间刊本（原本佚），《四库全书》本又出自毛本。

明万历庚申（1620年）闵映璧朱墨套印本汤显祖评《花间集》，这是《花间集》第一个有评语的版本。此本将原本的十卷合为四卷，每卷首下题："唐赵崇祚集，明汤显祖评"。

此外，明清两代流传的抄刻本还有明吴讷辑《唐宋名贤百家词》本、明紫芝漫抄《宋元名家词》本。

第二节　关于《花间集》的校勘、注释

二十世纪初期，王国维先生最早对花间词进行了辑录校勘，形成《唐五代二十一家词辑》。除《花间集》十八位词人外，还有李璟、李煜、韩偓三家。

到了二十世纪三四十年代，开始出现对《花间集》整理和校注的成果，如华连圃的《花间集注》（1935年）。它以明万历玄览斋巾箱本为底本，以南宋晁谦之刊本、明末毛晋汲古阁刊《词苑英华》本、清末王鹏运的《四印斋所刻词》本为副本，同时参照《尊前集》《金奁集》《花草粹编》《词综》《词谱》《词律》《历代诗余》《全唐诗》等刻本，详细介绍作者的生平、著述、集中的词调、典故等情况，收录了历代对花间词的评语，同时作者以"栩庄漫记"为名写下了二百多条评语，可谓评注结合。

李冰若的《花间集评注》[3]，汇集了历代学者对词人的本事及词作的评论、笺注，集校、注、评于一体，考证词人的事迹、词作背景，分析透辟，有较高的学术价值，是花间词的研究者参考征引的重要资料。

《花间集》研究

到了二十世纪五十年代,出现了李一氓的《花间集校》[4],本书博采众本,参校了南宋绍兴十八年(1148年)晁谦之本、南宋鄂州册子本和明、清诸佳本,此外还吸收了王国维的《唐五代二十一家词辑》中的校勘成果,是目前校勘最为完善精细的校本,对研究《花间集》原文有借鉴价值。

二十世纪八十年代,华钟彦的《花间集注》[5],李谊的《花间集注释》[6],沈祥源、傅生文的《花间集新注》[7]相继问世。其中李谊以李一氓的校本为底本,又参阅了其他的版本,对词中的名物、服饰、地名、典故、史实加以注释,对于初读者理解词意有帮助。沈祥源、傅生文的注本中有简要的词意理解和艺术分析,适于一般读者的阅读,对花间词的普及推广功不可没。

二十世纪九十年代出现的注本有崔黎民的《花间集全译》[8]、于翠玲注《花间集》《尊前集》[9]、陈红彦等校《花间集》《尊前集》(附温博《花间集补》)[10]。

第三节 《花间集》研究综述

一、国内研究现状

二十世纪对《花间集》的研究总计有十部专著,五百六十六篇论文。研究内容经历了由早期的文献资料搜集与考证,到后来对美学意蕴、风格体貌、理论思想以及艺术鉴赏等多方面的探求的过程。

早期学者致力于总集的整理工作,有王国维的《唐五代二十一家词辑》、林大椿的《唐五代词》、刘毓盘的《唐五代宋辽金元名家词》等总集问世。二十世纪二十年代,学者关注的重点是温庭筠和韦庄,如陈鳣的《温庭筠》[11]、何寿慈的《韦庄评传》[12]、唐圭璋的《温韦词之比较》[13]。

二十世纪三四十年代,研究者的目光主要集中在《花间集》的整理和校注方面。有华连圃的《花间集注》(1935年)、李冰若的《花间集评注》(1935年)。夏承焘的《温飞卿系年》《韦端己年谱》是生平事迹考证的奠基之作。伊砆的《花间词人研究》[14]是研究花间词人的首部专著。

二十世纪五十年代末,李一氓的《花间集校》(1958年)收集了《花间集》所有版本,品评优劣,厘清源流。五六十年代,由于受"思想性""人民性"的影响,对花间词的评价几乎都是贬斥之词。如"《花间集》所录是'专以描写女人为能事的词'","蹈袭温庭筠香软的后尘","内容却显得更加颓靡,风骨也尤见莠弱"。[15]再如"绝大多数作品都只能堆砌华艳的词藻来形容妇女的服饰和体态,题材比温词更狭窄,内容也更空虚","片面发展了温词雕琢字句的一面,而缺乏意境的创造","在词的发展史上形成一股浊流"。[16]

二十世纪八十年代以前的研究主要停留在词人的生平考证,作品的思想性、艺术性阐释,赏析类的文章比较多,成果散见于词史、文学史及相关的词学论著中。这些论著肯定了花间词的艺术成就和其后对宋词的影响。在经历了二十多年的学术沉寂之后,自二十世纪八十年代以来,随着唐五代词总集的逐步汇编,词学研究者采用新思维、新视角、新方法,研究的范围涉及心态、意象、女性意识、创作模式、文化学、社会学、美学等方面。吴熊和、刘扬忠、余传棚等人将花间词视为中国词史上第一个成熟的风格流派,王兆鹏提出了"花间范式"的概念,陶亚舒尝试从社会学、文化学的视角来研究。

对花间词的题材内容和艺术风格的论析一直延续至今。如吴世昌

《花间集》研究

的《花间词简论》[17],沈祥源、傅生文的《儿女情多,风云气少——花间集内容新评》[18],张富华的《花间词评价质疑》[19]。比较有代表性的是缪钺的《花间词平议》[20],该文针对前人对花间词的责难而指出,花间词多艳情之作的原因在于诗词各自不同的分工和演唱者的身份,并且肯定了花间词清婉蕴藉的特点。缪钺的观点对后来的研究者影响很大。

二十世纪九十年代以来,人们对于花间词的题材研究有了进一步的拓展。何尊沛在《论"花间词"的题材类型》[21]中指出,花间词的题材类型绝非"艳情""绮思"所能概括。实际上,花间词题材丰富、内容多样,涉及闺怨、相思、咏史、边塞、田园等二十多种。闵定庆写了《论〈花间集〉里的边塞词》[22]《论花间词人的咏史怀古词》[23]两篇文章,后文指出《花间集》虽然仅有十余首咏史怀古词,但它率先将咏史、怀古题材引进词苑,具有首创之功。这些词改造和深化了晚唐咏史诗的创作范式及其审美趣味,确立了一种特殊的历史认知图式和人文精神境界,开创了咏史怀古词女性化、柔艳化的先河,影响了后人的创作。此外,还有刘古卓的《五代花间词题材另说》[24]、房开江《试论花间词中男女相思情有别》[25]。

对花间词的艺术风格进行探讨的文章有张式铭的《论"花间词"的创作倾向》[26]、刘扬忠的《关于花间词的风格与流派》[27]、何尊沛的《从〈花间集〉看词的离合艺术》[28]《论五代前后蜀词风》[29],后文指出花间派对后世词的创作影响深远,使"词为艳科""以婉约为宗""诗庄词媚"的词学传统由此确立,导致"本色当行"的婉约词成为千年词坛的主流;同时经过前后蜀词人对多种题材及风格的大胆探索和尝试,也有效开启了千年词坛风格流派多样化的端倪。类似的文章还有欧明俊的《花间词风格新论》[30],朱恒夫《论花间词的艺术》[31],刘果的《抒花间

哀乐 启婉约风范——论花间词》[32]，曹治邦、魏洁瑛《简论花间词派的艺术成就》[33]等。

传统的比较研究仍在继续。如"花间词"与"宫体诗"、西蜀词与南唐词、温韦的比较，等等。这方面的文章有黎烈南的《温、韦的创作实践与词的审美特质》[34]。杨新民的《花间南唐词风臆说》[35]一文通过花间词同南唐词的对比指出，南唐词改变了花间词的脂粉气，在词中融入了更广阔的对人生和生命的思考。吴惠娟的《试论西蜀词与南唐词风格的异同》[36]则认为，西蜀词与南唐词都具有晚唐五代词风共同的时代特征，即绮艳婉丽。但因二者所处的地域不同，从而形成了西蜀词与南唐词的地域风格差异。西蜀词的地域风格浓艳绵密，崇尚的是温庭筠的词风；南唐词的地域风格清丽疏淡，崇尚的是韦庄的词风。并指出南唐词风对北宋前期的词坛创作影响很大。傅蓉蓉的《女性：宫体与花间》[37]一文从女性形象入手，比较宫体诗与花间词在形象塑造上的差异：前者较后者表现为更大程度上的"物象化"，后者较前者则体现出鲜明的世俗化与放荡化特征。通过对这两组文本的系统考察，剖析特定的时代诗学范型、宗教文化、艺术审美观，以及文体特质对意象塑造的决定性影响。

从二十世纪八十年代开始，学者们将研究的视角不断地拓宽，从心态、意象、女性意识、创作模式、文化学、社会学、美学等方面来探讨和分析花间词的艺术特色。

关于意识方面。叶嘉莹在《从女性主义文论看〈花间词〉之特质》[38]中运用西方女性主义文论中的女性形象、女性语言等理论探讨了花间词美学特质的成因，观点新颖独特，对当代词学有重要的影响。鞠泓的《词之为体如美人——从〈花间集〉看词的女性化特质》[39]认为，《花间集》奠定了词作为一种新兴诗歌形态的体式规范，她以其题材的

《花间集》研究

香艳性、情调的柔媚性、风格的婉约性等一系列女性化特征,展现了"词别是一家"的独特美学价值。相关的文章还有杨雨的《论〈花间集〉对宋词女性意识的奠定》[40]和高文利的《〈花间集〉与宋词女性意识之论说》[41]。

关于词人心态方面。欧明俊的《花间词与晚唐五代社会风气及文人心态》[42]认为,花间词是晚唐五代社会享乐之风的产物,它反映了当时文人感伤、悲慨、颓唐、放逸、孤独、贪乐等心态,是时代心灵的艺术记录。文章认为,花间词集中体现了时代的审美趣味,它为应歌而作,功能是娱乐、消遣,在历代传播过程中发生一些变异。诸多特色皆可从社会风气及文人心态中寻找答案。张兴武的《唐末五代词人的心态与词风的嬗变》[43]则通过全面考察唐末五代词人心态与词风的嬗变轨迹,揭示出儒道传统的丧失、家国观念的淡漠以及无可奈何的乱世心态,为五代词创作的初兴提供了历史和文化的契机。针对前人关于五代词创作与乱世君臣荒淫生活关系的论述,明确指出,放诞荒淫本身绝难造就五代词创作的初步繁荣。客观冷静的论析为我们正确地认识五代词提供了可资借鉴的蓝本。

意象方面。二十世纪九十年代,意象分析受到普遍重视。王世达的《花间词意象运用特点的社会文化学分析》[44]一文将花间词的意象归结为五类:人物情态、动物、植物、天候与场景,意象的范围比较狭窄。花间词体现了一种娱乐消遣功能,表现出俗文化的特征。相关的文章还有周建国的《论花间词中的鸟类意象》[45]、涂昊的《〈花间集〉中的月亮意象》[46]。

地域文化及社会风气方面。较早注意到社会风气对花间词的影响的是关宁的《五代世风与花间词》[47]一文,作者从士大夫济世抱负的无法实现促使其寻求功业外的精神慰藉、两蜀帝王的好尚及女性成为士

第一章 导 论

大夫失落情感的对象化载体三方面剖析了花间词风与五代世风的密切关系,以及花间词风的成因。

刘尊明在《论五代西蜀的"花间词风"与"花间别调"》[48]中指出,温馨热烈、浓艳绮丽,甚至是淫靡流荡的"花间词风"是与齐梁时代宫体诗风分不开的,但它更主要的是受到西蜀宫廷享乐风气的影响和城市游乐生活的熏染。"花间词人"在将唐五代文人词推向"雅化"与"艳化"道路的同时,也开始显露出"异化"与"俗化"的发展趋向。这与五代特殊的政治文化环境尤其是城市文化的影响有关,也为北宋以柳永为代表的慢词作家通俗真率词风的形成导夫先路。此外,还有刘扬忠的《五代西蜀词的地域文学特色》[49],文章指出,西蜀词的地域文学特征主要表现在对蜀中自然风光的描写、对本地城市(主要是成都)社会生活的反映和对城乡民俗风情的歌咏等方面。

创作模式和编纂背景方面。相关的文章有闵定庆的《花间词创作的情景模式》[50]《〈花间集〉采集策略的文化阐释》[51],罗争鸣的《〈花间集〉编纂背景及编纂原则探析》[52]。其中闵定庆的《花间词创作的情景模式》一文认为,大多数花间词的表达过程是一个叙事过程,以一个较为完整的故事情节、情景来实现情感的抒发。同时,由于女主人公活动空间狭小,叙述过程便在一个特定的时空画面内展开,几乎与女主人公的心绪保持着"同一"的节奏感。因此,花间词发展出了一种与唐诗迥然不同的叙述性抒情风格。罗争鸣的文章总结了《花间集》的编纂原则体现在五个方面:集名雅致,序文华丽;体例匀整;专收文人词;不收过分轻艳之词;扩大词集含量。

也有一些文章是专门研究《花间集》的词学观点的。如贺中复《〈花间集序〉的词学观点及〈花间集〉词》[53]、彭国忠的《〈花间集序〉:一篇被深度误解的词论》[54]、邹祖尧的《〈花间集〉琐议》[55]、邓建的

《花间集》研究

《"花间词评"研究》[56]、李亚峰的《〈花间集〉评议》[57]、吴文丁的《汤显祖评〈花间集〉及其它》[58]。其中比较有创见的是贺中复的《〈花间集序〉的词学观点及〈花间集〉词》。文章认为，欧阳炯的《花间集序》中否定了而不是像以往学者那样肯定宫体歌辞。这篇序文及时总结了晚唐温庭筠以来的文人词创作实践，提出了有代表性的词学观点：歌辞一体与诗不同，别具特征。并且首次提出"诗客曲子词"这一概念，指出了文人词与民间词的分野。将歌辞的源流上溯到周穆王时西王母的《白云谣》，指出词起源于古乐歌，其前身则是合乐而歌的古乐府。虽然《花间集序》作为词论之始在观点上还存在明显的局限，但其词之为体的理论首次得到关注，对后世的词学观点有开创之功。

宗教方面。二十世纪八十年代，由于受"文化热"的熏染，从文化学的角度研究花间词的专篇论文开始出现。研究者注意到宗教文化，尤其是道教文化对词的影响。最早出现的文章是葛兆光的《瑶台梦与桃花词——兼论道教与晚唐五代文人词》[59]，该文通过对两种关系——道教曲调语词的关系及唐代女冠与文人词创作的关系的论析来洞察道教对晚唐五代文人心理的影响。葛兆光对道教与唐五代文人词关系的探讨开启了后人研究的滥觞。其后的陶亚舒在《略论花间词的宗教文化倾向》[60]中分析了花间词意象的道教文化倾向及其形成的原因。他指出，花间词对神仙故事的使用在题材上有共趋性，在艺术表现上有复现性。刘尊明的《唐五代词与道教文化》[61]论析了唐五代词作为音乐文学在宗教领域和世俗社会这两方面受道教文化影响的情况。对唐五代的道教歌词（以敦煌写卷为主）和世俗歌词（包括民间词与文人词）分别进行考察与探讨。他总结了道教对唐五代词的影响："神道故事传说或仙道境界有力地刺激了想象力的发挥，酿造出奇幻瑰丽的艺术氛围和美学境界"；道教文化的浪漫世俗情调促成了唐五代词"浓艳绮丽"的风格;"道教文化清幽高雅"的特征赋予了唐五代词"清新婉丽,空灵缥缈之美"。尚立新的两篇论文都是从道教音乐的角度来探讨其对唐五代词艳情化的影响。这两篇文章分别是《道教与唐五代仙道艳情词》[62]《道教音乐与唐五代词》[63]。杨子江《论花间词的道教文化意蕴》[64]从词牌、意象、成因三个方面探讨了花间词中的道教文化意蕴。文中指出,道教文化刺激了词人想象力的发挥,形成了花间词浓艳绮丽的色彩和空灵缥缈的美感。但是总体上讲,该文沿袭葛兆光的《想象力的世界》和刘尊明的《唐五代词与道教文化》,似乎是二者的翻版,没有大的超越。高锋的《花间词研究》[65]一书在对"女冠题材的文化意蕴"的阐述分析中论述了道教文化对花间词题材及审美特质的影响,从微观的视角对花间词中的道教题材作了详尽的解析。

以上提及的文章,或是从题材的角度,或是从词牌、意象的角度,或是从音乐的角度来论述道教文化对唐五代词的影响,为我们的研究打开了思路。但是大部分文章把《花间集》仅作为唐五代词中的一个范例,无论在研究的深度还是广度上都有待进一步的开拓。对于花间词中的道教文化意蕴的挖掘,无论是在宏观的审视还是微观的论析方面都显得薄弱,对于具体的作品的阐述分析更是凤毛麟角。以往的研究,通常将道教文化作为文学的背景来探讨,实际上道教文化对文学创作的影响固然重要,文学反过来对道教的传播、接受亦不容忽视。

审美特质方面。从美学的角度研究花间词的文章有乔力的《肇发传统:论花间词的审美理想与功能取向》[66],文章指出,花间词适应并助长了晚唐五代王族贵宦灯酒喧沸、弦歌继夜而上下竞相奢华的风气,选择了香艳绮靡的内容和纤秾精丽的风貌,开启了曲子词艳科娱人的传统,逐渐形成了一种创作定式,发展为词的艺术主流。王鹏的《温柔的叛逆——〈花间集〉艳风新论》[67]一文指出,正统的诗文审美情趣有

《花间集》研究
Huajianji Yanjiu

二:儒家的现实情志和释道的超然理趣。《花间集》以爱情为主体,人性意味浓重,呈现出对正统文学审美情趣的背离。此外,还有岳继东的《花间词对"词为艳科"观念的影响及其意义》[68]、孙立的《花间词审美感知的表现特征》[69]。

对花间词人的研究方面。对花间词人的研究主要分为群体研究和个体研究,其中进行群体研究的是陈尚君和高锋。陈尚君的《花间词人事辑》[70]一文对《花间集》的编纂者赵崇祚和温、韦以外的十六家词人的生平及著述情况做了全面的辑录考证,文后附有《花间词人年表》。该文为研究花间词人的生平及创作提供了翔实的、可资借鉴的材料。高锋在他的著作《花间词研究》中用专章全面地论析十八位花间词人的个性风格,分析论述精到、全面。

在对花间词人的个体研究中,投注笔力最多的是温庭筠、韦庄。近二十年来,对温、韦的研究主要集中在艺术成就方面。如杨海明的《"心曲"的外物化和优美化——论温庭筠的词》[71]、邓乔彬的《飞卿词艺术平议》[72]、陈如江的《温庭筠词论》[73]等。还有一些文章从多角度、多侧面论析温词。如徐匋的《温庭筠词色彩美论析》[74]、黎烈南的《谈谈温庭筠词中的女性形象》[75]、李静的《"落红"亦是有情物——略析温庭筠词的情感定位》[76]。二十世纪二十年代开始出现比较温、韦的文章。这方面较早入手的是唐圭璋,他的《温韦词之比较》[77]首开先河。八十年代以后,二者的比较呈现出多视角、多方面的局面。如袁行霈的《温词艺术研究——兼论温韦词风之差异》[78]、乔力的《温韦词的意象交迭与分流——两种审美模式比较》[79]、高国藩的《论温韦词叙写感情的艺术性》[80]等等。

除温、韦外,孙光宪的成就最大,因此其研究者也最多。有关孙光宪生平的文章有吴金夫的《关于孙光宪的词及其生平的几个问题》[81]、庄学君的《孙光宪生平及其著述》[82]、刘尊明的《花间词人孙光宪生平事迹考证》[83]等。论及孙词风格的有朱德慈的《别异温韦另一家——试论孙光宪的词》[84]、陈如江的《孙光宪词论》[85]、刘尊明的《来自"花间"超出"花间"——论荆南词人孙光宪的创作成就》[86]等。

李珣因其波斯血统,也吸引了众多研究者的眼球。有关他生平的文章有张思齐的《词人李波斯》[87]、程郁缀的《五代词人李珣生平及其词初探》[88]等等。专论李珣词风的文章有陈如江的《李珣词论》[89],高人雄的《从主题分类看李珣词的独特品质》[90],路成文、刘尊明的《花间词人李珣词风的文化阐释》[91],等等。

除以上论及的四位词人外,对欧阳炯、毛文锡、毛熙震、牛峤、薛昭蕴、张泌等人也有所论及,只是投之笔力寥寥,对花间词人的研究还有待更进一步地深入。

刘尊明、白静在论文《20世纪〈花间集〉研究的回顾与反思》[92]中,对二十世纪《花间集》的研究成果包括词集校勘、选注、评议、作家生平事迹的考证、理论探讨与艺术风格研究等方面,进行了检索统计并对所收集的数据进行了定量分析,可以作为对二十世纪《花间集》研究的一个总结。在论文的最后,刘尊明先生指出了二十世纪《花间集》研究存在的弱点和不足之处:作者生平事迹的缺失与存疑、体性分析的程式化、重"大家"轻"小家"、研究选题的大量重复等等。除去客观因素之外,文化意识、文学观念与研究方法的限制也不容忽视。该论文回顾全面、反思深刻,为新世纪的《花间集》研究指明了方向。

二十一世纪以来的十五年间产生了四部专著,五百九十一项研究成果(包括学位论文类成果)。新世纪前十五年的成果比二十世纪成果总和还要多,学界对花间词的关注有递增的趋势。五百九十一项研究成果中,针对作家个体的研究总计三百六十五项,主要集中在温、韦(温

《花间集》研究
Huajianji Yanjiu

庭筠一百九十七项,韦庄七十二项,孙光宪二十四项,李珣二十项,欧阳炯十项),而针对鹿虔扆、薛昭蕴、魏承班、阎选、毛熙震等词人至今还没有单篇的论文出现,重"大家"轻"小家"的现象依然存在,对花间词人的研究还有拓展的空间。理论思想与艺术风格研究依然是研究的热点,成果有一百二十三项,其中也存在研究选题集中的现象。

二、国外研究现状

国外学者关注最多的是温庭筠和韦庄。美籍学者孙康宜运用文体学方法对温、韦词的语言现象进行了深入研究,出版了《晚唐迄北宋词体演进与词人风格》[93]《词与文类研究》[94]两部著作。余宝琳(Pauline Yu)的《词与典籍:论词的选集》(1994年)指出,词独特的美学原则使词有独立的领域,在公众政治情怀表达之外的情感成为词的独立空间。Anna M. Shields 的《创作文集:〈花间集〉的文化背景与诗学实践》(2006年)对花间词产生的社会文化背景和花间词人的创作技巧进行了讨论。叶嘉莹借用西方理论对花间词加以诠释和评价,形成了独特的"西学中用"词学研究范式。日本学者村上哲见认为"绝望与孤独感"是温词的本质内核[95]。青山宏试图通过文献检索和意象统计的方法来分析温庭筠、韦庄、孙光宪、李珣和顾夐等词的特征和词人的倾向性[96]。泽崎久和指出,花间词以温词为沿袭,在主题、语汇、场景方面表现出一致性[97]。中原健二从修辞的角度写了《温庭筠词的修辞:以提喻为中心》[98]。韩国学者的成果以郑宪哲为代表,有《花间词考》[99]《韦端己词考》[100]《〈花间集〉与〈尊前集〉比较研究》[101]。还有柳种睦的《韦庄词研究》、李钟振的《温韦词风格比较研究》、柳明熙的《晚唐五代文人词意境研究(2):以西蜀词为中心》、申铉锡的《韦庄词研究》和郑台业的《花间词与晚唐五代的都市文化》。

三、本研究的主要内容和方法

(一) 研究内容

本书共分为五章。第一章导论,主要对《花间集》的版本、校勘、注译和国内外研究现状进行梳理、归纳与评析。第二章创作主体研究。李冰若在《栩庄漫记》中将花间词人分为三个派别:"镂金错彩,缛丽擅长,而意在闺帷,语无寄托者,飞卿一派也;清绮明秀,婉约为高,而言情之外,兼书感兴者,端己一派也;抱朴质实,自然近俗,而词亦疏朗,杂记风土者,德润一派也。"第二章就是按照李冰若的分法,分别从三个派别中各选取一位代表性的词人为典型——温庭筠、韦庄、李珣,对这三位代表性词人的创作进行全面剖析。第三章以大量的文献记载为依据,通过对唐前文学中的女性形象与《花间集》中女性形象的对比分析,指出《花间集》中的女性形象已经呈现出独立的个体意识,花间词人笔下的女性从传统诗文符号化的桎梏中解脱出来,实现了女性形象的本色化和抒情的主体化,开拓了创作视角,标志着诗歌男性化审美倾向的暂时终结,女性的自我意识逐渐觉醒。第四章对《花间集》中的审美意象进行阐释分析。将《花间集》中的意象分为两大类,一类为自然意象,如春、花、鸟、月、风、雨等大自然中客观存在的景象;另一类为人文意象,指楼台、帘、屏风一类由于人类的生产活动的参与而产生的物象。梦意象作为一种特殊的精神活动,单独列一节来进行分析。第五章主要探讨《花间集》中道教文化意蕴的表现、成因及其对花间词风格的影响。《花间集》中的词牌、题材内容、意象表现出浓厚的道教文化意蕴;唐代崇道之时代风习为词人的成长提供了广阔的文化背景和驰骋的空间,巴蜀地域文化又为词人的创作培植了丰厚的土壤。道教文化对《花间集》的影响直接促成了花间词华艳媚俗、浪漫清绮的审美风格,呈现出自具风貌的"香而软"的词风,开创了"词为艳科"的题材规范,树立了词体的正宗。

(二)研究方法

1.宏观与微观相结合的研究方法。宏观上整体把握《花间集》研究现状,微观上从创作主体、女性形象、审美意象和道教文化等方面具体探讨,结合大量的文本分析,揭示其与花间词风格的内在联系。

2.文献研究方法。通过搜集整理学界对《花间集》研究的资料,以及文学史、文化史等相关的文献资料,力求广泛涉猎资料,全面详细地占有材料,保证研究结论的科学性。

3.跨学科研究方法。解读《花间集》蕴含的女性意识、审美意象和道教文化意蕴,需要将花间词纳入社会文化的视野中来进行观照,涉及宗教、民俗、文化等领域,因而需要结合多学科知识,如此才能准确地阐释其蕴含的文学和文化意义。

【注释】

[1][宋]陈振孙:《直斋书录解题》,上海古籍出版社1987年版,第614页。

[2]转引自《词集书目集录》,《词学》第八辑,华东师范大学出版社1990年版,第216页。

[3]上海开明书店1935年版,人民文学出版社1993年重排本,河北教育出版社1999年重排本。

[4]人民文学出版社1958年版。

[5]上海商务印书馆1935年版,中州书画社1983年重印。

[6]四川文艺出版社1986年版。

[7]江西人民出版社1987年版。

[8]贵州人民出版社1997年版。

[9]华夏出版社1998年版。

[10]辽宁教育出版社1998年版。

[11]《国立北平图书馆月刊》第2卷,1929年第1期。

[12]《中国文学季刊》创刊号,1929年。

[13]《东南论衡》第1卷,1926年第26期。

[14]上海元新书店1936年版。

[15]中科院文学所:《中国文学史》第2册,人民文学出版社1962年版,第531页。

[16]游国恩等:《中国文学史》第2册,人民文学出版社1963年版,第258页。

[17]《文史知识》第10期,中华书局1982年。

[18]《武汉大学学报》,1986年第4期。

[19]《新疆大学学报》,1988年第4期。

[20]选自《俞平伯先生从事学术活动65周年纪念论文集》,中华书局1986年版。

[21]《四川师范学院学报》(哲学社会科学版),1995年第5期。

[22]《深圳教育学院学报》,2000年第1期。

[23]《中国韵文学刊》,2000年第1期。

[24]《邵阳师范高等专科学校学报》,1999年第1期。

[25]《六盘水师专学报》,1999年第3期。

[26]《文学遗产》,1984年第1期。

[27]《光明日报》,1986年8月26日。

[28]《四川师范学院学报》(哲学社会科学版),1989年第4期。

[29]《西华师范大学学报》(哲社版),2003年第6期。

[30]《绍兴师专学报》,1992年第1期。

[31]《江苏教育学院学报》(社科版),1996年第1期。

[32]《求索》,1997年第4期。

[33]《甘肃社会科学》,2000年第1期。

[34]《首都师范大学学报》(社科版),1997年第3期。

[35]《内蒙古社会科学》,1997年第3期。

[36]《上海大学学报》(社会科学版),1999年第4期。

[37]《临沂师范学院学报》,2001年第6期。

[38]《社会科学战线》,1992年第4期。

[39]《连云港师范高等专科学校学报》,2002年第4期。

[40]《吉首大学学报》,2002年第3期。

[41]《齐齐哈尔大学学报》(哲学社会科学版),2003年第3期。

[42]《福建师范大学学报》(哲学社会科学版),1996年第3期。

[43]《杭州师范学院学报》,2013年第6期。

[44]《成都大学学报》(社会科学版),1991年第2期。

[45]《杭州师范学院学报》,1996年第5期。

[46]《衡阳师专学报》(社会科学),1995年第4期。

[47]《桂林市教育学院学报》,1999年第4期。

[48]《社会科学研究》,2000年第6期。

[49]《文史知识》,2001年第7期。

[50]《学术研究》,2002年第7期。

[51]《中国文化研究》,2002年春之卷。

[52]《天津大学学报》(社会科学版),1999年第2期。

[53]《文学遗产》,1994年第5期。

[54]《学术研究》,2001年第7期。

[55]《合肥学院学报》(社科版),2004年第3期。

[56]《湛江海洋大学学报》,2004年第2期。

[57]《沈阳师范大学学报》(社会科学版),2004年第5期。

[58]《抚州师专学报》,2000年第3期。

[59]《江海学刊》,1988年第4期。

[60]《贵州社会科学》,1994年第1期。

[61]《社会科学战线》,1997年第3期。

[62]《山西大学学报》(哲学社会科学版),2000年第1期。

[63]《晋阳学刊》,2000年第4期。

[64]《上海大学学报》(社会科学版),2000年第3期。

[65]江苏古籍出版社2001年版,第102页。

[66]《江西社会科学》,1997年第6期。

[67]《苏州大学学报》(哲学社会科学版),2002年第1期。

[68]《河南师范大学学报》(哲学社会科学版),1997年第6期。

[69]《青海社会科学》,1994年第1期。

[70]《俞平伯先生从事文学活动65周年纪念论文集》,成都巴蜀书社1992年版。

[71]《文学评论》,1986年第4期。

[72]《社会科学战线》,1984年第4期。

[73]选自《唐宋五十名家词论》,华东师大出版社1992年版。

[74]《晋阳学刊》,1984年第4期。

[75]《文史知识》,1994年第2期。

[76]《牡丹江师范学院学报》(哲学社会科学版),1997年第2期。

[77]《东南论衡》第1卷,1926年第26期。

[78]《学术月刊》,1986年第2期。

[79]《社会科学战线》,1991年第2期。

[80]《盐城师专学报》(哲学社会科学版),1993年第3期。

[81]《韶关师专学报》,1984年第2期。

[82]《四川师大学报》,1986年第4期。

[83]《文学遗产》,1989年第6期。

[84]《社会科学研究》,1987年第6期。

[85]选自《唐宋五十名家词论》,华东师大出版社1992年版。

[86]《华中师范大学学报》(哲学社会科学版),1993年第5期。

[87]《古典文学知识》,1992年第3期。

[88]《北京大学学报》(哲学社会科学版),1992年第5期。

[89]《唐宋五十名家词论》,华东师大出版社1992年版。

[90]《咸宁师专学报》,1997年第4期。

[91]《湖北大学学报》(哲学社会科学版),1997年第5期。

[92]《南开学报》(哲学社会科学版),2005年第6期。

[93]台湾联经出版事业公司1994年版。

[94]北京大学出版社2004年版。

[95][日]村上哲见著,程郁缀译:《唐五代北宋词研究》,陕西人民出版社1987年版。

[96][日]青山宏著,杨铁婴译:《唐宋词研究》,北京大学出版社1995年版。

[97][日]泽崎久和著,马歌东译:《〈花间集〉的沿袭》,《词学》(9),第90—118页。

[98][日]中原健二著,邵毅平译:《日本学者中国词学论文集》,上海古籍出版社1991年版。

[99]《中国文学》,1979年第6期。

[100]《中国文学》,1984年第7期。

[101]庆尚大学《论文集》,1984年第23辑。

第二章 《花间集》的创作主体

第一节 温庭筠

陈洵在《海绡说词·通论》中云："词兴于唐,李白肇基,温岐受命。"[1]温岐,即温庭筠。他是我国词史上第一个大力作词的文人,也是唐代写词最多的词人。关于他的生平,我们在史籍中基本找不到任何记载,只能根据他的作品来推算。有以下两种说法:第一种,他大约出生于唐宪宗元和七年(812年),死于唐懿宗咸通七年(866年)[2];第二种,他大约出生于唐德宗贞元十七年(801年),死于唐懿宗咸通七年(866年)[3]。温庭筠在诗歌的创作方面与李商隐齐名,时号"温李"。胡震亨称:"温飞卿与李义山齐名,诗体丽密概同,笔径较独酣捷。七言乐府,似学长吉,第局脉紧慢稍殊,彼愁思之言促,此淫思之言纵也。"[4]贺裳谓:"大抵温氏之才,能瑰丽而不能淡远,能尖新而不能雅正,能矜饰而不能自然,然警慧处,亦非流俗浅学所易及。"[5]实际上,他在诗歌方面的成就比不上李商隐。"温、李齐名,然温实不及李。李不作词,而温为花间鼻祖,岂亦同能不如独胜之意耶。"(王士祯《花草蒙拾》)《新唐书·艺文志》记载,温庭筠有《握兰集》三卷、《金荃集》十卷,今已散

第二章 《花间集》的创作主体

佚。《花间集》收录其词六十六首,近人王国维先生又从《尊前集》与《草堂诗馀》中各补得一首,从其诗集中补得两首,辑为《金荃集》,共七十首。

词原产生于胡夷里巷,中唐以后的文人如张志和、韦应物、刘禹锡、白居易、戴叔伦等都曾经尝试作词,但是都属于偶尔为之,只是把词当作花间酒醉的消遣,用来聊佐清欢,并没有把它当作正统的文学来看待。只有温庭筠开始专力于词的创作,原本俚俗质朴的民间词经过温庭筠的加工创作而具有了深婉柔美的特质,成为一种全新的文学样式而为时人所接受,温庭筠也因此被后世词人尊为"花间鼻祖"(王士禛《花草蒙拾》)。"后世言词者,必以温氏为大宗"(彭孙遹《词统源流》),可以说文人词的传统始于温庭筠。晚唐时,由于受时代风尚和审美趣味的影响,艳情之作充溢于诗坛,这种风气也迁移到了词的创作中,温庭筠便是得时代风气之先的一位词人。范摅《云溪友议》卷十记载:裴郎中(諴),晋国公(裴度)次弟子也。足情调,善谈谐,举子温岐(庭筠本名)为友,好做歌曲。迄今饮席多是其词焉……二人又为《新添声杨柳枝》词,饮筵竞唱其词而打令也。"温庭筠开始了由民间词向文人词的转变,奠定了"词为艳科"的传统,从而形成了文人词独特的审美风貌。正如周汝昌先生所讲:"曲子词本是民间俗唱与乐工俚曲,士大夫偶一拈弄,不过花间酒醉,信手消闲,不以正宗文学视之。至飞卿此等精撰,始有意与刻意为之,词之为体方得升格,文人精意,遂兼入填词,词与诗篇分庭抗礼,争华并秀。"[6]

温庭筠的词主要写美女和爱情。他的词有的是为了投帝王所好而创作的,有的是因歌妓演唱的需要而创作的,有的是他情感意绪的自然流露。中国古代传统的诗论主张"诗言志""词缘情""文载道",强调文学创作"经夫妇,成孝敬,厚人伦,美教化,移风俗"的政治教化功能。

《花间集》研究
Huajianji Yanjiu

正统的文学批评家甚至把描写男女情爱的作品看作"艳歌""淫辞","若夫艳歌婉娈,怨志诀绝;淫辞在曲,正响焉生?"(刘勰《文心雕龙·乐府》)温庭筠以他放浪不羁的个性、敏感卓绝的才情摆脱了传统文学的束缚,创作了以女性为描写对象的词,刻写她们的爱恨情愁、离思别绪。他以细腻繁复的词笔精心地描摹宫妃、歌妓、思妇、怨女们的妆容、服饰、居室,表现出了绮艳香软的风格,使词开始具备了自己独特的风貌。

《花间集》中共收录他的词作六十六首,其中六十一首描写的是女性。温庭筠的代表作是《菩萨蛮》十四首,最著名的是第一首:

> 小山重叠金明灭,鬓云欲度香腮雪。懒起画蛾眉,弄妆梳洗迟。照花前后镜,花面交相映。新帖绣罗襦,双双金鹧鸪。

词人首先描写女子居室的精美。"小山"指曲曲折折的山屏。"金明灭"则是指屏风上的金色纹饰在清晨阳光的照射下,明暗闪烁的光芒。住在这样华美居室中的女子是一位美貌的佳人,"鬓云欲度香腮雪"形象地表现了女子将醒未醒时的神态和美貌。蓬蓬松松的鬓发滑过了雪白的香腮,"香腮雪"和"蛾眉"更是细致入微地表现了女子身份的高贵和美丽的容颜。"弄妆梳洗迟"中的"弄"字,含有赏玩的意味。美人一边梳妆一边欣赏自己,自然地流露出孤芳自赏、百无聊赖的心情。"照花前后镜,花面交相映"是写美人梳洗打扮之后的顾影自怜,人面与花交相辉映,更衬托出了女子的美。结尾两句从美人的服饰入手,"新帖绣罗襦"中的"罗"是轻软高贵的丝织品,用高贵的丝织品制作的新衣服,上面刺绣着成双成对的金鹧鸪。无论是女子居室中的摆设,还是女子的神态容貌;无论是女子所穿的衣服,还是衣服上用金线刺绣的鹧鸪

第二章 《花间集》的创作主体

鸟,词人笔下的所有意象都透露出这位美人的身份,是宫廷中的贵妇。这位贵族妇女清晨醒来之后,精心地梳洗打扮,穿上华服盛装,顾影自怜,对镜自赏,结尾用双双金鹧鸪来反衬女子的孤独寂寞。美貌无人欣赏,心中暗藏幽怨的情愁。

关于《菩萨蛮》创作的缘起,《北梦琐言》卷四是这样记载的:"宣宗爱唱《菩萨蛮》词,令狐相国假其新撰密进之,戒令勿他泄,而遽言于人,由是疏之。"[7]根据这段记载,我们知道温庭筠创作这些词的原因是唐宣宗喜欢唱歌,这十四首《菩萨蛮》是专门给皇帝创作的歌曲,歌中所唱的一定是皇帝熟悉的生活。那么我们可以大胆地推测,词中所描写的贵族妇女的身份应当是宫中的嫔妃。所以她的妆容艳丽,服饰华美,头发如鬓云般乌黑,皮肤雪白,神态慵懒,身穿用质料上乘的罗做成的新衣。她居住在金碧辉煌的环境中,床前曲曲折折的山屏在清早阳光的照射下,金星点点,闪闪烁烁。居室中华贵精美的饰物符合人物的身份。他"醉心于描写这种富丽堂皇的环境,他尽可能地堆砌华丽词藻,力图按照富贵人家的住宅来装饰他的闺房世界"[8],这里所说的"富贵人家"应该就是皇帝的后宫。

木斋先生在《曲词发生史续》中提出了"宫廷词"的概念,他采纳了闻一多先生关于宫体诗的观点:"宫体诗就是宫廷的,或以宫廷为中心的艳情诗,它是个有历史性的名词,所以严格地讲,宫体诗又当指以梁简文帝为太子时的东宫及陈后主、隋炀帝、唐太宗等几个宫廷为中心的艳情诗。"[9]"宫体诗"是专指以宫廷为中心的艳情诗,它的内容和艳情密切相关。欧文先生又提出了"宫廷诗"的概念:"'宫廷诗'这一术语,贴切地说明了诗歌的写作场合;我们运用这一术语松散地指一种时代风格,即公元五世纪后期,六世纪及七世纪宫廷成为中国诗歌活动中心的时代风格。"[10]以宫廷为中心而写作出来的诗歌被称为"宫廷诗",那

《花间集》研究

么以宫廷为中心创作的词,自然就可以称为"宫廷词"。"它们写作于宫廷,有着宫廷文化的氛围背景,体现了宫廷文化的风格,当然被视为宫廷诗、宫廷词。宫廷帝王、后妃、宫女、乐工、臣僚之作,当然是宫廷诗、宫廷词。"[11]温庭筠的十四首《菩萨蛮》就是为了满足唐宣宗的喜好而创作的宫廷词,其抒情主人公应该是后宫中的嫔妃之类的身份。这些词专以描写宫廷中的女性生活为中心,风格华美香软。《菩萨蛮》其二:

水精帘里颇黎枕,暖香惹梦鸳鸯锦。江上柳如烟,雁飞残月天。藕丝秋色浅,人胜参差剪。双鬓隔香红,玉钗头上风。

如果说第一首是写女主人公梦醒之后,盛装华服,对影自怜,孤独寂寞。第二首则是写女主人公晨起回忆昨夜梦中的情景。美人起床之后梳洗打扮,环顾四周,看到水精帘后的"颇黎枕"和床上的"鸳鸯锦",触动了自己的心弦,想起了昨夜的梦。叶嘉莹先生曾经说过:"古人写美女的时候,往往先不说这个美女本身形象怎么美,而先写这个美女的环境的背景是怎么样美。"[12]"水精帘里颇黎枕"这一句就是对美女居住环境的描写。词人采用了由部分见整体的手法,"水精帘""颇黎枕"都具有晶莹剔透、光泽亮洁的特点。《本草纲目·金石部·玻璃》云:"本作颇黎;颇黎,国名也。其莹如水,其坚如玉,故名水玉,与水精同名。"晶莹剔透的"水精帘"和"颇黎枕"显示了这位女子居室的洁净华美、纤尘不染,也暗示了女子身份的高贵。和凝曾写过《宫词百首》,其二十一首写道:"金盆初晓洗纤纤,银鸭香焦特地添。出户忽看春雪下,六宫齐卷水晶帘。"这里的"水晶帘"同"水精帘",是在宫中使用的饰物。第二句"暖香惹梦鸳鸯锦"依然是在写美女居住的环境,室内熏炉中点燃的香料散发出氤氲的香气,在香气缭绕中,美女躺在色彩斑斓的绣着鸳鸯的锦被之中,锦被上成双成对的鸳鸯引发了美人的怀想。在暖香之中,她不由得睡着了,做了一个梦。田艺蘅《留青日札》卷四中提到"惹"字的运用,有有情之"惹",有无情之"惹"。隋炀帝"被惹香黛残",贾至"衣冠身惹御炉香",古辞"至今衣袖惹天香",温庭筠"暖香惹梦鸳鸯锦",孙光宪"眉黛惹春愁",皆有情之"惹"[13]。接下来的两句便写美人因情入梦在梦中见到的景色,"江上柳如烟,雁飞残月天"。"柳"在中国古代文学中是典型的送别意象,《诗经·小雅·采薇》:"昔我往矣,杨柳依依;今我来思,雨雪霏霏。"诗歌托柳起兴,以景物反衬主人公的感情,从而创造出一个悲凉凄美的意境,这种手法在以后的思乡诗中反复出现。如李白的名句"此夜曲中闻折柳,何人不起故园情"(《春夜洛城闻笛》),杜甫又有"故园杨柳今摇落,何得愁中却尽生"。男子征战戍边,思念家中的亲人;女子独守深闺,同样在牵挂着远方行役的亲人。杨柳使征夫思妇的离愁别绪表达得分外强烈,因此成为思妇诗中的常见意象。如王昌龄的《闺怨》:"忽见陌头杨柳色,悔教夫婿觅封侯";宋代魏玩的《菩萨蛮》:"三见柳絮飞,离人犹未归";欧阳修的《蝶恋花》:"庭院深深深几许,杨柳堆烟,帘幕无重数"。又因为"柳"与"留"谐音,所以汉代有灞桥折柳赠别的习俗,大概是取柳丝柔长不断,象征彼此情深意长之意。《雍录》记载:"汉世凡东出函、潼,必自灞陵始,故赠行者于此折柳为别。"北朝乐府民歌《折杨柳枝歌》中有"上马不捉鞭,反拗杨柳枝",这种风俗始于汉人而盛于唐人。柳作为古代寄托依依别情之物,成为送别场合常用的意象,到了唐代以后经常出现在离别诗中。袁行霈说:"折柳代表一种习俗,一个场景,一种情绪,折柳几乎就是离别的同义语。它能唤起一连串具体的回忆,使人们蕴藏在心底的乡情重新激荡起来。"而"雁"在中国古代文学中则是典型的相思意象。《汉书

《花间集》研究
Huajianji Yanjiu

·苏武传》中用雁足传书,古代诗词中常用雁借指书信,托鸿雁传书以寄相思。"人归落雁后""雁归人不归"。美人在梦中忆起了当初送别的场景,引起了心中的无限相思。正如叶嘉莹先生指出的:"'江上柳如烟'有一种绵长的离别情意。而'雁飞残月天'……它所暗示、它所透露的是一份相思怀念的感情。"[14]梦境是人在现实生活中的潜在愿景的一种映射,它揭示了人在潜意识中的某种祈盼和愿望。用弗洛伊德的话说,就是"梦是避开潜抑作用的迂回之路,它是所谓心灵间接的表白作用的主要方法之一"[15]。这样我们就可以理解前面田艺蘅所提到的"有情之惹"的意思了,美人相思念远,深闺寂寞。接下来的四句由对梦境的回忆转到现实生活中。

《菩萨蛮》第三首表现的是刚刚分别之后的情思:

蕊黄无限当山额,宿妆隐笑纱窗隔。相见牡丹时,暂来还别离。翠钗金作股,钗上蝶双舞。心事竟谁知?月明花满枝。

两个人在牡丹盛开的时节相见,可是相见的时间非常短暂,"暂来还别离",刚刚见面就分开了。在明月朗照、鲜花满枝的夜晚,女主人公因思念而无法入眠,不由得发出"心事竟谁知"的沉沉叹息。

第四首写女主人公盼望情郎能够早日归家,所以向远方眺望。眼中看到的景色:"翠翘金缕双鸂鶒,水纹细起春池碧。池上海棠梨,雨晴红满枝。"成双成对的鸂鶒在池塘中游来游去,碧绿色的池水荡起一圈圈的波纹。池塘边是盛开的海棠花和梨花,雨后初晴,枝头上绽放着红色的花朵,一派江南早春的美景。一个女孩子穿着刺绣的春衫在池塘边嬉笑玩耍,不时地抬起袖子遮掩笑脸,蝴蝶在无边无际的草丛中翩翩飞舞。春光旖旎的景色触动的不是女主人公心中的欢愉之情,而是对

第二章 《花间集》的创作主体

情郎的思念。"玉关音信稀",以乐景衬哀情,一倍增其哀乐。

第五首写晓梦后女主人公的伤感。"杏花含露团香雪,绿杨陌上多离别。"女主人公在梦中又回到了分别的时节,绿杨陌上难舍难分。醒来后听到黄莺鸟的啼鸣声,心中无限伤感,凄凉哀怨之情欲说还休。

第六首到第十首,反复描写女主人公的相思之情。"玉楼明月长相忆"(其六)、"画楼相望久""音信不归来"(其七)、"相忆梦难成,背窗灯半明"(其八)、"杨柳色依依,燕归君不归"(其九)、"画楼音信断,芳草江南岸"(其十)。

第十一首到第十四首表现女主人公思而不得的绝望。"时节欲黄昏,无憀独倚门"(十一)、"当年还自惜,往事哪堪忆"(十二)、"春水渡溪桥,凭栏魂欲销"(十三)、"春恨正关情,画楼残点声"(十四)。

如果我们把十四首《菩萨蛮》放在一起,就会发现其中隐含着的叙事脉络:女主人公对爱情的回忆、祈盼、等待、失望,直到最后的绝望。这十四首《菩萨蛮》可以连缀成一个完整的爱情故事。

当然,温庭筠笔下的女性不仅仅局限于宫中的贵妇,他有一部分词是写歌妓的。如《归国遥》:

> 香玉,翠凤宝钗垂簏簌,钿筐交胜金粟,越罗春水渌。画堂照帘残烛,梦余更漏促。谢娘无限心曲,晓屏山断续。

其中的"谢娘"即是歌妓。一种说法是东晋谢安曾经隐居在会稽的东山,蓄妓,以声色自娱。另一种说法是,据《唐音癸签》记载,唐朝宰相李德裕家中有一名歌妓,名"谢秋娘",太尉以华屋贮之,眷之甚隆。德裕后镇浙江,为悼亡妓谢秋娘用炀帝所作《望江南》词撰《谢秋娘曲》。以后,诗词多用"谢娘""谢家""秋娘",泛指妓女、妓馆和美姜。

《花间集》研究
Huajianji Yanjiu

再如《酒泉子》：

> 楚女不归，楼枕小河春水。月孤明，风又起，杏花稀。玉钗斜篸云鬟重，裙上金缕凤。八行书，千里梦，雁南飞。

词中的"楚女"在唐宋词中多指歌妓。春秋时楚灵王好细腰美人，曾经筑章华宫，专门挑选娇艳细腰的名妓在宫内居住，人称楚馆。后人遂用"楚女""楚腰"来代指歌妓。

还有《河传》中的"小娘"也是指歌妓。"天际云鸟引情远，春已晚，烟霭渡南苑。雪梅香，柳带长，小娘，转令人意伤。"

"歌妓"这一职业可以追溯到夏朝的女乐，其主要职能是通过歌舞表演来达到娱人的目的。根据《事物纪原》的记载："女乐，自周末皆有，而桀为之始。"夏朝的女乐可以说是中国历史上最早的歌妓。到了汉代，"女乐"的名称变为了"女倡"，如《后汉书·卢植传》中说："（马）融外戚豪家，多列女倡歌舞前。"魏晋南北朝时出现了由罪犯妻女和战争俘虏的敌人的妻女组成的"乐户"。《魏书·刑罚志》记载：

> 孝昌已后，天下淆乱，法令不恒，或宽或猛。及尒朱擅权，轻重肆意，在官者，多以深酷为能。至迁邺，京畿群盗颇起。有司奏立严制：诸强盗杀人者，首从皆斩，妻子同籍，配为乐户；其不杀人，及赃不满五匹，魁首斩，从者死，妻子亦为乐户。

"乐户"被列入法律条文中，其公开的合法身份直接导致了魏晋南北朝时期，豪门显宦之家蓄养歌妓的风气开始流行起来。如《宋书·杜骥传》中说，杜骥的儿子杜幼文"所莅贪横，家累千金，女伎数十人，丝竹昼夜不绝"。《北史·夏侯道迁传》中说："妓妾十余,常自娱乐。"《北史·薛安都传》中记载薛真度"有女妓数十人,每集宾客,辄命之丝竹歌舞,不辍于前,尽声色之适。庶长子怀吉,居丧过周,以父妓十余人并乐器献之,宣武纳焉"。到了唐代,歌妓制度更加完善。宫禁之中有教坊妓,用来满足宫廷娱乐和歌舞活动的需要。各州郡官府蓄养的歌妓称为官妓,她们的名籍隶属各州郡官府。唐代的新科进士可以与官妓聚会娱乐,名之曰"曲江会"。李肇在《唐国史补》卷下中就说过,唐代的士子进士及第之后要"列书其姓名于慈恩寺塔,谓之题名会。大宴于曲江亭子,谓之曲江会"。唐代的官员家中也可以蓄养歌妓,称为家妓。朝廷的法典对不同级别的官员蓄养家妓的数量也有具体的规定。据《唐六典》记载,三品以上得备女乐五人,五品以上三人。实际上,一些高官显宦人家蓄养的歌妓往往超过了这个标准。比如河间王孝恭"后房歌舞伎百余"[16],"宁王曼贵盛,宠妓数十人,皆绝艺上色"[17]。除教坊妓、官妓、家妓之外,还有私妓,即青楼妓院中的歌妓。唐代的私妓主要集中在都城长安的平康,还有江南的扬州。这些私妓接受过诗乐歌舞的训练,有一定的艺术素养,文人、士大夫乐于与她们交往。《开元天宝遗事》记载:"长安有平康坊,妓女所居之地,京都侠少萃集于此;兼每年新进士以红笺名纸游谒其中。时人谓此坊为风流薮泽。"[18]温庭筠生活的时代处于"安史之乱"之后的大约半个世纪,这个时期阶级矛盾空前尖锐,农民起义频繁爆发,藩镇战乱频仍,整个统治集团腐败不堪。随着经济文化重心的逐步南移,大量文人不断地涌入南方城市,从客观上推动了城市文化娱乐生活的发展和兴盛。杜牧的"十年一觉扬州梦,赢得青楼薄幸名"写出了他在扬州与歌妓交往的浪漫经历。实际上,晚唐五代的文人大都有青楼狎妓的生活体验,文人与歌妓交往是当时流行的风气。根据唐代佚名《玉泉子》中的记载,温庭筠"初从乡里

《花间集》研究

举,客游江淮间。扬子留后姚勖厚遗之。庭筠少年,其所得钱帛,多为狎邪所费。勖大怒,笞且逐之。"[19]温庭筠本来就有"善鼓琴吹笛""有弦即弹""有孔即吹"的才华,这种才华在江南士子风流放浪的生活习气中被大大地激发,他常与"公卿家无赖子弟""相与蒲饮"。到了晚年,漂泊荆襄羁旅广陵的时候,还"与新进少年狂游狎邪"[20]。他冶游于花街柳巷,流连于秦楼楚馆,与歌妓乐工往来密切,并且以青楼歌妓为对象,创作出许多侧艳之词,传唱于市井坊间。我们从他的好友段成式创作的《嘲飞卿七首》中可以了解他当时的生活:"曾见当垆一个人,入时装束好腰身。少年花蒂多芳思,只向诗中写取真。""醉袂几侵鱼子缬,飘缨长罥凤凰钗。知君欲作闲情赋,应愿将身作锦鞋。"段成式又有《柔卿解籍戏呈飞卿三首》,写他曾经钟情一位叫"柔卿"的青楼女子,并帮助她"解籍",脱离乐籍从良的事情。"温庭筠的词,有些即是为柔卿等青楼中人写的。段成式嘲戏飞卿的七首诗,可为此提供明证。温庭筠以宫体与倡风入词,并非是'空中传恨',而是以他的'狭邪狂游'为背景,以他与柔卿等的青楼恋情为内容的。"[21]可以说温庭筠笔下的侧艳之词就是他人生经历的真实写照。

温庭筠笔下还有一类特殊身份的女性——女冠。因为唐代出家的女道士头戴黄冠,而被称为"女冠"。唐代的女道士是一个身份特殊的阶层,其中有因为笃信道教而出家的,也有一些是失嫁女子,如与温庭筠交谊甚深的著名女冠鱼玄机。据《北梦琐言》记载,鱼玄机"适李亿补阙,后爱衰下山,隶咸宜观为道士"。鱼玄机有《冬夜寄温飞卿》《寄飞卿》[22]等诗。温庭筠有两首《女冠子》,都是咏调名本意。其一:

含娇含笑,宿翠残红窈窕。鬓如蝉,寒玉簪秋水,轻纱卷碧烟。雪胸鸾镜里,琪树凤楼前。寄语青娥伴,早求仙。

第二章 《花间集》的创作主体

首二句描写女道士的娇媚柔美。"鬓如蝉"三句写女道士的装扮与服饰。其中的"寒玉簪秋水"衬托了女道士超凡脱俗的姿质。"轻纱卷碧烟"一句描写女道士的服饰。陆游《老学庵笔记》(卷六)云:"亳州出轻纱,举之若无。裁以为衣,真如烟雾。"女冠身披轻薄的纱罗裁剪而成的衣饰,那翠绿的颜色,远远望去如烟似雾,行走之间飘然若仙。女道士的装扮和服饰非常恰当地体现了她的身份特征。末二句写出女冠的心愿,她传信给家乡的伙伴,早早像她一样修道成仙。明代沈际飞评这首词"幽闲之情即于风流艳词发之"[23]。

除了宫妃、歌妓,温庭筠的笔下还有一类女性形象,就是征妇。《定西番》《遐方怨》《诉衷情》《蕃女怨》等词即是对征妇的描写。如《蕃女怨》其二:"碛南沙上惊雁起,飞雪千里。玉连环,金镞箭,年年征战。画楼离恨锦屏空,杏花红。"作者将视角由布置华丽精美的闺房移到飞雪千里的大漠戈壁,先写边塞恶劣的环境,千里荒漠,大雪纷飞,塞雁惊起;接着写家中的思妇怀想征人在塞外的情景,表达对连年征战的反感情绪;最后写家中的思妇在画楼之上空怀离恨,眼前纵然是百花盛开,红色的杏花绽放也无心欣赏。整首词虽然写的依然是思妇心中的离愁别恨,但是却完全摆脱了脂粉气。陈廷焯在《词则·别调集》中评:"起二句,有力如虎。"这首词所呈现出的风貌表现了与"词为艳科"的背离。据陈尚君的《温庭筠早年事迹考辨》[24]载,温庭筠早年曾经有过从军出塞的经历,对于边塞生活有着切身的感触,所以能够恰切地表现征妇怀人的痛苦。

再有《河传》中的"采莲女":

江畔,相唤。晓妆鲜,仙景个女采莲。请君莫向那岸边。少年,好花新满船。红袖摇曳逐风暖,垂玉腕,肠向柳丝断。浦南归?

《花间集》研究
Huajianji Yanjiu

浦北归？莫知,晚来人已稀。

这首词抒写的不是温词中常见的离愁别恨,而是写一位江南的采莲姑娘对少年的倾慕之情。少女的情思在词人的笔下表现得微妙婉曲。

温庭筠所处的时代,正是词处于"歌者之词"的阶段。所以温庭筠的词都是应歌之作,是绣幌佳人举纤纤之玉指,拍按香檀,用助娇娆之态的作品,因而呈现出"香而软"的特质。正如胡仔所言:"庭筠工于造语,极为绮靡。"[25]黄昇说:"温庭筠词极流丽,宜为《花间集》之冠。"[26]

温庭筠的词呈现出一种"纯粹的美",这种"纯粹的美"主要体现在描写器物的精美,描画女性妆容的艳美、女性服饰的华美和"画屏金鹧鸪"的色彩美等方面。"飞卿词多为纯美之作,德国哲学家康德,将'美'分别为'纯粹的美'(pure beauty)及'有依赖的美'(dependent beauty)两种。所谓纯粹的美,但表现于颜色、线形、声音诸元素之和谐的组合中,而不牵涉任何意义者也。譬之图画,有但以颜色、线条及精美之技巧,予人以单纯之美感者,如西洋后期印象派画家之作及立体派画家之作,或则利用浓淡之色彩、明暗之阴影,或则利用错综之线条、方圆之图案,而将画面堆砌成为某一种之形象,使人一望但觉其美,而不必深究其所表现之意义。"[27]温庭筠善于将意象客观地、冷静地罗列呈现在读者面前,而不透露自我的主体意识。正如叶嘉莹先生所说:"飞卿词中所表现者,多为冷静之客观、精美之技巧,而无热烈之感情及明显之个性。"这种艺术表现方法虽然不是"以狂热之魅力煽动人之感情",却"以精美之技巧引起人之观赏……读之皆但觉如一幅画图,极冷静、精美,而无丝毫个人主观之悲喜爱恶流露于其间。""虽乏生动真切之感,而别饶安恬静穆之美。"[28]

温庭筠词中出现的器物都体现出精美、华丽、高贵的特点。词人特别注重对居室环境的描写,他用繁复浓丽的辞藻来描写贵族女子生活的环境、华美的装饰和使用的器物。美人住的是"玉楼"(《菩萨蛮》其六)、"画楼"(《菩萨蛮》其七、十四)、"沉香阁"(《菩萨蛮》其十)、"金堂"(《菩萨蛮》十三)、"画堂"(《更漏子》其六、《归国遥》其一)、"高阁"(《酒泉子》其二)、"朱阁"(《河渎神》其三)、"凤楼"(《女冠子》其一)、"玉楼"、"花洞"(《女冠子》其二),居室的门帘是"水精帘"(《菩萨蛮》其二)、"珠帘"(《菩萨蛮》十四、《遐方怨》其二)、"翠幕"(《更漏子》其四)、"翠箔"(《酒泉子》其一)、"绣帘"(《菩萨蛮》十三)、"罗幕翠帘"(《定西番》其三),室内摆放着绘有金鹧鸪的"画屏"(《更漏子》其一)、"银屏"(《酒泉子》其一)、"锦屏"(《蕃女怨》其二),燃香料用的是"玉炉"(《更漏子》其六)、"金鸭"(《酒泉子》其二),点的是"红蜡",卧室的帷帐是绣着金色翡翠鸟的"画罗"(《菩萨蛮》其六)、"锦帐绣帏"(《归国遥》其二)、"罗帐"(《南歌子》其六)、"凤帐"(《清平乐》其一)、"罗帏"(《遐方怨》其一)、"凤凰帷"(《诉衷情》),用来卷帘的是"玉钩"(《南歌子》其二),盖的是"鸳鸯锦"(《菩萨蛮》其二)、"锦衾"(《菩萨蛮》十二、《更漏子》其三)、绣衾(《更漏子》其四)、"鸳衾"(《南歌子》其四)、"鸳被"(《清平乐》其一),枕的是"山枕"(《菩萨蛮》十四、《更漏子》其三)、"绿檀"(《菩萨蛮》十四)、"鸳枕"(《南歌子》其五)、"鸳鸯枕"(《南歌子》其六)、"金带枕"(《诉衷情》)。通过环境的烘托来表现女主人公雍容华贵的身份,生活在这样一个金碧辉煌、色彩绚丽、暖香醉人的情境中的女子必然有着明丽动人的花容月貌。

"任何对象都不能像最美的人面和体态这样迅速地把我们带入纯粹的审美观照,一见就使我们立刻充满了一种不可言诠的美感,使我们超脱了自己和一切烦恼的事情。"[29]温庭筠在描摹女性形象时,特别注重对女性的容貌、妆容和佩戴的首饰的细致刻画。温词中写眉的有十六处,有"蛾眉"(《菩萨蛮》其一)、"旧眉"(《菩萨蛮》其五)、"黛眉"(《归国遥》其二)、"愁眉"(《女冠子》其二)、"新眉"(《玉蝴蝶》)、"愁黛"(《菩萨蛮》十四)、"愁蛾"(《清平乐》其一)、"翠娥"(《河传》其二)。有以柳喻眉的,如"眉浅淡烟如柳"(《更漏子》其四)、"柳如眉"(《定西番》其三)、"杨柳堕新眉"(《玉蝴蝶》);有以山喻眉的,如"眉黛远山绿"(《菩萨蛮》十三)、"黛眉山两点"(《归国遥》其二)、"宿妆眉浅粉山横"(《遐方怨》其二)。

　　写头发的有十二处,有"鬓云""蝉鬓""翠鬟""云鬟"等。如"鬓云欲度香腮雪"(《菩萨蛮》其一)、"双鬓隔香红"(《菩萨蛮》其二)、"镜中蝉鬓轻"(《菩萨蛮》其五)、"鬓轻双脸长"(《菩萨蛮》其七)、"蝉鬓美人愁绝"(《更漏子》其四、《河渎神》其一)、"鬓云残"(《更漏子》其六)、"呵花满翠鬟"(《南歌子》其五)、"玉钗斜篸云鬟髻"(《酒泉子》其三)、"双鬓翠霞金缕"(《定西番》其二)、"鬓如蝉"(《女冠子》其一)等。

　　写妆容的有"蕊黄无限当山额"(《菩萨蛮》其三)、"卧时留薄妆"(《菩萨蛮》十二)、"山枕隐浓妆"(《菩萨蛮》十四)、"红粉面"(《更漏子》其三)、"粉心黄蕊花靥"(《归国遥》其二)、"宿妆惆怅倚高阁"(《酒泉子》其二)、"扑蕊添黄子"(《南歌子》其五)、"宿翠残红窈窕"(《女冠子》其一)、"宿妆眉浅粉山横"(《遐方怨》其二)、"小娘红粉对寒浪"(《荷叶杯》其二)等。

　　美人佩戴的首饰有"玉钗",如"玉钗头上风"(《菩萨蛮》其二)、"玉钗斜篸云鬟重"(《酒泉子》其三);有"翠钗",如"翠钗金作股"(《菩萨蛮》其三);有"翠翘",如"翠翘金缕双鸂鶒"(《菩萨蛮》其四);有"翠钿",如"翠钿金压脸"(《菩萨蛮》其八)、"脸上金霞细,眉间翠钿深"(《南歌子》其四);有"金雀钗",如"金雀钗,红粉面"(《更漏子》其三);有"宝钗",如"香玉,翠凤宝钗垂簌簌,钿筐交胜金粟"(《归国遥》其一);有"战篦",如"小凤战篦金飐艳"(《归国遥》其二)、"战篦金凤斜"(《思帝乡》);有"金缕",如"双鬓翠霞金缕"(《定西番》其二)、"凤凰相对盘金缕"(《菩萨蛮》其七)等。

"温庭筠以清新绮丽、细密精工的笔法从细微处刻画妖娆多姿的女子。通过描摹女子的意态,来揣写她们感情的波澜和心理的情绪,通过描写女子服饰的色彩和娇美的容颜等来获得审美的愉悦,强调的是视觉上的满足。"[30] 从总体上来说,温庭筠的词注重"细腻的官能感受"[31]的表现。他不惜笔力来表现女性服饰的华美,这些服饰材质上乘、色彩艳丽、绣工精致、饰物丰富。沈从文在《中国古代服饰研究》中写晚唐妇女的服饰有这样一段话:"贵族妇女云髻高耸,博鬓蓬松,头戴各种不同折枝花朵,簪步摇钗,作浓晕蛾翅眉。衣着薄质鲛绡或轻容花纱外衣,披帛也用轻容沙加泥金绘……"[32]这和温庭筠词中女性的穿着打扮有着惊人的一致性。词是社会文化的产物,也是社会生活的反映,我们从词作中可以了解到晚唐社会的经济发展状况和审美流行风尚。服饰的选择反映了一个人的审美品位,也可以折射出人物的身份气质。我们从一个人的衣着打扮上可以洞察她的性格特征。温庭筠词中的女性,不管是独居深闺的贵族妇女,还是深居道观的女道士,或者是活泼天真的采莲女,她们的服饰都能引发读者"细腻的官能感受"。深闺中的贵族妇女穿的是"翡翠裙""绣衣""绣衫""修罗""罗袖",衣服上绣着精美的图案,"裙上金缕凤""新帖绣罗襦,双双金鹧鸪"。深居道观的女道士的服饰显示出鲜明的道教色彩,女道士身穿"霞帔",披"轻纱",头插"寒玉簪",服饰彰显了女主人公的身份。那溪边采莲的少女"红袖摇曳逐风暖"的形象活泼可爱。

王国维在《人间词话》中评论温庭筠的词时用了一个比喻:"'画屏

《花间集》研究
Huajianji Yanjiu

金鹧鸪',飞卿语也,其词品似之。"温庭筠的词辞藻色彩浓丽,使人读起来"但觉镂金错彩,炫人眼目"[33]。在六十六首温词中,"金"出现了二十七次,"玉"出现了十五次,"翠"出现了十四次,"红"出现了十六次,"绿"出现了十二次,"黄"出现了八次,"锦"出现了七次,"碧"出现了六次,"黛"出现了四次,"青"和"白"出现了三次,"银"和"粉"出现了两次,"朱"出现了一次。这些颜色有的被细分为很多不同的层次,如"红"又分为"艳红""香红""残红""深红""愁红"等。鲜明、饱满、浓艳的色彩,显示出华丽、高贵、优雅的特征,给人一种感官上的美,词学上称为"密丽"。清代的周济在《介存斋论词杂著》中评价温庭筠的词"飞卿严妆也",指出了温庭筠的词设色密丽、精妙绝人的特点。他的词在色彩布局上有一种很强烈的画面感,如"小山重叠金明灭,鬓云欲度香腮雪",如"粉心黄蕊花靥,眉黛山两点",如"双鬓隔香红,玉钗头上风",这也是温词具有浓艳绮丽风格的原因。他也因此开创了词婉约、柔媚、艳科的审美风格。

当然,除了富艳之美,温词同时还有清丽的风格,可以说是富艳与清丽之美的圆融。正如况周颐所云:"温飞卿词有以密丽胜者,有以清疏胜者。"[34]最有代表性的就是《梦江南》二首。如其二:

> 梳洗罢,独倚望江楼。过尽千帆皆不是,斜晖脉脉水悠悠,肠断白蘋洲。

整首词使用白描的手法,虽然写的依然是闺怨相思的题材,可是与《菩萨蛮》(小山重叠金明灭)所呈现出的"画屏金鹧鸪"式的美截然不同。词中不再使用他熟悉的浓丽辞藻,不重意象的罗列。如果说《菩萨蛮》一类的词用的是浓墨重彩,这首词更像是一幅清淡的水墨画,呈现出

第二章 《花间集》的创作主体

"清空疏朗"的一面。还有六首《更漏子》也是如此。比如第六首：

> 玉炉香，红蜡泪，偏照画堂秋思。眉翠薄，鬓云残，夜长衾枕寒。梧桐树，三更雨，不道离情正苦。一叶叶，一声声，空阶滴到明。

这首词以秋夜为背景，通过秋雨梧桐的描写来抒发闺中思妇的离别之情。词的上片是温庭筠惯用的手法，先写居室，再写女子的妆容。但是写居室不是单纯地描摹居室的华丽，而是要突出表现画堂的"秋思"。写女子的妆容不是要衬托女子身份的高贵，而是通过眉妆的淡薄、鬓发的散乱来衬托为"秋思"所苦的女主人公夜不能寐、辗转难眠的苦况。女子空对着缥缈的炉香、流泪的红烛、寂静的画堂，心中倍感凄凉。

下片由室内转到室外，描写秋雨梧桐的景致。上片的"秋思"在下片通过具体可感的梧桐树来表达。白居易在《长恨歌》中曾经以"秋雨梧桐叶落时"来渲染杨贵妃死后，唐明皇凄凉悲苦的心情。这里的秋雨偏偏又是"三更"时分的秋雨，更增添了一份凄凉悲苦的情怀，让女主人公心中的离情更加的沉重。这一句通过景物描写来烘托渲染离情，把寻常的景致写得凄苦动人，比起白居易的"秋雨梧桐叶落时"更加感伤。清代的谢章铤在《赌棋山庄词话》卷八中说："太白如姑射山人，温尉是王谢子弟，温尉词当看其清真，不当看其繁缛。胡元任谓庭筠工于造语，极为奇丽。然如《更漏子》云：'梧桐树，三更雨，不道离情正苦。一叶叶，一声声，空阶滴到明。'语弥淡，情弥苦，非奇丽为佳者矣。"[35]这段评语也指出了温庭筠的这类词同那些"镂金错彩"的词作不同的风格。

陈振孙在评价花间词时曾经说："其词自温飞卿以下十八人，凡五百首,此近世倚声填词之祖也。诗至晚唐五季,气格卑陋,千人一律,而长短句犹精巧高丽,后世莫及。"[36]这种"精巧高丽"的风格典范始自温庭筠。范文澜说:"唐代文学是盛世,到了晚唐已经不可阻止地要发生大分化,按照文学史上的通例,总得出现两个代表人物,一个结束旧传统,一个发扬新趋势。在晚唐,李商隐是旧传统的结束者,温庭筠是新趋势的发扬者。"[37]作为"新趋势的发扬者",温庭筠以其生花妙笔为文人词的创作在题材内容、审美意趣、体式规范方面都树立了一个可资借鉴的范本,因此被誉为"花间鼻祖",在词史的历史进程中具有里程碑的意义。

第二节　韦　庄

刘勰在《文心雕龙》中谈到作家风格时曾写道:"才有庸俊,气有刚柔,学有深浅,习有雅郑,并情性所铄,陶染所凝,是以笔区云谲,文苑波诡者矣。故辞理庸俊,莫能翻其才;风趣刚柔,宁或改其气。……各师成心,其异如面。"作家的创作风格是其创作个性的具体体现,是区别于其他作家的明显标志。即使是同一个词派中的作家,由于生活的时代背景、社会环境、家庭氛围、人生经历以及个人的性格秉性、才情气质各不相同,而呈现出各自不同的特质。韦庄和温庭筠虽然生活在同一时代,都被归属于花间词派,但是二者的词风并不相同,"温词多用客观,韦词多用主观;温词以铺陈浓丽取胜,韦词以简劲清淡取胜;温词像一只华美精丽而没有明显的个性及生命的'画屏金鹧鸪',韦词则像一曲清丽婉转,充满生命和感情的'弦上黄莺语'"[38]。究其原因,这和二人不同的人生经历、性格秉性密切相关。

第二章 《花间集》的创作主体

　　韦庄(836—910年)字端己,京兆杜陵人。夏承焘《韦端己年谱》中说他生于唐文宗开成元年。他的一生历经了文宗、武宗、宣宗、懿宗、僖宗、昭宗六朝。《十国春秋·韦庄传》中说他是唐玄宗朝宰相韦见素的后代,中祖韦少微是宣宗朝的中书舍人。《蜀梼杌》《新五代史》《通鉴》等书中也说韦庄是见素之孙。到韦庄父祖时家道衰微,已无当年显赫的名声。我们从《唐才子传》中记载的"孤贫力学"这四个字中可以知道,韦庄不仅家道衰微,而且父母早亡,家境贫寒。

　　韦庄于唐懿宗咸通元年(860年)参加科举考试落第后,辗转应试。广明元年(880年)韦庄四十五岁,在长安等候第二年的春试,适值黄巢起义军攻占长安,唐僖宗出逃成都,韦庄与弟妹失散,被困于长安,直到中和二年(882年)春才离开长安到东都洛阳。883年春,韦庄泛舟晚眺,感慨战乱思念家乡而写下诗歌《中渡晚眺》:"魏王堤畔草如烟,有客伤时独扣舷。妖气欲昏唐社稷,夕阳空照汉山川。千重碧树笼春苑,万缕红霞衬碧天。家寄杜陵归不得,一回回首一潸然。"这年三月,韦庄在洛阳遇到从长安逃难而来的秦妇,听闻秦妇叙述长安被黄巢起义军占领后的情景,以及逃难途中的见闻,受到极大的触动,遂写下了著名的长诗《秦妇吟》。全诗共分五大段,首段叙述诗人与一位从长安东奔洛阳的妇人(即秦妇)相遇,作为全诗的缘起;第二段为秦妇追忆黄巢起义军攻占长安前后老百姓的悲惨生活,"家家流血如泉沸,处处冤声声动地。舞伎歌姬尽暗捐,婴儿稚女皆生弃";第三段写秦妇在长安城中三载的见闻,"昔时繁盛皆埋没,举目凄凉无故物。内库烧为锦绣灰,天街踏尽公卿骨";第四段写秦妇东奔途中所见所闻所感,讽刺批判了公卿们拥兵自保,对叛军束手无策,却纵容部下,虐害百姓;最后一段描写了江南的太平安定。诗歌的结尾写道:"避难徒为阙下人,怀安却羡江南鬼。愿君举棹东复东,咏此长歌献相公。"这里的"相公"指镇海军

《花间集》研究
Huajianji Yanjiu

节度使同平章事周宝。韦庄离开长安后在洛阳住了一段时间,就到了江南,有六七年的时间。唐昭宗景福二年(893年),韦庄五十八岁,在长安参加科举考试落第。直到唐昭宗乾宁元年(894年),韦庄五十九岁时才登进士第,欣喜之中写下了《喜迁莺》二首。其二云:"街鼓动,禁城开,天上探人回。凤衔金榜出云来,平地一声雷。莺已迁,龙已化,一夜满城车马。家家楼上簇神仙,争看鹤冲天。"唐昭宗乾宁四年(897年),韦庄被辟为两川宣谕和协使李洵判官,入蜀和解王建及顾彦晖。唐昭宗光化三年(900年)为左补阙。唐昭宗光化四年、天复元年(901年),韦庄六十六岁。据《唐诗纪事》卷六十八韦庄条云:"以中原多故,潜欲依王建,建辟为掌书记。寻召为起居舍人,建表留之。"《新五代史·前蜀世家》谓:"蜀恃险而富,当唐之末,人士多欲依建以避乱,建虽起盗贼,而为人多智诈,善待士。"韦庄四年前入蜀时结识王建,此时因为中原多变故,归附王建,得到王建重用,自此终身仕蜀。天祐三年(906年)加安抚副使,天祐四年(907年)劝王建称帝,为左散骑常侍,判中书门下事。《通鉴》云:"蜀主虽目不知书,好与书生谈论,粗晓其理。是时唐衣冠之族多避乱在蜀,蜀主礼而用之,使修举故事,故其典章文物有唐之遗风。"王建称帝后,制度号令、刑政礼乐都由韦庄制定,官至吏部侍郎兼平章事。910年8月卒于成都。

他的人生经历和杜甫非常相似,因此他极其推崇杜甫。二人都曾在杜陵居住,杜甫自称"杜陵野老",韦庄遂称自己为"杜陵归客"。杜甫曾经寓居成都,韦庄入蜀的第二年就到浣花溪寻找杜甫当年的故居旧址,看到柱砥犹存,在旧址上修缮一新,结庐居住,并且给自己的诗集起名《浣花集》。他深受儒家思想的影响,年轻时就立下了远大的志向"平生志业匡尧舜,又拟沧浪学钓翁"(《关河道中》)。杜甫在《解闷十二首》中有"独立省署开文苑,兼泛沧浪学钓翁",从这句诗中我们也可

第二章 《花间集》的创作主体

以看到韦庄对杜甫的推崇和追慕。韦庄于光化三年选"才子一百五十人,名诗三百首"合为《又玄集》,就把杜甫排在首列。在《又玄集序》中他提出了"清辞丽句"的选诗标准:"谢玄晖文集盈编,止诵澄江之句;曹子建诗名冠古,唯吟清夜之篇。……入华林而珠树非多,阅众籁而紫箫唯一。……故知颔下採珠,难求十斛。管中窥豹,但取一斑。自国朝大手名人,以至今之作者,或百篇之内,时记一章,或全集之中,微征数首。但掇其清词丽句,录在西斋。"在《题许浑诗卷》一诗中他称许许浑的诗歌"字字清新句句奇"。"清丽""清新"是他选诗评诗的标准,也是他诗词创作秉承的审美取向。

《花间集》中收录韦庄的词四十八首,这四十八首词中有三十七首是写男欢女爱、离愁别恨、相思之情的。从题材内容上来看,同温庭筠相比,韦庄词的内容更为多样。既有故国之思,也有游子思乡之情;既有暮春游嬉之景,也有咏史吊古之感。他把诗歌的题材内容引到词的创作中,从韦庄词的题材内容诗化的倾向上,我们可以看到早期文人词的创作由诗入词的痕迹。文人们先是诗人,然后才是词人。韦庄"早尝寇乱,间关顿踬,携家来越中,弟妹散居诸郡,江西湖南,所在曾游,举目有山河之异,故于流离飘泛,寓目缘情,子期怀旧之词,王粲伤时之制;或离群轸虑,或反袂兴悲,四愁九怨之文,一咏一觞之作,俱能感动人也。"[39]韦庄早年孤贫,中年经历战乱,辗转漂泊于江南,晚年又流寓西蜀。那种漂泊无依、居无定所的孤独感,对故乡、故国的思念眷恋一直是他心中挥之不去的结。词是心绪文学,与温庭筠客观冷静地将意象呈现不同,韦庄将个人身世之感融入词的创作之中,他"所写的歌词,完全是主观的,直抒胸臆……他可以拿这个形式写自己的感情了,这已经是词的诗化的一个进展了"[40]。我们在他的词中可以感受到他情感意绪的变化,从这一点来说,韦庄词开始呈现出个性化的色彩。他使词

《花间集》研究
Huajianji Yanjiu

"从徒供歌唱的不具个性的艳曲,转而为可供作者抒写情意的极具个性的文学创作了"[41]。

《清平乐》其一表达了词人的故国之思:

春愁南陌,故国音书隔。细雨霏霏梨花白,燕拂画帘金额。尽日相望王孙,尘满衣上泪痕。谁向桥边吹笛?驻马西望销魂。

细雨霏霏梨花白的阳春三月,燕子从彩绘的门帘和饰金的匾额上轻轻飞过,春光明媚的景色引发的却是词人心中的"愁"。究其原因,是因为"故国音书隔"。前面我们谈到韦庄的经历,880年他到长安准备第二年的春试,结果赶上黄巢起义军攻占长安,他被困于长安,直到中和二年(882年)春才离开长安到洛阳。883年春,韦庄曾经在泛舟晚眺时写下了诗歌《中渡晚眺》,感慨战乱,表达自己的思乡之情:"魏王堤畔草如烟,有客伤时独扣舷。妖气欲昏唐社稷,夕阳空照汉山川。千重碧树笼春苑,万缕红霞衬碧天。家寄杜陵归不得,一回回首一潸然。"这首词所表达的"故国音书隔"和韦庄在《中渡晚眺》中所写的"家寄杜陵归不得,一回回首一潸然"是一致的。作者"驻马西望"望的就是帝京长安,当时黄巢的起义军还没有离开长安,由词的内容推断,这首词应该写于他寓居洛阳之时。

《菩萨蛮》其二、其五表达的也是故国之思和思君之情。如其五:

洛阳城里春光好,洛阳才子他乡老。柳暗魏王堤,此时心转迷。桃花春水渌,水上鸳鸯浴。凝恨对残晖,忆君君不知。

韦庄于中和二年(882年)春天离开长安来到洛阳,中和三年(883年)

入镇海军节度使周宝府中任职。当时帝都长安被黄巢所占,词人归乡无望,回忆自己当年在洛阳时的情景,勾起"洛阳才子他乡老"的无限伤感。"魏王堤"即魏王池,是洛阳的游赏胜地。《清一统志》:"魏王池在洛阳县南。《明统志》:'洛水溢为池,为唐都城之胜。贞观中以赐魏王泰,故名。'"白居易有诗《魏王堤》:"何处未春先有思?柳条无力魏王堤。"美丽的春光盛景让词人自然联想到了故乡洛阳魏王堤上的柳树此时一定枝繁叶茂了,对景思人,"凝恨对残晖,忆君君不知",引发了心中的故国之思和思君之情。唐圭璋在《唐宋词简释》中说:"此首忆洛阳之词。身在江南,还乡固不能,即洛阳亦不得去,回忆洛阳之乐,不禁心迷矣。起两句,述人在他乡,回忆洛阳春光之好。'柳暗'句,设想此际洛阳魏王堤上之繁盛。'桃花'两句,又说到眼前景色,使人心恻。末句,对景怀人,朴厚沉郁。"

《河传》其一则是咏史吊古的题材,借隋炀帝开运河南游的故事来抒发盛衰之叹:

> 何处,烟雨,隋堤春暮。柳色葱茏,画桡金缕。翠旗高飐香风,水光融。青娥殿脚春妆媚,轻云里,绰约司花妓。江都宫阙,清淮月映迷楼,古今愁。

咏史吊古是诗歌的传统题材,韦庄将它写入词中。词牌"河传"是隋代的乐曲名,为开河时传唱之曲。王灼在《碧鸡漫志》中引《脞说》云:"《水调河传》,炀帝将幸江都时所制,声韵悲切。""隋堤"是隋炀帝开凿大运河时沿河道所筑之堤。词的上片写隋炀帝出游时的景色。暮春时节,烟雨蒙蒙,隋堤两岸的柳枝繁茂苍翠,彩画装饰船桨,船身上缠绕着金丝的穗子,翠旗迎风招展,飘来阵阵香气。下片前三句写炀帝出游时

《花间集》研究

浩大的声势。据唐韩偓的《开河记》载:"隋大业年开汴河,筑堤自大梁至灌口,龙舟所过,香闻百里。炀帝诏造大船,泛江沿淮而下,于是吴越间取民间女,年十五六岁者五百人,谓之殿脚女,每船用彩缆十条,每条用殿脚女十人,嫩羊十口,令殿脚女与羊相间而行牵之。"这就是词中所写"青娥殿脚春妆媚"的由来。"司花妓"是管理花的女子,唐颜师古的《隋遗录》记载:"炀帝幸江都,洛阳人献合蒂迎辇花,帝令御车女袁宝儿持之,号司花女。"后三句写炀帝当年的行宫早已物是人非,繁华的盛景转为眼前的荒凉,词人不禁发出了"古今愁"的感叹。"江都"指扬州,"江都宫阙"言隋炀帝在扬州建造的行宫。"迷楼"是隋宫名,旧址在今江都西北。据唐韩偓的《迷楼记》载:"(炀帝)诏有司,供具材木,凡役夫数万,经岁而成。楼阁高下,轩窗掩映;幽房曲室,玉栏朱楯;互相连属,回环四合,曲屋自通。千门万户,上下金碧……人误入者,虽终日不能出。帝幸之,大喜,顾左右曰:'使真仙游其中,亦当自迷也。可目之曰迷楼。'"对照晚唐国事的衰败飘零,我们可以知道作者此词虽是咏史吊古,实际上有借古讽今之意。陈廷焯的《云韶集》卷一评这首词:"苍凉。《浣花集》中,此词最有骨。"

《河传》其二描写的则是暮春游嬉的景色:

春晚,风暖,锦城花满,狂杀游人。玉鞭金勒,寻胜驰骤轻尘,惜良晨。翠娥争劝临邛酒,纤纤手,拂面垂丝柳。归时烟里,钟鼓正是黄昏,暗销魂。

这首词是作者寓居蜀地所写。词中的"锦城"又称锦官城、锦里,是成都的别称。上片描写锦城春天的夜晚,暖风拂面,满城鲜花盛开的繁华景象。游人欣喜若狂,乘坐着华贵的车马,寻觅盛景,马蹄一路扬起轻尘。

锦城里一片喧闹沸腾的景象。下片选取具体的场景,门前杨柳飘拂的酒楼之上,美女抬起纤纤玉手频频劝酒。词人游乐饮酒,回到家时已是黄昏时分。喧闹过后,心情一下子感伤起来。整首词描写的几乎都是春夜畅游畅饮的美景乐事且有美人相伴,末一句"暗销魂"三个字与前文形成巨大的反差。江淹在《别赋》中有"黯然销魂者,惟别而已矣",形容心情不好,极度感伤。这种写法和《河传》其一的末句"古今愁"一样,前面极写景色之美、场面之热闹,末句情感转折,变为沉郁感伤。

韦庄词中内容最多的还是描写男女之情、男欢女爱、相思离别的作品,这类作品占他词集的四分之三。

有的词描写男女欢会的场面。如《江城子》二首:

恩重娇多情易伤,漏更长,解鸳鸯。朱唇未动,先觉口脂香。缓揭绣衾抽皓腕,移凤枕,枕潘郎。

髻鬟狼藉黛眉长,出兰房,别檀郎。角声呜咽,星斗渐微茫。露冷月残人未起,留不住,泪千行。

这两首词是《花间集》中比较顽艳的作品。前一首描写男女欢爱之情,词中对男女情事的描写绘声绘色,如在目前。后一首描写男女欢会后的离别,情景交融。李冰若推测这两首词大约作于韦庄客游江南之时。

有的词追忆年少时游冶江南的艳遇。如《菩萨蛮》其三:

如今却忆江南乐,当时年少春衫薄。骑马倚斜桥,满楼红袖招。翠屏金屈曲,醉入花丛宿。此度见花枝,白头誓不归。

《花间集》研究
Huajianji Yanjiu

青春年少,衣衫单薄,骑马游冶,斜立桥头。抬头望去,青楼之上美女挥动红色的衣袖向他招手。来到饰有翡翠屏风的歌楼妓馆,翩翩少年喝醉酒之后,在美女如云的"花丛"中留宿,发誓即使到了"白头"也决不回去。作者表面上是发誓"不归",实际上是有家难归。晚唐时中原兵连祸结,词人避乱西蜀,终老他乡,仍然对故都故乡难以忘怀。追忆当年游冶之乐,实际隐含着思乡而不得的悲苦。语意委婉含蓄,词情意味深长。陈廷焯在《白雨斋词话》卷一中说"韦端己词,似直而纡,似达而郁,最为词中胜境",指的就是这类词。

还有的词是悼念亡姬之作。比较有代表性的是《荷叶杯》二首:

绝代佳人难得,倾国,花下见无期。一双愁黛远山眉,不忍更思惟。闲掩翠屏金凤,残梦,罗幕画堂空。碧天无路信难通,惆怅旧房栊。

记得那年花下,深夜,初识谢娘时。水堂西面画帘垂,携手暗相期。惆怅晓莺残月,相别,从此隔音尘。如今俱是异乡人,相见更无因。

蒋一葵《尧山堂外记》云:"韦端己思旧姬,作《荷叶杯》词云……又《小重山》词云……。流传入宫,姬闻之,不食死。"清沈雄编纂的《古今词话·词评》卷上也有类似的记载:"韦庄……以才名寓蜀,蜀主建羁縻之,夺其姬之善词翰者入宫,因作《谒金门》……后相蜀。"《浣花集》中怀念旧姬之词很多,如《荷叶杯》《小重山》《谒金门》等都是。至于亡姬是否为蜀主王建所夺,还要商榷。《新五代史·前蜀世家》谓王建"善待士",试想一个善待士人的国主,怎能做出夺士之姬的荒唐行为呢?

再者,韦庄如果宠姬被王建所夺,又怎能心甘情愿地辅佐王建称帝呢?韦庄还有诗歌《悼亡姬》三首,根据其三"六七年来春又秋,也同欢笑也同愁。才闻及第心先喜,试说求婚泪便流"可以知道,这位女子和韦庄共同生活了六七年,而且还见证了韦庄登进士第。那么韦庄和她共同生活的时间应该在唐昭宗乾宁元年(894年)前后。她和韦庄的感情非常深厚,韦庄对其念念不忘。在《悼亡姬》其二中诗人写道:"默默无言恻恻悲,闲吟独傍菊花篱。只今已作经年别,此后知为几岁期。开箧每寻遗念物,倚楼空缀悼亡诗。夜来孤枕空肠断,窗月斜晖梦觉时。"结合诗歌所写,我们再来看这两首词。第一首描写的是对亡姬的思念之情,因思而成梦,梦醒之后更觉画堂之空旷。一想到和爱姬已是阴阳两隔,"碧天无路信难通",想传信而不能,心中更加惆怅。陈廷焯《白雨斋词话》评:"'不忍更思维'五字,凄然欲绝。姬独何心能勿肠断耶?"整首词凄绝感伤,倍增苦楚。第二首回忆和爱姬初次相见的情景,"水堂西面画帘垂,携手暗相期"。越是回忆过去的欢情,越能衬托今日的痛苦。下片写分别的痛苦和离恨,"相见更无因"承接上片的"携手暗相期"。当年花前月下,两情缱绻,如今音信断绝,相见无因,只有一轮残月照着词人孤单的身影,惆怅寂寥。

韦庄词中更多的是描写男女之间的相思之情。如《天仙子》其三、其四:

蟾彩霜华夜不分,天外鸿声枕上闻,绣衾香冷懒重薰。人寂寂,叶纷纷,才睡依前梦见君。

梦觉云屏依旧空,杜鹃声咽隔帘栊,玉郎薄幸去无踪。一日日,恨重重,泪界莲腮两线红。

《花间集》研究

这两首都是思妇怀人之作。因思念而长夜难眠,刚刚入睡又像往常一样梦见情郎。梦觉而醒,杜鹃凄厉的啼声从窗外传来,想到玉郎去后杳无音信,夜夜梦君不见君,因梦而成恨,因恨而流泪。一往情深,满腹相思。

《天仙子》其一则是男子回忆女子:

怅望前回梦里期,看花不语苦寻思,露桃宫里小腰肢。眉眼细,鬓云垂,惟有多情宋玉知。

男子怅然地想起前回在梦中见到了女子,女子居住在露桃宫里,词人用"小腰肢""眉眼细""鬓云垂"九个字来写女子的容颜和神态,最后词人把自己比作了多情的宋玉。

韦庄的词虽然也写男女之情,但是他所描写的内容与温庭筠专为歌妓舞女写的词并不相同。温庭筠的词属于歌者的词,适合歌妓舞女在酒宴歌席上娱宾遣兴的需要,温词中的相思爱恋美则美矣,但是只是一种泛化的表达,很少掺杂作者的主观感情。韦庄的词则不一样,他把自己的真实感情生活,以及自己在情爱中的缠绵苦痛都融入了他的作品中,他的词开始有了鲜活的生命。在表现技巧上,韦庄的词与温庭筠词的富贵浓艳不同。韦庄经历了晚唐的乱世,也饱尝了颠沛流离的痛苦,所以他的词洗掉了绮丽香泽之气,擅长用白描的笔法、清新淡雅的语言来表达缠绵深婉的情感,风格清丽疏淡。这种清丽疏淡风格的形成,其中一个原因就是他的词向民歌学习,语言质直朴素,明白如话。如《思帝乡》其二:

春日游,杏花吹满头,陌上谁家年少,足风流,妾拟将身嫁与,

第二章 《花间集》的创作主体

一生休。纵被无情弃,不能羞。

这首词写一位游春少女对陌上少年一见钟情,大胆直率地表达自己的情感,想要将自己的终身托付于这位英俊潇洒的少年郎。即使将来被无情抛弃,也不后悔。词中的少女天真烂漫,对爱情大胆追求,这种率真直接的表白和汉乐府《上邪》中的"我欲与君相知,长命无绝衰",以及敦煌曲子词中的《菩萨蛮》"枕前发尽千般愿,要休且待青山烂"的风格非常相似。李冰若在《栩庄漫记》中说这首词"爽俊如读北朝乐府'阿婆不嫁女,哪得孙儿抱'诸作"。夏承焘也说:"像韦庄这类酣恣淋漓近乎元人北曲的抒情作品,在五代文人词里是很少见的;只有当时的民间词如敦煌曲子等,才有这种风格。这是韦庄词很可注意的一个特点。"[42]在以含蓄委婉为佳的审美标准指导下的早期文人词的创作中,韦庄的这首词用率真质直的语言来表达热烈真挚的情感,显示出了别样的风格。他将《诗经》中"窈窕淑女,君子好逑"的爱情模式反转过来,变为"风流少年,妾拟将身嫁与"的爱情模式,妙龄女子对爱情不辞赴汤蹈火,大胆追求。正如贺裳在《皱水轩词筌》中所云:"小词以含蓄为佳,亦有作决绝语而妙者。如韦庄'谁家年少,足风流。妾拟将身嫁与,一生休。纵被无情弃,不能羞'之类是也。"他的词自然明快,感情饱满,直抒胸臆,"每一落笔亦自有一份劲直激切之力喷涌而出"[43]。这首词的语言通俗直白,几乎全是口语,这在韦庄词中类似的还有"觉来知是梦,不胜悲"(《女冠子》)、"闲倚户,暗沾衣,待郎郎不归"(《更漏子》)、"说尽人间天上,两心知"(《思帝乡》)。夏承焘说韦庄"作品的最大特征,是把当时文人词带回到民间作品的抒情道路上来;又对民间抒情词给以艺术的加工和提高。这是他在词的发展史上最大的功绩"[44]。

《花间集》研究

韦庄不仅在词的内容和语言方面向民歌学习,在词的表现形式上也向民歌学习,比如"联章体"的使用。联章体是民间曲子歌唱的常用形式,夏承焘在《论韦庄词》中说:"韦庄的诗和词都有民间气息。他的词用民间文学体裁,和敦煌曲子词相近。"[45]任二北在《敦煌曲初探》《敦煌曲校录》中最早提到了"联章词"。在他编著的《敦煌歌辞总编》所收录的一千三百余首歌辞中,有三百九十九首属于"普通联章",有一百六十三首是"重句联章",有四百四十七首是"定格联章",总计一千零九首,大部分都使用了联章体。"把二首以上同调或不同调的词按照一定方式联合起来,组成一个套曲,歌咏同一或同类题材,便称为联章。"[46]《花间集》作为第一部文人词总集,对于联章体的运用也比较普遍。如温庭筠的《菩萨蛮》十四首、《南歌子》七首就是典型的联章体。韦庄词中使用联章体的有《菩萨蛮》五首、《女冠子》二首、《归国遥》二首、《喜迁莺》二首。以《菩萨蛮》五首为例,俞平伯在《论诗词曲杂著》中说:"韦氏此词凡五首,实一篇之五节耳。"

红楼别夜堪惆怅,香灯半卷流苏帐。残月出门时,美人和泪辞。琵琶金翠羽,弦上黄莺语。劝我早归家,绿窗人似花。

人人尽说江南好,游人只合江南老。春水碧于天,画船听雨眠。垆边人似月,皓腕凝霜雪。未老莫还乡,还乡须断肠。

如今却忆江南乐,当时年少春衫薄。骑马倚斜桥,满楼红袖招。翠屏金屈曲,醉入花丛宿。此度见花枝,白头誓不归。

劝君今夜须沉醉,樽前莫话明朝事。珍重主人心,酒深情亦

第二章 《花间集》的创作主体

深。须愁春漏短,莫诉金杯满。遇酒且呵呵,人生能几何。

洛阳城里春光好,洛阳才子他乡老。柳暗魏王堤,此时心转迷。桃花春水渌,水上鸳鸯浴。凝恨对残晖,忆君君不知。

这五首词既自成一体,又环环相扣,是韦庄晚年在蜀地回忆旧日在江南的生活。每首词写的地点、内容虽然不同,但是有一条贯穿始终的情感线索连缀其间,即作者对故国、故土、故情的眷恋。这种眷恋之情如同链条一样将五首词贯穿到一起,形成一个整体。

第一首从离情写起。交代离别的时间、地点及分别时的惆怅。"红楼别夜堪惆怅,香灯半掩流苏帐",我们结合韦庄的生平经历加以推测,这首词应该是写词人到江南依附周宝之前在洛阳的生活。深夜离别,"红楼""香灯""流苏帐",温馨的闺房中两情缱绻,难分难舍。残月当空,美人眼含泪水,殷勤叮嘱"劝我早归家",那"早归家"的声声叮嘱至今还在耳边。

第二首写他在辗转漂泊江南时的所见所感。"人人尽说江南好",在中原一片战乱时,江南相对太平安定。韦庄在《秦妇吟》中写到当时的情况"自从大寇犯中原,戎马不曾生四鄙""避难徒为阙下人,怀安却羡江南鬼",自从黄巢军队进犯中原以后,江南的四郊没有战事,我这个京城人现在逃难到江南,因为渴望安全心里反而羡慕做江南的鬼。所以词中说"游人只合江南老",远游的人就应该在江南终老。江南到底好在哪里?因为有美景,"春水碧于天"写江南风景之秀美,"画船听雨眠"写江南生活的浪漫安逸。碧波荡漾,水天相接,画船徜徉在比天空更加碧蓝的春水之上,床上人在潇潇细雨声中进入梦乡。江南景美人更美,"垆边人似月,皓腕凝霜雪",当垆卖酒的女子举起酒杯时露出白

53

《花间集》研究

皙细腻宛如霜雪的手腕,那美丽的容貌如天上的明月一样光彩照人,江南的美景美人和安逸的生活让人流连忘返。末句感情突然转折,"未老莫还乡,还乡须断肠",如果回到家乡,在起义军的占领之下破败凋零的景象一定让人痛心不已。在描绘江南如诗如画般的明媚春景中寄托自己心中无法排遣的思乡之情,承接第一首的末句"劝我早归家",既给人以美的享受,又委婉地表达了深沉的情感。陈廷焯说韦庄词"似直而纡,似达而郁",也是由此而发的。

第三首承接第二首的"人人尽说江南好",写"如今却忆江南乐"。词人写词的时候在西蜀,回忆在江南的那段快乐时光。"如今"是跟从前做对比,当年在江南的时候心中惦念洛阳,所以并没有用心体会江南的快乐。如今离开了江南,寓居蜀地,回想起江南,才感觉到江南生活的美好。"当时年少春衫薄",江南不仅生活安定,没有战乱,自己正当青春年少的好时光。在最好的时光遇到最好的你。"骑马倚斜桥,满楼红袖招",满楼的女子都为他所倾倒。"此度见花枝,白头誓不归",末句紧承第二首"未老莫还乡,还乡须断肠"。

第四首写他与西蜀主人对饮,既然"誓不归",那么就一醉方休。所以首句"劝君今夜须沉醉,尊前莫话明朝事",今朝有酒今朝醉,明天的事情不可期望。这两句和杜甫《绝句漫兴九首》其四"莫思身外无穷事,且尽生前有限杯"的意思相近。"珍重主人心,酒深情亦深",不能辜负了主人的一片深情厚谊。俞平伯在《读词偶得》中分析得十分透彻:"'珍重'二句,以风流蕴藉之笔调,写沉郁潦倒之心情,……人之待我既如此其厚,即欲不强颜欢笑,亦不可得矣。"韦庄辅佐王建称帝时已七十多岁,所以他说"遇酒且呵呵,人生能几何"。这既是答谢主人深情的慰藉,也是一位年事已高的老者明知自己归乡无望的无奈。

第五首是对全组词的总结。作者的思绪又回到了洛阳,自己这位在他乡老去的"洛阳才子",念念不忘当日红楼中的恋人。当他看见桃花春水之上成双成对的鸳鸯时,自然想起了昔日分别的情景。"凝恨对斜晖",词人心中凝聚着无法排解的愁恨,这种对故国、故乡、故人的思念经年累月凝结在心头。"忆君君不知"包含两层意思,第一层,因为距离遥远,词人对美人的思念无法通过书信来传达,所以你不知道;还有一层意思,当年红楼中的美人可能已经与词人阴阳两隔,所以无法传递思念,词人心中才会有"恨"。

五首词情感曲折反复,层深而递进,联章抒怀。情感的表达迂回曲折,曲终而流露真情。

再如《女冠子》二首也是以联章体写成的,第一首写女子在梦中追忆与情人分别时的情景和梦醒之后的惆怅,第二首写男子在梦中遇见了女子和梦醒后的悲伤。两首词分别从女子和男子的角度来写别后的相思之情,更像是两首对唱的情歌。

韦庄词清丽疏淡风格的形成,还有一个原因就是白描手法的使用。白描,原本是中国画的传统技法之一,指用简洁的线条勾勒物象,不施以颜色的画法。后来被借用到文章的描写中,指用简练的文字,抓住描写对象的特征,准确生动地勾勒出鲜明的形象。在唐五代的词作家中,韦庄是第一位运用白描手法来写词的。如《浣溪沙》其五:

夜夜相思更漏残。伤心明月凭阑干。想君思我锦衾寒。咫尺画堂深似海,忆来惟把旧书看。几时携手入长安。

全词不加修饰,用朴素自然的语言来刻画抒情主人公的心理活动。"夜夜相思更漏残",每天晚上都因为思念而难以入眠,词人由己及人,由自己思念对方而推想到对方一定也在想念着自己,也因为想念而彻夜难

《花间集》研究
Huajianji Yanjiu

眠,薄薄的锦被难以抵挡深夜的寒凉。进而又想到二人因阻隔重重而难以相见,只能拿出往日对方写来的书信来排遣相思之情,不知何时才能实现当初的约定,两人手拉着手共入长安城。末句"几时携手入长安"充满了对未来的憧憬和期望。"文字全用赋体白描,不着粉泽,而沉哀入骨,宛转动人。"[47]

白描手法的运用最重要的是要抓住描写对象的突出特征。它建立在对生活景象细致入微的观察上,词人以其独到的敏锐洞察力来捕捉极富艺术表现力和感染力的生活细节,通过简练的词笔加以勾勒,将生机勃勃的画面呈现在读者面前。《菩萨蛮》五首便是用白描的手法来描绘江南的清丽景色,通过描写景色寄托词人的思乡之情。再如《荷叶杯》其二:

记得那年花下,深夜,初识谢娘时。水堂西面画帘垂,携手暗相期。惆怅晓莺残月,相别,从此隔音尘。如今俱是异乡人,相见更无因。

上片追忆与谢娘初识时的情景,交代了时间、地点、环境。先写花下相逢的喜悦。深夜时分,二人相约于临近水池的堂屋西面,堂屋里画帘低垂,二人手拉着手互诉衷肠。再写晓莺残月分别时的惆怅,最后写无缘相聚的感伤。整首词依然是不加修饰,通篇使用白描手法来表达词人的相思之苦,语淡而情悲。刘大杰谈到韦庄的时候说:"他所用的都是通俗质朴的言语,没有一点浓艳的颜色,没有一点珠宝的堆砌,因而成为白描的高手。"[48]胡适在《白话中国文学史》中也说:"庄词长于描写,技术朴素,多用白话,一扫温庭筠一派纤丽浮文习气,在词史上可谓一开山大师。"

第二章 《花间集》的创作主体

  韦庄词语言清新淡雅,用色清淡。如"春水碧于天,画船听雨眠"(《菩萨蛮》其二),"桃花春水渌,水上鸳鸯浴"(《菩萨蛮》其五),"住在绿槐阴里,门临春水桥边"(《清平乐》其三),"闲抱琵琶寻旧曲,远山眉黛绿"(《谒金门》其一),"柳色葱茏,画桡金缕"(《河传》其一)等。用清新淡雅的语言来表达缠绵婉转的无限深情,具有淡语而情深的特点。而且这种清新淡雅的语言表达起来非常流畅,往往一气呵成。如"别来半岁音书绝,一寸离肠千万结"(《应天长》),"夜夜相思更漏残,伤心明月凭阑干,想君思我锦衾寒"(《浣溪沙》其五),"千山万水不曾行,梦魂欲教何处觅"(《木兰花》)。

  向民歌汲取营养,使用白描的手法和清新淡雅的语言,所有这些形成了韦庄词简劲清淡的特色。同样是写美人,温庭筠会不厌其烦地、细致入微地刻画女子的妆容、服饰、发饰及居住的环境、器物的精美。而韦庄则略过这些细节,注重女子风姿绰约的气质状态的描写。如《浣溪沙》其三:"暗想玉容何所似,一枝春雪冻梅花。满身香雾簇朝霞",将美人比作春雪中凌寒绽放的一枝梅花,白雪衬红梅,梅花散发出阵阵幽香,在朝霞映照之下分外妖娆,美人超凡脱俗的气质如在目前。再如"垆边人似月,皓腕凝霜雪"(《菩萨蛮》其二)以月喻人,既赞美了酒家女子肌肤的白皙细腻,也写出了女子如月亮般高洁的气质。"审美风格反映了作家的审美旨趣,而特定的艺术旨趣既受时代和地域因素的影响,又与作家个人的个性气质和独特趣味密不可分。"[49]不重细节的精致刻画这也符合韦庄的性格。《宣和书谱》卷一一记载,韦庄"性疏旷,不以小节自拘",《唐诗纪事》卷六八和《十国春秋》卷四十也说他"疏旷,不拘小节"。从这一点看,词品即人品是不错的。况周颐在《蕙风词话》中说他"尤能运密入疏,寓浓于淡,花间群贤,殆鲜其匹"。

  我们在韦庄的词中看到了湖海飘零的奔波、心系故乡的凄苦、怀念故国的悲痛和对凄美爱情的一往情深,莫不是其内心情感的真实流露,所以读起来感人至深。韦庄生活的时代,词的创作还处于娱宾遣兴的阶段,文人士大夫们在酒宴歌席上应歌制曲主要用于满足娱乐的需要,韦庄的词以其独特的抒情面貌呈现在读者面前,用词来抒发主观情感,开启了词的诗化的渊源。从这一点来说,他对于后世的影响非常深远,苏轼的"以诗为词"可以直接溯源到韦庄。胡适说他"在词史上要算一个开山大师"[50]是不错的。

第三节 李 珣

李珣,字德润,是晚唐五代时花间词派中的一位重要作家。现存词五十四首,《花间集》选录三十七首,《尊前集》收录十八首,其中一首《西溪子》重复。五十四首词见清人彭定球、曹寅等编定的《全唐诗》卷八九六,其中《渔父歌》又见卷二十九"杂歌谣辞"和卷七六〇。著《琼瑶集》若干卷,已佚。

关于他的生卒年有这样几种说法:一是"约公元855年至约公元930年"[51];二是"约公元855年至公元930年"[52];三是"公元855年至约公元930年"[53];四是"约公元896年前后在世"[54]。程郁缀认为,把李珣生年定为公元855年,即唐宣宗大中九年,把卒年定为公元930年,即前蜀灭亡之后的第五年,这两种定断都缺乏史实根据。而写作"约公元896年前后在世",这虽然不错,但又失之太宽泛,至少"蜀亡不仕"的记载可证明前蜀亡时(925年),李珣仍在世。因此他认为"在生卒年前加上一个'约'字,是比较慎重的做法"[55]。或者像龙榆生先生编选的《唐宋名家词选》那样,在李珣传记中,根本不提生卒年。

第二章 《花间集》的创作主体

吴任臣的《十国春秋》卷四十四称"珣本波斯之种",五代后蜀何光远的《鉴诫录》卷四《斥乱常》说得更详细:

> 宾贡李珣,字德润,本蜀中土生波斯也。少小苦心,屡称宾贡。所吟诗句,往往动人。尹校书鹗者,锦城烟月之士也,与李生常为善友。遽因戏,遂嘲之,李生文章,扫地而尽。诗曰:"异域从来不乱常,李波斯强学文章。假饶折得东堂桂,孤臭薰来也不香。"

北宋黄休复的《茅亭客话》卷二《李四郎》记载:

> 梓州李珣,其先波斯也。珣有诗名,以秀才预宾贡。事蜀主衍,国亡不仕。有《琼瑶集》,多感慨之音。其妹为衍昭仪,亦能词,有"鸳鸯瓦上忽然声"句,误入花蕊宫词中。李四郎名玹,字廷仪,其先波斯国人,随僖宗入蜀,授率府率。兄珣,有诗名,预宾贡焉。玹举止温雅,颇有节行,以鬻香药为业……暮年以炉鼎之费,家无余财,唯道书、药囊而已。

从上述记载可知,李珣祖先为波斯人,唐末为避难而随僖宗入蜀,定居梓州(今四川三台),李珣是出生于蜀地的波斯人。范文澜先生在《中国通史简编》中说,唐朝长安城中留居有大批的外国商人,其中大多是大食、波斯人,长安城中有波斯邸。波斯是西亚的重要国家,地处丝绸之路的通道。唐初即与波斯有使节往来,唐高宗时,波斯遭大食侵略,王子卑斯路曾到唐来请求援助。波斯被大食灭亡后,波斯反抗大食的政治势力仍继续以国家的名义遣使来唐。许多波斯商人来唐经商,不少人留居长安、扬州、广州等地。波斯商人把珠宝、香料、药材等输入中

《花间集》研究
Huajianji Yanjiu

国,中国的丝织品、瓷器等也大量输往波斯。李珣的祖先应当很早就居于中国,并与皇家有着极为密切的关系,后人方得以"随僖宗入蜀"。他曾仕于蜀主王衍,"有诗名,以秀才预宾贡",著有《琼瑶集》。其妹为蜀主王衍昭仪,也善作词。另外,李时珍的《本草纲目》还曾提到李珣曾著有医学著作《海药本草》[56]。考虑到他本人精通医学,其弟李玹又"以鬻香药为业",陈垣推测李珣兄弟可能为唐穆宗长庆年间(821—824年)来华贩卖药材的波斯商人李苏沙的后人。[57]但是程郁缀却认为这种说法有待商榷,需要有更进一步的史料来证明。[58]

李冰若在《栩庄漫记》中将花间词分为三派:"镂金错采,缛丽擅长,而意在闺帏,语无寄托者,飞卿一派也;清绮明秀,婉约为高,而言情之外,兼书感兴者,端己一派也;抱朴质实,自然近俗,而词亦疏朗,杂记风土者,德润一派也。"并且说:"李德润词大抵清婉近端己。其写南越风物,尤极真切可爱……又《渔歌子》《渔父》《定风波》诸词,缘题自抒胸境,洒然高逸,均可诵也。花间词人能如李氏多面抒写者甚鲜。故余谓德润词在花间可成一派,而介立温韦之间也。"[59]

现存五十四首李珣的词作共使用了十五个词牌。用得最多的是《南乡子》,计十七首,比重占三分之一。此外,有《定风波》五首,《酒泉子》《浣溪沙》《渔歌子》各四首,《渔父》《菩萨蛮》各三首,《西溪子》《女冠子》《巫山一段云》《望远行》《河传》《临江仙》各两首,《虞美人》《中兴乐》各一首。从题材内容上看,大致可以分为以下四个方面:风物词、闺情词、隐逸词、怀古词。

风物词。李珣的组词《南乡子》十七首,跟欧阳炯的八首题材相同的《南乡子》一起描绘了一幅多姿多彩的南国风情画卷,从不同的侧面展示了南方特有的风土人情,在词坛上开辟了一个风光旖旎的新天地,突破了花间词的描写范式,使词的境界有了新的拓展,可以说给词体文

第二章 《花间集》的创作主体

学注入了新的活力。正如俞陛云所言:"咏南荒风景,唐人诗中以柳子厚为多。五代词如欧阳炯之《南乡子》、孙光宪之《菩萨蛮》,亦咏及之。惟李珣词有十七首之多。荔子轻红,桄榔深碧,猩啼暮雨,象渡瘴溪,更萦以艳情,为词家特开新采。"[60]

这类词描写了迷人的南国景物和风土人情,浓郁的岭南异域的神奇景物,给人一种别样的新奇之感。如:

> 山果熟,水花香,家家风景有池塘。木兰舟上珠帘卷,歌声远,椰子酒倾鹦鹉戏。

> 登画舸,泛清波,采莲时唱采莲歌。兰棹声齐罗袖敛,池光飐,惊起沙鸥八九点。

> 归路近,扣舷歌,采真珠处水风多。曲岸小桥山月过,烟深锁,豆蔻花垂千万朵。

> 新月上,远烟开,惯随潮水采珠来。棹穿花过归溪口,沽春酒,小艇缆牵垂岸柳。

另一首《南乡子》:"烟漠漠,雨凄凄,岸花零落鹧鸪啼。远客扁舟临野渡,思乡处,潮退水平春色暮",则表达了思乡之情。在烟雨凄迷的暮春景色的映衬中,思乡之情丝丝缕缕般弥漫其中,情融入景中。"潮退水平春色暮"一句让我们似乎可以看到词人站在潮退之后的水边,向远方眺望,心中弥漫的是思乡的惆怅。

《花间集》研究
Huajianji Yanjiu

  渔市散,渡船稀,越南云树望中微。行客待潮天欲暮,送春浦,愁听猩猩啼瘴雨。

  相见处,晚晴天,刺桐花下越台前。暗里回眸深属意,遗双翠,骑象背人先过水。

  这两首词生动地再现了极富异域特色的风土人情,前一首描绘的是江南水乡傍晚渔市散去,烘托出暮色降临时众人匆匆归家的氛围。同时也从侧面表现出词人"独在异乡"的孤寂。"瘴"是南方山林间湿热蒸燠之气,"瘴雨"则是指含着瘴气的雨。后一首描写的则是南国少女遇见一位她所钟情的男子,故意"暗回眸""遗双翠",然后背着人先过河去等他的情形。李珣在这两首词中不仅描写出了南国的特有风貌,而且用浅近的语言营造出了新奇优美的意境。

  词人笔下的珍珠女、采莲女一洗花间词中的妖娆之态和闺楼女子的悲思愁情,表现出江南女子的灵动和韵味。性格开朗活泼,健康自然,充满了生命活力。如:

  乘彩舫,过莲塘,棹歌惊起睡鸳鸯。带香游女偎伴笑,争窈窕,竞折团荷遮晚照。

  倾绿蚁,泛红螺,闲邀女伴簇笙歌。避暑信船轻浪里,闲游戏,夹岸荔枝红蘸水。

  沙月静,水烟轻,芰荷香里夜船行。绿鬟红脸谁家女,遥相顾,缓唱棹歌极浦去。

第二章 《花间集》的创作主体

拢云髻,背犀梳,焦红衫映绿罗裙。越王台下春风暖,花盈岸,游赏每邀邻女伴。

词人用白描的手法生动地再现了南国的山山水水。在山水的映衬下,这里生活着一群健康活泼、自然可爱、充满灵秀之气的年轻女子。这些女子同以往闺阁绣帏中富贵华丽的绣幌佳人有着截然不同的风貌。在一片脂粉繁华中突然出现了"小清新",给读者带来了截然不同的情感体悟。正如李若冰在《花间集评注》中所云:"《南乡子》诸首,写景物,写风俗,均以明净之句,绘影绘声,引人入胜。"

闺情词。描写男欢女爱、离愁别恨的闺情是词的传统题材,五代时多以男女情思为创作主题。李珣在闺情词的创作上,也表现了迥异于流俗的一面。他没有像同时代的其他词人那样把笔墨过多地投注于欢爱的场景、暧昧的场面,甚至于情色的渲染。他笔下的闺情呈现出一种纯美的真情,女子对情人缠绵无尽的相思和对欢情的追忆成为他的主要创作内容。在细腻的描写中,把抒情主人公的心情一层一层地拨开,呈现在读者面前,营造出一种深层的情感审美特质。如《浣溪沙》其三:"访旧伤离欲断魂,无因重见玉楼人,六街微雨镂香尘。早为不逢巫峡梦,那堪虚度锦江春?遇花倾酒莫辞频。"叙写男子寻访旧日情人而不遇的怅惘失意之情。吴任臣的《十国春秋》卷四十四说李珣此作"词家互相传诵",李调元在《雨村词话》卷一说"尖新",一句"微雨镂香尘"备受词评家赞誉。

又如《浣溪沙》其四:"红藕花香到槛频,可堪闲忆似花人,旧欢如梦绝音尘。翠叠画屏山隐隐,冷铺纹簟水潾潾,断魂何处一蝉新?"上片由景入情,阵阵荷花的清香触发了男子的情思,由"花"写到对"似花人"的思念,那如花的美人却遥不可及。下片采用象征手法,用"屏山"

《花间集》研究
Huajianji Yanjiu

表现思念之人相隔遥远。俞陛云说:"'屏山''纹簟'句虽眼前景物,如隔山水万重;小桥南畔,不异天涯也。"并谓"言情之词",其他篇章均"不若此词之蕴藉"。这里描写男女之情,没有男女欢会场景的露骨描写,没有对女子容貌、服饰的细致刻画,而是通过景中含情的手法,来表现男女之间的离愁别恨。正如李调元在《雨村词话》卷一所评:"李珣工于《浣溪沙》词。其词类七言,须于一句中含无限远神方妙。如'入夏偏宜浅淡妆',又'暗思何事立残阳',又'魂断何处一蝉新',皆有不尽之意。"

  隐逸词。李珣有《渔歌子》四首、《渔父》三首。在五代词人中,关于渔父题材的作品有后晋和凝的《渔父》一首,南唐李煜的《渔父》两首,后蜀欧阳炯的《渔父》两首。无论是从数量上还是营造的意境上,李珣在渔父词的创作方面堪称这一时代的佼佼者。这类作品表现了词人遗世高蹈的隐逸情怀。他摆脱了世俗功名利禄的羁绊,以一种和谐静谧的心态超然于尘世之外,陶然于山水之中,用白描的手法把自己回归山水的恬淡心情自然地呈现。《渔歌子》其一:"楚山青,湘水渌,春风澹荡看不足。草芊芊,花簇簇,渔艇棹歌相续。信浮沉,无管束,钓回乘月归湾曲。酒盈樽,云满屋,不见人间荣辱。"词的上片描绘了清秀宁静的自然山水。青山绿水,春风荡漾,让人流连忘返。草木繁茂,花团锦簇,渔船上传来此起彼伏的棹歌之声。词人徜徉于山水美景之中。一切景语皆情语,下片以情语起笔,任渔舟在波上起伏飘荡,垂钓月归,倾杯畅饮,全然不将功名利禄放在心上。词人荡舟垂纶,悠然自得的归隐志趣跃然纸上。全词自然洒脱,表现了词人超脱凡世的闲情雅趣。后三首也是先写景后抒情,景中含情,情寓于景,表现词人寄情山水、隐逸自适的乐趣。如《渔歌子》其三:

第二章 《花间集》的创作主体

  柳垂丝,花满树,莺啼楚岸春天暮。棹轻舟,出深浦,缓唱渔歌归去。罢垂纶,还酌醑,孤村遥指云遮处。下长汀,临浅渡,惊起一行沙鹭。

这是一首渔舟唱晚词。暮春时节,垂钓者在一抹夕阳的余晖中安逸地摇着轻舟,低声哼唱着渔歌,耳边偶尔响起几声黄莺的啼鸣。小船靠岸的时候,一行沙鹭扑啦啦地向空中飞去。人在画中游,词中有画,画中有词。在宁静悠闲的水乡中,人的心境也宁静下来,没有喧闹尘世的烦恼,只有自在山水间的生活情趣。所以李调元认为和张志和的《渔父》词相比,他更爱李珣的《渔歌子》:"世皆推张志和《渔父》词,以'西塞山前'一首为第一。余独爱李珣词云:'柳垂丝,花满树……'不减'斜风细雨不须归'也。"[61]

《定风波》五首则是描写词人在亡国后的隐居生活。其二曰:"十载逍遥物外居,白云流水似相与。乘兴有时携短棹,江岛,谁知求道不求鱼。到处等闲邀鹤伴,春岸,野花香气扑琴书。更饮一杯红霞酒,回首,半钩清月贴清虚。"描写了自己十年来"逍遥物外",寻求老庄之道的隐居生活和情趣。

怀古词。怀古题材是中国古代诗歌的一个重要内容,它以古人古事为吟咏对象,抒发吊古伤今之情、借古讽今之意。李珣的《巫山一段云》二首就是借巫山神女之事来抒发吊古伤今之情的作品。

  有客经巫峡,停桡向水湄。楚王曾此梦瑶姬,一梦杳无期。尘暗珠帘卷,香销翠幄垂。西风回首不胜悲,暮雨洒空祠。

  古庙依青嶂,行宫枕碧流。水声山色锁妆楼,往事思悠悠。云

《花间集》研究
Huajianji Yanjiu

雨朝还暮,烟花春复秋。啼猿何必近孤舟,行客自多愁。

第一首词叙述自己经过巫峡时,停船江边去游览神女祠。陆游的《入蜀记》卷六说:"过巫山凝真观,谒妙用真人祠。真人即世所谓巫山神女也。祠正对巫山,峰峦上入霄汉,山脚直插江中。"词人所游,当即此祠。词人眼中所见的神女祠萧条冷落,破败荒凉。在寂寥的秋风之中,盛衰兴亡之感油然而生。

第二首词写词人从神女祠中离去,来到了邻近的楚行宫。词人面对遗址,展开联想的翅膀,驰骋想象。当年宫中的嫔妃佳丽如云,歌舞游宴,过着纸醉金迷的生活。如今妆楼深锁,而水声山色依旧,物是而人非。下片写云雨依旧朝朝暮暮,繁丽的景色随着四时更替而往复。景物依然,人事全非,岁月沧桑之慨自然生发。结尾两句,更是递进一层。巫峡多猿,啼声悲哀。郦道元的《水经注·江水》:"故渔者歌曰:巴东三峡巫峡长,猿鸣三声泪沾裳。"孤舟中的行客心中早已经充溢悲愁,那悲伤的啼猿就不用再愁上添愁了。作者将史实传说和山水景物融于一体,怀古以抒慨,颇有低回婉曲之妙。

以往论及李珣,关于其生平、作品的分析多集中在其波斯血统。其实,李珣的作品同道教的关系更为密切,其作品所显露的道教文化的吉光片羽向我们昭示了道教对李珣的影响颇深,惜前人论述阙如。

首先,时代风习、巴蜀地域文化和家庭环境对他的影响。五代后蜀何光远的《鉴诫录》卷四"斥乱常"载:"宾贡李珣,字德润,本蜀中土生波斯也。少小苦心,屡称宾贡。所吟诗句,往往动人。"北宋黄休复的《茅亭客话》卷二"李四郎"条云:"李四郎名玹,字廷仪,其先波斯国人,随僖宗入蜀,授率府率。兄珣,有诗名,预宾贡也。"由以上资料,我们可知李珣是波斯后裔,他的先人随僖宗避乱入蜀,定居梓州(今四川三

第二章 《花间集》的创作主体

台),他生于蜀地,长于蜀地。

唐五代是道教的鼎盛时期,李唐王朝奉道教为"国教",统治者大力扶植道教。唐高祖于武德八年(625年)规定三教次序:"今可老先,次孔,末后释宗。"[62]三教的排名次序依次为道、儒、佛。贞观十一年(637年)唐太宗下诏:"自今已后,斋供行玄法,至于称谓,道士女冠可在僧尼之前。"[63]唐高宗于乾封元年(666年)亲自到亳州拜谒太上老君庙,尊老子为"太上玄元皇帝",下令贡举人士必须兼通《道德经》。玄宗即位后推行崇道抑佛的政策,将崇道之风推向高潮。玄宗接受道教法箓,并亲自为《道德经》作注。玄宗之后,武宗和僖宗亦崇道。唐武宗"重方士,颇服食修摄,亲受法箓"。他拜赵归真为师,学神仙之术。并且在宫中建望仙观,在南郊筑望仙台,最后因为服食丹药而中毒身亡。僖宗也同样广造仙台道观,服食丹药,祈望长生不老。前蜀后主王衍受道箓,以道士杜光庭为传真天师、崇真馆大学士,醉心长生不老。据五代后蜀何光远的《鉴诫录》记载,他塑造仙"王子晋像,尊为圣祖至道玉皇帝,又塑高祖及帝像侍立于左右"。又"起宣华苑,有重光、太清、延昌、会真之殿,清和、迎仙之宫,降真、蓬莱、丹霞之亭,飞鸾之阁,瑞兽之门","尝与太后、太妃游青城山,宫人衣服,皆画云霞,飘然望之若仙。衍自作《甘州曲》,述其仙状,上下山谷,衍常自歌,而使宫人皆和之"。

李珣的妹妹李舜弦是王衍的昭仪,昭仪为九嫔之首,地位仅次于皇后和后妃,可见其深得后主王衍宠爱。李舜弦颇有辞藻,《全唐诗》中辑入了她的诗作共计三首:《蜀宫应制诗》《随驾游青城》《钓鱼不得诗》。其中《随驾游青城》描写的即是王衍与众妃游青城山之事:"因随八马上仙山,顿隔尘埃物象闲。只恐西追王母宴,却忧难得到人间。"王衍非常喜欢艳词,"好私行,往往宿于娼家,自执板唱《霓裳羽衣曲》及《后庭花》《思越人》曲"[64]。他"以亡臣韩昭等为狎客,杂以妇人,以姿荒宴。

67

或自旦至暮,继之以烛"[65]。而且"颇知学问,童年即能属文,甚有才思,尤酷好靡丽之辞,常集艳诗二百篇,号曰《烟花集》。凡有所著,蜀人皆传诵焉"[66]。李珣因为作词而得到王衍的赏识:"珣以小词为后主欣赏,尝制《浣溪沙》词,有'早为不逢巫峡梦,那堪虚度锦江春',词家互相传诵。"[67]上有好者,下必甚焉。李珣的先人随僖宗入蜀,李珣之妹又为后主王衍昭仪,两位君王皆笃信道教,李珣受道教影响自然可以理解。

巴蜀又是道教的发源地。道教乐生,重视现世的享乐,重阴阳调和,性命双修,炼制丹药,追求长生。前文曾提到李珣本人通晓药理,曾著有《海药本草》一书,研究外来药物,收药一百二十余种。此书曾被李时珍的《本草纲目》多处引用。其弟李玹"举止温雅,颇有节行,以鬻香药为业……暮年以炉鼎之费,家无余财,唯道书、药囊而已"[68]。时代风习、地域文化和家庭环境的影响使李珣深受道教文化的浸润,这种影响在其作品中得到充分的体现。

其次,"志在烟霞慕隐沦"的人生追求。阅读李珣的作品,我们会发现一个有趣的现象,他受儒家思想影响比较少。正如刘尊明先生所论:"在李珣的文化心理中,中国诗学传统中的比兴寄托观念较为淡薄,具体而言,就是缺少所谓'香草美人寄托遥深'的深层文化心理。"[69]他的作品受道教"清虚""玄虚"的思想影响比较深,经常流露出"轻爵禄,慕玄虚"(《渔父》其一)、"志在烟霞慕隐沦"(《定风波》)的思想。他喜欢寄情山水、与世无争、不求荣辱的渔隐生活,追求"自在逍遥"、超然物外的人生境界。

中国古代文学中的"渔父"形象可以分为三种类型,第一种是以姜太公为代表的由渔隐而入世逐志的典型,"太公钓于兹泉,遇文王"(《吕氏春秋》);第二种是以东汉的严光为代表的乐隐避世的典型;第

第二章 《花间集》的创作主体

三种是以范蠡为代表的由仕入隐、功成身退的典型。而唐五代词中的渔父大多是第二种——高蹈出尘的隐士。以中唐张志和《渔歌子》为代表的渔隐词为追求"遗世独立"的隐者提供了述志的典范。在李珣的五十四首词中,《渔父》《渔歌子》《定风波》等表现渔隐倾向的有十二首。特别是《渔歌子》四首,分别描写了楚山湘水、橘洲佳景、莺啼楚岸、九疑山水的景色。词人或渔艇棹歌,或月夜垂纶,或鼓清琴、倾渌蚁,或扁舟自得,悠然陶醉于碧烟明月的佳境中。"信浮沉,无管束""不见人间荣辱""名利不将心挂""不议人间醒醉"等词句直接表达了李珣向往隐逸生活,渴望摆脱尘世烦扰的襟怀志趣。李珣在词中也自言"莫道渔人只为鱼"(《渔父》其一)、"避世垂纶不记年"(《渔父》其二)、"求道不求鱼"(《定风波》其三)。他的渔父词集中体现了"轻爵禄,慕玄虚"的玄真之妙。

需要指出的是,李珣的隐逸不是终南捷径式的,借隐逸以出仕;也不是在现实中碰壁之后仕途无望,对凡尘产生厌倦之感才转而追求隐逸。在他的词作中,既没有愤世嫉俗的感慨,也没有怀才不遇的牢骚。他本身追求的就是道教醉情山水的隐逸生活,在山水间得到一种满足,自然地流露出飘逸超然的风神。在《定风波》其一中词人写道:"志在烟霞慕隐沦,功成归看五湖春。一叶舟中吟复醉,云水,此时方认自由身。"其二:"花岛为邻鸥作侣,深处,经年不见市朝人。已得希夷微妙旨,潜喜,荷衣蕙带绝纤尘。""希夷微"一词语出《老子·道德经》第十四章"视之不见名曰夷,听之不闻名曰希,搏之不得名曰微。此三者,不可致诘,故混而为一",用来形容道家所追求的形神俱忘、空虚无我、清静无为、虚寂玄妙的境界。刘永济先生在《唐五代两宋词简析》中说:"此以范蠡功成,扁舟泛于五湖为高尚,故咏其事以见志也。"所言极是。

除此之外,一些与道教有关的词牌、意象,以及反映女冠生活题材

《花间集》研究

的作品等频繁地出现在他的词中。他有几首词所用的词牌是源于道曲和道教故事的,如《女冠子》《临江仙》《巫山一段云》。任二北在《教坊记笺订》中指出了七首俗乐道曲,其中就有《临江仙》和《女冠子》。《临江仙》《女冠子》和《巫山一段云》皆唐教坊曲,前二者《乐章集》入"仙侣调",黄昇在《唐宋诸贤绝妙词选》卷一《巫山一段云》下注:"唐词多缘题,所赋《临江仙》则言仙事,《女冠子》则述道情,《河渎神》则咏祠庙,大概不失本题之意。尔后渐变,去题远矣。"[70]李珣的两首《临江仙》由写仙事转为写闺中女子的相思之情。两首《女冠子》则是咏调名本意,写女道士的生活:"步虚声飘渺,想象思徘徊。晓天归去路,指蓬莱""玉堂虚,细雾垂珠佩,轻烟曳翠裾"。《巫山一段云》原咏巫山神女事,李珣的这两首词写客经巫峡,怀想楚王梦巫山神女之事,抒发吊古伤今之情。道教的神仙故事为李珣的创作提供了丰富的素材。巫山神女在唐末道士杜光庭编纂的《墉城集仙录》中已进入道教神谱,成为道教的神仙。《巫山一段云》其一"楚王曾此梦瑶姬"中的"瑶姬"正是巫山神女。此外,《浣溪沙》其三"早为不逢巫峡梦"中的"巫峡梦"亦指楚襄王梦巫山神女事。

在李珣的词中还有不少与道教文化有关的意象,如"刘阮"(《女冠子》其二)、"萧郎"(《中兴乐》)、"蓬莱"(《女冠子》其一)和"十二峰"(《河传》其一)等。"刘阮"即刘晨、阮肇。《神仙传》记载:"汉刘晨、阮肇,入天台山采药,溪边有二女子,忻然如旧相识。乃留刘、阮止焉。居数月,而人间已隔数世。遂复入天台,迷不知其处矣。"《花间集》中不仅有以刘、阮故事创作的词牌《天仙子》,而且刘阮成为表现男女相思之情的特有题材。《女冠子》其二中的"对花情脉脉,望月步徐徐。刘阮今何处?绝来书"就是以"刘阮"代指情郎,表现女道士尘缘未断的寂寞相思之苦。"萧郎"亦借指情郎,出自汉代刘向《列仙传》:"萧史者,秦穆公时人也,善吹箫,能致白孔雀于庭。穆公有女字弄玉,好之。公遂以女妻焉。日教弄玉作凤鸣,居数年,吹似凤声,凤凰来止其屋,公为作凤台。夫妇止其上,不下数年,一日皆随凤凰飞去。故秦人为作凤女祠于雍宫中,时有箫声而已。"后遂用"弄玉"泛指美女或仙女,用"萧史"或"萧郎"借指情郎。"蓬莱"为道教传说中的海外仙山之一,"十二峰"即巫山十二峰。这些和道教有关的词牌、意象的出现,从一个侧面证明了道教文化对李珣词的渗透和影响。英国语言学家麦克斯·米勒曾指出:"(古代)人类语言除非凭借隐喻和象征就不可能表达抽象概念;说古代宗教的全部词汇都是由隐喻和象征构成,这并非夸大其词。"[71]事实上,中国古代的诗词评论中也充满了隐喻和象征。在前人对李珣词的评价中,我们也可以寻觅到有关道教的隐喻。前面我们说过,李冰若在《栩庄漫记》中将花间词人分为三派:"镂金错彩,缛丽擅长,而意在闺帏,语无寄托者,飞卿一派也;清绮明秀,婉约为高,而言情之外,兼书感兴者,端己一派也;抱朴质实,自然近俗,而词亦疏朗,杂记风土者,德润一派也。"这段话中,用"抱朴质实"来形容李珣词的风格,"抱朴"一词是道教术语,出自《老子·十九章》"见素抱朴,少私寡欲"。东晋葛洪亦自号"抱朴子",并著有道教理论著作《抱朴子》。唐五代道士杜光庭注称:"端寂无为者,道之真也,故谓之朴。生成应变者,朴之用也,故谓之道。道、朴,一耳。"抱朴即持守本真,不为物欲所诱惑。这种用道教术语来评价李珣词作的方式,恰恰昭示了李珣的词作充满了道教文化的意蕴。夏承焘在《瞿髯论词绝句》中评李珣《渔歌子》,"波斯估客醉巫山,一棹悠然泊水湾。唱到玄真渔父曲,数声清越出花间"[72],可以说是对李珣词最好的诠释。

【注释】

[1][35][61]唐圭璋:《词话丛编》,中华书局1986年版,第4837

页、第 3421 页、第 1389 页。

[2]《辞海》，上海辞书出版社 1980 年版，第 975 页。

[3] 傅璇琮主编，陶敏、李一飞、傅璇琮：《唐五代文学编年史·中唐卷》，第 582 页；吴在庆，傅璇琮：《唐五代文学编年史·晚唐卷》，第 519 页。

[4]《唐音癸签》卷八，见傅璇琮著《唐五代文学编年史·晚唐卷》，第 519—520 页。

[5]《载酒园诗话·又编》，见傅璇琮著《唐五代文学编年史·晚唐卷》，第 520 页。

[6] 周汝昌：《诗词赏会》，中华书局 2011 年版，第 1 页。

[7][五代] 孙光宪：《北梦琐言》，中华书局 2002 年版，第 89—90 页。

[8] 康正果：《风骚与艳情》，上海文艺出版社 2001 年版，第 270 页。

[9] 闻一多：《唐诗杂论·宫体诗的自赎》，上海古籍出版社 1998 年版，第 9 页。

[10] 宇文所安：《初唐诗》，三联书店 2004 年版，第 5 页。

[11] 木斋：《曲词发生史续》，中国文史出版社 2014 年，第 2 页。

[12][14][40] 叶嘉莹：《唐宋词十七讲》，北京大学出版社 2007 年版，第 60 页、第 64—65 页、第 73 页。

[13][72] 转引自王兆鹏主编：《唐宋词汇评·唐五代卷》，浙江教育出版社 2004 年版，第 127 页、第 380 页。

[15] 弗洛伊德著，文荣光译：《少女杜拉的故事》，太白文艺出版社 2004 年版，第 27 页。

[16]《新唐书》卷七八《河间王孝恭传》。

[17] [唐]孟棨:《本事诗》,上海古籍出版社1991年版,第8页。

[18] 李剑亮:《唐宋词与唐宋歌妓制度》,浙江大学出版社2000年版,第30页。

[19] 唐佚名:《玉泉子》,文渊阁《四库全书》本。

[20] 《旧唐书》卷一九〇《温庭筠传》。

[21] 吴熊和:《唐宋词通论》,商务印书馆2003年版,第174页。

[22] 载《全唐诗》卷八〇四。

[23] 《草堂诗余别集》卷一,明万历刻本。

[24] 载《中华文史论丛》,1981年第2辑。

[25] 胡仔:《苕溪渔隐丛话》后集卷一七。

[26] 黄昇:《唐宋诸贤绝妙词选》卷一。

[27][28][38][41][43] 叶嘉莹:《迦陵论词丛稿》,北京大学出版社2008年版,第17页、第16—17页、第58页、第59页、第42页。

[29] 北京大学哲学系美学教研室编:《西方美学家论美和美感》,商务印书馆1980年版,第227页。

[30] 沈文凡、闫雪莹:《温庭筠、李商隐对女性的观照及其审美心理初探》,长春师范学院学报,2005年第3期。

[31] 李泽厚:《美的历程》,生活·读书·新知三联书店2009年版,第159页。

[32] 沈从文:《中国古代服饰研究》,上海书店出版社2011年版,第331页。

[33][59] 李冰若:《花间集评注》,人民文学出版社1993年版,第10页、第230页。

[34] [清]况周颐:《历代词人考略》卷二。

[36] [宋]陈振孙:《直斋书录解题》卷二十一,商务印书馆1939

《花间集》研究
Huajianji Yanjiu

年版。

[37]范文澜:《中国通史简编》第三编第二册,人民出版社1965年版。

[39]傅璇琮:《唐才子传校笺》,中华书局1990年版,第322页。

[42][44][45]夏承焘:《唐宋词欣赏》,百花文艺出版社1980年版,第32页、第32—33页、第36页。

[46]夏承焘、吴熊和:《读词常识》,中华书局2002年版,第36页。

[47]唐圭璋:《词学论丛·唐宋两代蜀词》,转引自王兆鹏主编《唐宋词汇评·唐五代卷》,浙江教育出版社2004年版,第190页。

[48]刘大杰:《中国文学发展史》,上海古籍出版社1997年版,第612页。

[49]朱志荣:《中国审美理论》,北京大学出版社2005年版,第167页。

[50]胡适:《词选》,台湾商务印书馆2010年版,第9页。

[51]《辞海》,上海辞书出版社1980年版,第1263页。

[52]夏承焘:《域外词选》,书目文献出版社1981年版,第157页。

[53]黄进德:《唐五代词》,上海古籍出版社1987年版。

[54]张璋、黄畲:《全唐五代词》,上海古籍出版社1986年版。

[55][58]程郁缀:《五代词人李珣生平及其词初探》,《北京大学学报》(哲学社会科学版),1992年第5期。

[56][57]陈垣:《回回教入中国史略》,《陈垣学术论文集》第1册,中华书局1980年版,第12—27页、第549页。

[60]俞陛云:《唐五代两宋词选释》,上海古籍出版社1985年版。

[62]《大正藏》卷五十,第634页,引自卿希泰、唐大潮《道教史》,江苏人民出版社2005年版,第96页。

[63]《文渊阁四库全书》,台湾商务印书馆1986年版,第426页。

[64][宋]张唐英撰:《蜀梼杌》卷上,中华书局1985年版,第10—11页。

[65]《旧五代史》卷一三六《僭伪列传》,中华书局1976年版,第1819页。

[66][67][清]吴任臣:《十国春秋》卷三十七,中华书局1983年版,第531页、第644页。

[68][北宋]黄休复:《茅亭客话》卷二"李四郎"条,中华书局1991年版,第13页。

[69]刘尊明:《"花间"名家李珣论述》,见《唐五代词史论稿》,文化艺术出版社2000年版,第272页。

[70]黄昇辑,王雪玲、周晓薇校点:《花庵词选》(一),辽宁教育出版社1997年版,第21页。

[71]麦克斯·米勒:《神话学论稿》,卡西尔:《人论》,上海译文出版社1985年版,第140—141页。

第三章 《花间集》中女性意识的凸显

第一节 唐前文学中女性形象的变迁

在浩瀚无垠的中国古代文学的历史长河中,涌现了无数优美动人的女性形象。多少文人墨客用饱蘸激情的笔去书写女性的美丽、温柔、睿智、勇武,一个个女神、女仙、女鬼、思妇、弃妇、怨妇的形象栩栩如生地呈现在我们面前。

中国文学中最早的女性形象可以追溯到先秦的神话传说。从《淮南子·览冥训》中炼五色石的女娲到《诗经·大雅》中踩着天地的足迹孕育周始祖后稷的姜嫄,从《汉乐府·上邪》中"山无陵,江水为竭,冬雷震震,夏雨雪,天地合,乃敢与君绝"的痴情女子到"万里赴戎机,关山度若飞。朔气传金柝,寒光照铁衣"(南朝·梁《木兰辞》)的花木兰,从梁陈宫体诗到唐代的宫怨和闺怨诗,不乏对各阶层女性形象的描写和赞美,女性形象反复出现于各个时代的各类作品之中,并且承载了丰富的蕴含,积淀着中华民族特有的审美心理和审美情趣,反映了中国文学特有的风貌。文学是社会生活的反映,通过对文学作品中女性形象的变迁的管窥,我们可以洞悉特定时代社会生活的风貌和人们思想意识形态的变化轨迹。文学又是作家主体意识形态的反映,文学作品形象的塑造,倾注了作家自己的思想意识和价值观念。从这个角度说,通过对文学作品中女性形象的分析和把握,我们可以更加全面地了解作家的思想、个性和追求。从文学创作的源流而言,文学的发展有其自身的传承性,"因枝以振叶,沿波而讨源",后世文学的诸种样式都可以在前朝寻到根源。唐前文学中的许多女性形象开辟了后世文学中女性形象的先河,对唐前文学中女性形象的梳理,有助于我们追溯花间词中女性形象的最初原型,有助于我们了解这些女性形象发展与演变的轨迹,有助于我们对女性形象的全面认识和理解。

一、从半人半兽到半人半仙——古代神话传说中的女性形象

中国的神话传说多散见于先秦及汉初典籍中,如《山海经》《淮南子》等。中国早期神话传说中的女性形象都是半人半兽的形体,女娲人首蛇身,西王母虎齿豹尾,蚕神嫘母畸形,嫫母的奇丑使鬼神惧之。

1. 关于女娲的形象

"娲,古之神圣女。化育万物者也。"(《说文解字》)她抟土造人,独立完成了生命的创造。她既是生命的创造者,同时也是和平乐土的护佑者,"往古之时,四极废,九州裂,天不兼覆,地不周载。火焰炎而不灭,水浩洋而不息;猛兽食颛民,鸷鸟攫老弱。于是女娲炼五色石以补苍天,断鳌足以立四极,杀黑龙以济冀州,积芦以止淫水;苍天补,四极正,淫水涸,冀州平,狡虫死,颛民生。"这是一个勇武独立的创世、救世的女神形象。关于女娲的外形特征,《楚辞·天问》:"女娲有体,孰制匠之?"王逸注:"传言女娲人头蛇身,一日七十化。"

2. 关于西王母的形象

被学者们誉为"神话之渊府"[1]的《山海经》记录和保存了许多古

《花间集》研究
Huajianji Yanjiu

老而原始的远古神话。西王母的传说最早出现于此书。在《山海经》中,西王母的形象一共出现了三次:

> 又西三百五十里,曰玉山,是西王母所居也。西王母其状如人,豹尾虎齿而善啸,蓬发戴胜,是司天之厉及五残。(《山海经·西山经》)

> 西王母梯几而戴胜杖,其南有三青鸟,为西王母取食。(《山海经·海内北经》)

> 西海之南,流沙之滨,赤水之后,黑水之前,有大山,名曰昆仑之丘。……其下有弱水之渊环之,其外有炎火之山,投物辄然。有人,戴胜,虎齿,有豹尾,穴处,名曰西王母。(《山海经·大荒西经》)

从"豹尾虎齿而善啸,蓬发戴胜"的西王母和人首蛇身的女娲,我们不仅看不出任何关于女性姿容的描写,而且看不到男女性别的差异,甚至没有两性生殖的概念。

文学是社会生活的直接反映,古代神话传说半人半兽的女性形象体现了人类最初的实用主义审美观。"人最初是从功利的观点来观察事物和现象的,只是后来才站到审美的观点来看待它们。"[2]在母系氏族社会时期,对于女性形象的塑造还没有掺杂进男性本位的意识。原始社会初期,人们处于生殖观念的混沌期,只知其母不知其父,男子的生殖角色在母系社会体系中被"弱化""淡化",女性因为其生殖能力和在社会生产中占有的主导地位,而受到包括男性在内的全体社会成员

第三章 《花间集》中女性意识的凸显

的崇拜。女性生殖崇拜进而上升为女性崇拜,人们以女性自身形象为原型创造了女神,将其供奉到神圣的祭坛。

随着社会生产力的进步和社会分工的细化,人类逐渐从母系氏族公社时期步入父系氏族公社时期。随着生产方式的变化,女性在社会中的主导地位渐渐地被男性取代。女性逐渐淡化出社会舞台的中心,成为男性的陪衬和附庸。在那高高祭坛上的女神也被男性神灵所取代,早期勇武独立的女娲形象有了新的变化。她忽而成为伏羲的妻子,"女娲本是伏羲妇"(《与马异结交诗》),忽而成了大禹的妻子,"禹娶涂山氏女名女娲,生启"(《世本·帝系》)。她创世的丰功伟绩也被男性神所取代,盘古开天辟地,代替女娲成为创造神。大禹代替她杀黑龙,止泾水。女神信仰逐渐衰落,男性被日益深化。在男权日益凸显的文化背景下,女神的形象有了变化,开始体现出男性的审美意识。连相貌丑陋、豹尾虎齿的西王母也变得美丽动人。在《穆天子传》中,她被塑造为雍容平和、会唱歌谣的仙女。

> 乙丑,天子觞西王母于瑶池之上。西王母为天子谣,曰"白云在天,山陵自出。道里悠远,山川间之。将子无死,尚能复来?"天子答之,曰"予归东土,和治诸夏。万民平均,吾顾见汝。比及三年,将复而野。"西王母又为天子吟,曰"徂彼西土,爰居其野。虎豹为群,於鹊与处。嘉命不迁,我惟帝女。彼何世民,又将去子?吹笙鼓簧,中心翔翔。世民之子,唯天之望。"天子遂驱升于弇山,乃纪丌迹于弇山之石,而树之槐,眉曰:西王母之山。(《穆天子传》卷三)

《穆天子传》中西王母的形象与《山海经》中的形象相比有了变化,郭璞

《花间集》研究

在注中提到"西王母如人,虎齿、蓬发、戴胜、善啸",开始被赋予了女性化的色彩,而且会唱那悠远而富有意韵的歌谣。"周穆王西游时拜见的西王母,不仅完全脱离了兽形,而且成为彬彬有礼、温情脉脉、善于歌咏的美丽多情的'昆仑之丘'的女主了。"[3]西王母用献歌的方式表示对穆天子宴请的感激之情和浓浓的眷恋之意,"将子无死,尚能复来?""嘉命不迁,我惟帝女。彼何世民,又将去子?吹笙鼓簧,中心翔翔。世民之子,唯天之望。"从前那半人半兽的女神俨然变为美丽温柔、多情善歌的女人。

《汉武帝内传》中的西王母更是姿容妍丽、魅力非凡,有着大群的仙妃陪侍左右:

唯见王母乘紫云之辇,驾九色斑龙,别有五十天仙,侧近鸾舆。……王母上殿东向坐,著黄锦袷襡,文采鲜明,光仪淑穆。带灵飞大绶,腰分头之剑。头上大华结,戴太真晨婴之冠,履元璃凤文之舄。视之,可年卅许,修短得中,天姿掩蔼,容颜绝世,真灵人也。……

西王母不仅地位高贵,而且楚楚动人,是一位容颜绝世的美人。西王母由半人半兽的形象嬗变为半人半仙的形象,从形象的演变轨迹我们可以看到男权文化传统中男性的社会主体意识、审美情趣在文学中的彰显。

二、《诗经》中的女性形象

作为我国第一部诗歌总集,《诗经》中的作品广泛地反映了殷周时期,尤其是西周初至春秋中叶社会生活的各个方面。同时它也是儒家经典中唯一一部描写男女之情的文学作品集。据统计,《诗经》中描写女性形象的诗歌约有百余首,占《诗经》全部作品的三分之一。诗歌描写的女性形象几乎覆盖了当时社会的各个阶层,涉及女性人生的各个阶段。从皇妃贵妇到平民百姓,从天真烂漫的少女到矜持痴情的恋爱中的女性,从美丽幸福的新嫁娘到忧伤悲愁的怨妇,从悲惨可怜的弃妇到深情缱绻的思妇,一个个生动的女性形象呈现在我们面前,构成了《诗经》最精彩的篇章。

(一)《诗经》中的女性形象类型

《诗经》中的女性形象可以分为两大类,一类是上层社会中的贵族妇女,另一类是民间女子。

上层社会的贵族妇女中包括雅、颂中的极少部分的社会神和祖宗神,如《思齐》中的文王之母太任、王季之母太姜,《大明》中的文王之妻太姒,以及《生民》中的姜嫄等。这些贵族妇女雍容典雅、服饰华美。如《卫风·硕人》中的卫庄公夫人庄姜:"手如柔荑,肤如凝脂,领如蝤蛴,齿如瓠犀,螓首蛾眉,巧笑倩兮,美目盼兮。"运用比喻手法清晰地凸现了她的雍容高贵、美丽仪容。《鄘风·君子偕老》运用铺陈的手法刻画了宣姜的形象:"君子偕老,副笄六珈。委委佗佗,如山如河,象服是宜。""副笄六珈"写宣姜的头上戴着步摇横簪,横簪上有六种玉饰,深沉稳重而有威仪,像山河一样壮美。"象服是宜","象服"又称为袆衣,是国君夫人的衣服,衣服上画着鸟羽。"玼兮玼兮,其之翟也。鬒发如云,不屑髢也。玉之瑱也,象之揥也。扬且之晳也。"这一段还是在不厌其烦地描写宣姜华贵的衣服和发饰。"瑳兮瑳兮,其之展也,蒙彼绉絺,是绁袢也。子之清扬,扬且之颜也。"这一段还是在写宣姜的衣服,她穿上了浅红绉纱的夏天的半袖上衣,上衣是用皱皱的细葛制成的。如此

《花间集》研究

多的篇幅,都在写她穿什么样的衣服,戴什么样的首饰,可以说是不厌其烦。这样繁复描写的目的只有一个,那就是为了突出宣姜身份的高贵。另外,如《召南·何彼襛矣》《邶风·燕燕》《鄘风·载驰》《郑风·有女同车》等篇章中也描摹了一系列贵族女性形象。《召南·何彼襛矣》这首诗,《毛诗序》认为是赞美王姬下嫁于诸侯,执妇道以成肃雍之德。朱熹《诗集传》中也说:"王姬下嫁于诸侯,车服之盛如此,而不敢挟贵以骄其夫家,故见其车者,知其能敬且和以执妇道,于是作诗美之。"《邶风·燕燕》赞颂庄姜温和恭顺、善良谨慎的美德。"仲氏任之!其心塞渊。终温且惠,淑慎其身。"《鄘风·载驰》中的许国穆公夫人则是一位关怀祖国命运,为拯救国难,屈狄复国的贵族女性。当她听到卫国灭亡,自己的兄长卫侯死去的消息后,立即策马驱驰,去哀悼卫侯。可是她的丈夫许穆公不同意,派遣大夫跋山涉水,劝阻她返回许地。诗歌的第二章描写许穆夫人内心的矛盾:"既不我嘉,不能旋反。视而不臧,我思不远。既不我嘉,不能旋济。视而不臧,我思不闷。"即使许穆公不赞同,不支持她的行为,她怀念宗国的忧思、眷恋宗国的情怀也不会停止。许穆夫人也因此被称为"中国第一位爱国女诗人"。《郑风·有女同车》赞美了齐侯之女的美丽贤良,"有女同车,颜如舜华。将翱将翔,佩玉琼琚。彼美孟姜,洵美且都。有女同行,颜如舜英。将翱将翔,佩玉将将。彼美孟姜,德音不忘。"像木槿花一样美丽的姑娘,身上的环佩锵锵作响,不仅美丽娴雅,而且品德高尚。

民间女子的形象主要体现在日常生活、桑间濮上、田间闾里,尤其体现在婚恋作品中。人类社会是由男人和女人共同组成的。随着家族宗法制度的形成,家庭成了社会的最小细胞,爱情、婚姻成为人类繁衍传续的重要手段,也是文学作品反映的重要内容。《诗经》中关于爱情和婚姻题材的诗篇约有六十篇,占《诗经》全部作品的五分之一。除

"小雅"中有关的九篇,其余都出现在"国风"里,占"国风"作品的三分之一。这些诗歌大都以热情、质朴、健康的歌唱,描述了青年男女对幸福爱情和美好婚姻的渴望、大胆的追求、热恋的快乐、失恋的哀伤,以及相思的痛苦,等等。在描写爱情婚姻的同时,塑造了一系列丰富的女性形象。

1. 恋爱中的少女

黑格尔说:"爱情在女子身上特别显得最美,因为女子把全部精神生活和现实生活都集中在爱情里和推广成为爱情。"[4]作为中国封建社会中毫无社会地位并且不被允许发挥自己才情与能力的女人,爱情就是她们全部的希望。《诗经》中塑造了很多恋爱中的少女,这里既有天真烂漫、大胆坦率、勇于表达爱情的少女,也有矜持深情的痴情女子。

《郑风·褰裳》的主人公是一位开朗泼辣的姑娘,她用轻松戏谑的语气催促她的情人赶快蹚着河水来相会,"子惠思我,褰裳涉溱。子不我思,岂无他人?狂童之狂也且!"性格开朗直率的姑娘向情人撒娇开玩笑,"子惠思我,褰裳涉洧。子不我思,岂无他士?狂童之狂也且",表现出姑娘对爱情的自信和对情人的炽热的爱恋,毫无拘束地大胆表白自己对于爱情的追求和渴望。

《邶风·静女》写一对初恋的男女相约在城隅,姑娘故意躲起来和小伙子捉迷藏,急得小伙子挠着头走来走去。"静女其姝,俟我于城隅。爱而不见,搔首踟蹰。"活泼多情的姑娘送给他好看的红色茅草管,小伙子心里美滋滋的。"静女其娈,贻我彤管。彤管有炜,说怿女美。"诗歌通过捉迷藏、赠彤管的动作,表现出初恋男女纯洁的爱情和微妙的心理活动,塑造了一位活泼可爱的少女形象。

《邶风·匏有苦叶》写一位少女独自在河边渡口,听到野雉求偶的鸣叫声,心中急切地等待她的情人前来迎娶。"士如归妻,迨冰未泮",

《花间集》研究
Huajianji Yanjiu

姑娘心中在暗暗叮嘱小伙子,若要娶老婆,别等到河水冰封的时候再过河。少女的痴情、期待的迫切心情写得具体而生动。

恋爱中的男女产生了矛盾,男的赌气不和女的说话,也不和女的一起吃饭。这使热恋中的女子寝食难安,吃不下睡不着。《郑风·狡童》描写了这位痴情的女子对男子依依不舍,唯恐对方抛弃自己的心理活动。"彼狡童兮,不与我言兮,维子之故,使我不能餐兮。彼狡童兮,不与我食兮,维子之故,使我不能息兮。"

2. 美丽幸福的新娘

周人非常重视婚姻,因为婚姻关系着宗族的延续。《诗经》中与婚姻嫁娶有关的诗歌大约有二十篇。《周南·桃夭》是一首祝贺女子出嫁的乐歌。"桃之夭夭,灼灼其华。之子于归,宜其室家",诗歌以桃之夭夭起兴,同时兼有象征作用,用桃花来形容新娘容貌的美艳;"桃之夭夭,有蕡其实",以果实累累来祝愿新人婚后多生贵子;"桃之夭夭,其叶蓁蓁",以桃叶的繁密祝愿家族昌盛。美丽的新娘即将开始幸福的婚姻生活,歌中唱出了对女子未来家庭生活的美好祝福。

《郑风·女曰鸡鸣》描写一对蜜月中的新婚夫妇相亲相爱的幸福生活,"弋言加之,与子宜之。宜言饮酒,与子偕老。琴瑟在御,莫不静好"。妻子催促丈夫早起出门猎射野鸭和大雁,回来烹烧菜肴一同饮酒,弹琴鼓瑟。描写了新婚夫妇的亲密和谐,浓情蜜意。

《郑风·有女同车》描写的则是新郎在迎亲回来的路上,与新娘同坐在车上。"有女同车,颜如舜华。将翱将翔,佩玉琼琚。彼美孟姜,洵美且都。"女子的容貌像木槿花一样艳丽;她自由自在地游乐;她的身上佩戴着珍贵的环佩,走起路来,环佩轻摇,发出悦耳的响声。这位新娘子不仅外貌美丽,而且品德高尚,气质文雅。诗人以无比的热情,从容貌、体态、佩饰,以及内在气质诸方面描写了他眼中的新娘。

3. 忧伤悲愁的弃妇和怨妇

在中国古代的宗法社会,提倡家国同构,齐家方能治国平天下。为了家庭的稳定,女性应该以牺牲自己的个人意志为代价。婚姻的主动权掌握在男子手中,而男子的心理则多是喜新厌旧,表现在文学上就出现了"弃妇诗"。所谓的"弃妇",是指被丈夫遗弃的妇女。这些弃妇在诗中诉说自己被遗弃的处境和心情,或是哀叹自身的不幸遭遇,或是指责男方背情弃信,或是期盼对方回心转意。弃妇诗的模式大致是先抒写对过去幸福生活的回忆,然后描写婚变后的心态,最后抒发自己极度的愤懑。有弃才有怨,所以我们把弃妇和怨妇放在一起。夏传才认为《诗经》中的弃妇诗有八篇[5]:《召南·江有汜》《邶风·柏舟》《卫风·氓》《王风·中谷有蓷》《郑风·遵大路》《小雅·我行其野》《小雅·小弁》《小雅·谷风》。其中《小雅·谷风》《卫风·氓》两篇写妻子被狠心的丈夫抛弃,《王风·中谷有蓷》写因凶年饥馑,妻子被丈夫遗弃,生活艰难。《邶风·柏舟》《召南·江有汜》两篇写因丈夫有了新欢导致自己被冷落。最著名的一首弃妇诗是《卫风·氓》。女主人公按照时间的顺序,诉说了自己的不幸婚姻,丈夫始乱终弃,自己所托非人,悔恨终生的惨痛经历。全诗共六章,第一章写她与"氓"的恋爱和约婚,"子无良媒,秋以为期";第二章写结婚,"以尔车来,以我贿迁";第三章追悔自己当初的错误选择,"士之耽兮,犹可说也!女之耽兮,不可说也";第四章写出嫁之后的贫苦生活和丈夫的言行不一,无德负心,"自我徂尔,三岁食贫""士也罔极,二三其德";第五章追忆婚后的勤苦劳作换来的却是丈夫无情地抛弃,自己心中的愁苦无处诉说;第六章表达了自己的怨恨和决绝。诗中的弃妇通过自己的惨痛经历清醒地认识到了男女的不平等,"吁嗟鸠兮,无食桑葚!吁嗟女兮,无与士耽!士之耽兮,犹可说也。女之耽兮,不可说也。"男人耽于爱情没有什么危险,但是如果女

《花间集》研究
Huajianji Yanjiu

人沉溺其中,就可能带来不幸。诗歌通过弃妇之口表现了女性自我意识的觉醒。同样,《邶风·日月》中的被弃女子对忘恩负义的丈夫也有着深刻的认识:"乃如之人兮,德音无良。胡能有定?俾也可忘!"这样的女性对感情的认识是清醒的。然而,在封建社会,女性没有独立的经济来源和社会地位,无法选择和决定自己的命运。所以要"在家从父,出嫁从夫,夫死从子"。更多的弃妇在不幸的命运面前只有哀怨和眼泪,以弱者的姿态任凭命运的摆布。比如《召南·江有汜》中的女子就期望着能与丈夫重归于好,甚至天真地以为负心的丈夫会后悔。"江有汜,之子归,不我以;不我以,其后也悔!"《邶风·终风》中的女子希望丈夫能回心转意,"寤言不寐,愿言则嚏,寤言不寐,愿言则怀"。

《诗经》是我国诗歌文学的光辉起点,为中国文学奠定了坚实的现实主义基础。《诗经》中的"弃妇诗"对后世同类题材的文学作品产生了深刻影响,成为后代弃妇诗模写的典范。汉代乐府民歌中的《上山采蘼芜》《怨歌行》和《孔雀东南飞》,中唐现实主义诗人白居易的《上阳白发人》《母别子》《琵琶行》,敦煌曲子词、花间词及宋词也出现了为数不少的弃妇之作,在宋元杂剧和明清小说中关于弃妇的题材更是多种多样。它们都或多或少地从《诗经》的弃妇诗中汲取了营养。

4. 深情缱绻的思妇

春秋时期诸侯兼并战争频繁,出征在外的征人思念家乡和亲人,居家的妻子思念远行的丈夫,征夫思妇成为中国诗歌的传统题材。周代实行宗法制度和封国制度,王公贵族拥有自己的领地和采邑,这些土地的耕种全靠奴隶和平民的劳动,各种徭役沉重地压在奴隶和平民身上,思妇诗中有一部分就反映了周代徭役的沉重。《诗经》中的思妇诗,即妻子思念久役不归的丈夫,有十二篇:《周南·卷耳》《周南·汝坟》《召南·草虫》《召南·殷其雷》《邶风·雄雉》《卫风·伯兮》《卫风·有狐》《王风·君子于役》《郑风·风雨》《秦风·小戎》《小雅·杕杜》《小雅·采薇》。征夫思妇诗，即征夫思念妻子的诗，有三篇：《邶风·击鼓》《王风·扬之水》《豳风·东山》。这些思妇诗反映了周代社会的兵役、徭役制度。"国之大事，在祀与戎"，保护宗国，抵御外辱，或攻城略地，武力扩张都要发生战争，有了战争就必然要服兵役。思妇诗既反映了战争给人民带来的痛苦，流露出对繁重不堪的徭役、兵役的反抗意识，同时也反映了战士们保家卫国的壮志豪情。如《卫风·伯兮》一诗有"伯兮朅兮，邦之桀兮。伯也执殳，为王前驱"，女主人公思念远征的丈夫，想象他"为王前驱"英勇无畏的气概。《秦风·小戎》描写秦国的一位妇女见到出征的军队，想起自己已经出征的丈夫。"言念君子，温其在邑。方何为期，胡然我念之。"思妇虽然写自己对丈夫的相思关切，但是并没有流露出哀怨的情绪，全诗更多的是对秦国军队强盛的阵容、优良的装备的夸耀。当然，更多的思妇诗表现出了妻子在家等待盼归的孤单、苦闷和离家在外的征夫归期遥遥的痛苦。如《王风·君子于役》："君子于役，不知其期""君子于役，不日不月"。《邶风·雄雉》："百尔君子，不知德行。不忮不求，何用不臧。"《毛诗序》说："《雄雉》，刺卫宣公也。淫乱不恤国事，军旅数起，大夫久役，男女怨旷，国人患之，而作是诗。"关于刺卫宣公之说，我们在诗中并没有看到。这首诗更像是出自一位妇人，抒发丈夫久役于外的怨旷之情。

(二)《诗经》中女性形象的审美特征

不管是上层社会的贵族妇女，还是田间闾里的农家女子，如果我们仔细品味《诗经》中对这些女子的描写，就会发现，在她们的身上具有相对趋同的审美特征。

《花间集》研究
Huajianji Yanjiu

1. 丰腴健硕的形体美

《诗经》中许多女性形象的塑造都以形体高大为美。《卫风·硕人》可以说是我国最早描写女性形体美的诗篇。

> 硕人其颀,衣锦褧衣。齐侯之子,卫侯之妻,东宫之妹,邢侯之姨,谭公维私。
>
> 手如柔荑,肤如凝脂,领如蝤蛴,齿如瓠犀,螓首蛾眉,巧笑倩兮!美目盼兮!
>
> 硕人敖敖,说于农郊。四牡有骄,朱幩镳镳,翟茀以朝。大夫夙退,无使君劳!
>
> 河水洋洋,北流活活。施罛濊濊,鳣鲔发发,葭菼揭揭。庶姜孽孽,庶士有朅!

这是一篇赞美卫庄夫人庄姜的诗,庄姜因为这首诗而成为《诗经》时代的典型美女。此诗开篇写道:"硕人其颀。"硕,《说文》:"硕,头大也",引申为大。朱自清《古诗歌笺解释三种》云:"大人犹美人,古人'硕''美'二字,为赞美男女之统词,故男亦称美,女亦称硕。"[6]诗中的"硕人"即指美人庄姜,不仅称庄姜为硕人,而且又称赞其"颀"。颀,清代段玉裁《说文解字注》:"颀,头佳儿。此本义也,引申为长。"《毛传》云:"颀,长貌。""硕人其颀",就是说庄姜这个美人身材高挑,亭亭玉立。《硕人》的第三章写道:"硕人敖敖,说于农郊。"敖敖,也是称赞庄姜的身材高大。接着诗歌用比喻的修辞手法形容这位女子的容貌神态:"手如柔荑,肤如凝脂。领如蝤蛴,齿如瓠犀。螓首蛾眉。巧笑倩兮,美目盼兮。"许多美学家将《卫风·硕人》中对美人的描写作为古代描写人体美的典范。同时也表现了那个时代人们的审美追求,即重视"硕大"

第三章 《花间集》中女性意识的凸显

之美。《诗经》中以"硕"为美的例子在许多诗篇中都出现过,如《陈风·泽陂》:

  彼泽之陂,有蒲与荷。有美一人,伤如之何?寤寐无为,涕泗滂沱!
  彼泽之陂,有蒲与蕑。有美一人,硕大且卷。寤寐无为,中心悁悁!
  彼泽之陂,有蒲菡萏。有美一人,硕大且俨。寤寐无为,辗转伏枕。

其中"有美一人,硕大且卷"及"有美一人,硕大且俨",皆以女子身材高大为美。类似的句子还有《唐风·椒聊》:"彼其之子,硕大无朋""彼其之子,硕大且笃";《齐风·猗嗟》:"猗嗟昌兮,颀而长兮",等等。

在《诗经》时代,高大丰硕的女人是美的。自从有了人类的历史,就有了人类发现美、欣赏美、创造美的审美活动。人类对于"美"的最初理解,《说文解字》中做出了这样的解释:"美,甘也,从羊从大。羊在六畜主给膳也,美与善同意。"宋徐铉注曰:"羊大则美,故从大。"《说文》对"甘"的解释则是:"甘,美也,从口含一。"这说明人类最初的审美是从感性与直觉出发,与实用有着直接的关系。在生产力水平低下,生活环境艰苦的情况下,审美的实用性和功利性被放在首要的位置。"人类在与自然斗争中,不仅改造了大自然,同时也改造自己的躯体。"[7]"为了与自然作斗争,人类需要强有力的身体。那种以高大壮健为美的观点,应该说是人类从功利要求出发对人体美最早的认识,它表现了人类积极进取的精神。"[8]从《豳风·七月》《王风·采葛》《王风·十亩之间》等诗篇可以看出,采集、编织等劳动主要由女性承担。而《周南·芣苢》

《花间集》研究
Huajianji Yanjiu

《螽斯》《唐风·椒聊》《麟之趾》等篇都涉及子孙繁衍的问题。在生产力水平低下,生存环境恶劣的情况下,原始人的平均寿命极低,种族繁衍成为原始人类面临的首要问题,丰腴健硕的身材使女性在生存、生育上都具有优势。《诗经》中对女性丰腴健硕的审美取向有着鲜明的时代烙印,表现了人类文明初期对女性健康美的现实需求。

2. 贤良淑惠的德行美

《诗经》中描写的这些女性不仅有丰腴健硕的外在美,而且有贤良淑惠的内在美,是内在美和外在美的统一体。以《诗经·国风·周南》为例,《诗经·国风·周南》共十一篇,列于十五国风之首,大多是西周时期的作品。在这十一篇作品中,除了《麟之趾》描写的是男性之外,其余的十篇都是以女性为描写对象。这十篇作品所描写的女性,《毛诗序》认为是同一个人物——后妃,诗歌集中赞美了后妃贤良淑惠的德行美。十篇作品的小序是这样说的:《关雎》,后妃之德也。《葛覃》,后妃之本也。《卷耳》,后妃之志也。《樛木》,后妃逮下也。言能逮下,而无嫉妒之心焉。《螽斯》,后妃子孙众多也。《桃夭》,后妃之所致也。不妒忌,则男女以正,婚姻以时,国无鳏民也。《兔罝》,后妃之化也。《毛诗正义》说:"由后妃《关雎》之化行,则天下之人莫不好德,是故贤人众多。由贤人多故兔罝之人犹能恭敬。"《芣苢》,后妃之美也,和平则妇人乐有子矣。《汉广》,德广所及也。《汝坟》,道化行也。言此妇人被文王所化,厚事其君子。从小序中我们可以看出,这十首诗没有将笔力集中在女性的容貌、神态上,而是着力于女性的品德、仪容、举止等方面的刻画,重在表现女性内在的德行美。

《毛诗序》的观点对于后代《诗经》评论家有很大的影响,历代的评论家几乎都沿用了《毛诗序》的观点。略有微词的地方主要集中在十首诗是否描写了同一位女性。根据朱熹在《诗集序》中的观点:《关雎》和

第三章 《花间集》中女性意识的凸显

《汉广》这两部作品描写的是具有贞静之德的少女形象。《关雎》,"周文王生有圣德,又得圣女姒氏以为之配,宫中之有于是始至,见其有幽闲贞静之德,故作是诗。"《汉广》,"文王之化,自近而远,先及于汉江之间,而有以变矣。"

《关雎》首章:"关关雎鸠,在河之洲。窈窕淑女,君子好逑。"诗歌借关关唱和的雎鸠,参差不齐的荇菜起兴,来引出幽闭深居的淑女,其目的是刻画淑女的贞静之德。二、三章描写了淑女的贞静之德所激发出来的情思和行为。"参差荇菜,左右流之。窈窕淑女,寤寐求之。求之不得,寤寐思服。悠哉悠哉,辗转反侧。"诗歌虽然写的是男子对女子的追求,但是我们看不到男女之间的原始性欲,而是一种对美的追求和向往,诗中的女子让人油然而生尊重之情,不可亵玩。使男子爱得"寤寐思服"的"窈窕淑女",她兼有内心与外貌之美。马瑞辰《毛诗传笺统释》云:"《方言》秦晋之间,美心为窈,美状为窕。"《诗经》中的"窈窕淑女"正是内在美与外在美的统一。

《葛覃》中描写的女子可以说是当时社会中理想婚姻对象的一个典范。诗中的二、三章:"葛之覃兮,施于中谷,维叶莫莫。是刈是濩,为絺为绤,服之无斁。言告师氏,言告言归。薄污我私,薄浣我衣。害浣害否?归宁父母!"描写了一位温柔贤惠、灵巧细心的女子因归宁而浣洗衣服,因浣洗衣服而想到细葛布和粗葛布是葛藤煮过之后织成的,整首诗表达了女子婚后要回家见父母的喜悦心情。《诗序》说:"《葛覃》,后妃之本也。后妃在父母家,则志在于女功之事,躬俭节用,服浣濯之衣,尊敬师傅。则可以归安父母,化天下以妇道也。"陈子展在《诗经直解》中写道:"今文《鲁说》以《葛覃》为言大夫家婚姻之诗,与诗义正合。"这首诗是一首风化之诗,是上以风化下的作品,通过对上层妇女的描述来树立女性形象的典范。

《花间集》研究
Huajianji Yanjiu

《周南·桃夭》描写了新婚的女子不仅青春年少,美艳如婀娜多姿的桃花,而且还有"宜其室家"的美德。《郑风·有女同车》称赞女子的美德:"彼美孟姜,洵美且都""彼美孟姜,德音不忘"。"都",朱熹《诗集传》云:"都,闲雅也。"《邶风·静女》中"静女其姝"的"静女",朱熹《诗集传》云:"静者,闲雅之意。"

人类审美活动的发生是一个漫长的渐进过程,周代社会礼乐文明已经达到了一定的程度,人们在解决生存、温饱问题的过程中,逐渐形成了对人类自身和其所生存的外在世界的审美需要。《诗经》中对女性德行美的赞颂,正是人类审美意识觉醒的一个重要标志。

在《诗经》时代的社会意识形态中,德与善已经成为美的基础。"只有在伦理道德方面意味着'善',才可以说是美,反过来,凡是'美的东西',也都是'善的东西'。"[9]这种思想与《楚辞·离骚》中的"纷吾既由此内美兮,友重以修能""芳与泽其杂揉兮,唯昭质其犹未亏"相呼应,成为先秦时代的核心审美价值观。

三、《楚辞》中女性形象的审美特征

战国时期出现的《楚辞》与《诗经》共同构成了中国古典诗歌的两大源头。在先秦文学中也只有这两部作品有集中的女性描写,塑造了丰富的女性形象。由于两部作品产生的时间不同、地域不同,在习俗和审美趣味上大相径庭,所塑造的女性形象也表现出明显的不同特征。

1. 从实用向唯美的转变

在《诗经》产生的西周时代,生命力崇拜、生殖力崇拜是社会的一种普遍的审美风尚。随着社会的进步,到了《楚辞》形成的时代,人们的审美倾向已经从实用性开始向审美性转变。

《楚辞》中对女性形象进行描写的有屈原的《山鬼》《湘夫人》等篇,

第三章 《花间集》中女性意识的凸显

《山鬼》中的"若有人兮山之阿,被薜荔兮带女萝,既含睇兮又宜笑",摹形写态,栩栩如生。《湘夫人》采取烘托的手法来描写湘夫人的悲剧形象,"帝子降兮北渚,目眇眇兮愁予。嫋嫋兮秋风,洞庭波兮木叶下"。《九歌》对男女情思、人鬼之爱的描写富有人情味,更启人遐思。屈原笔下的女子是优美婀娜、华丽高贵的。《楚辞》的审美标准不再是《诗经》中的"硕",而是"细小"。《大招》:"小腰细颈,若鲜卑只。"王逸注"言好女之状,腰只细小,颈锐细长,靖然而特异,若以鲜卑之带,约而束之也。"屈原对女性的描写非常细腻,开始显露出唯美主义的倾向。还以《大招》为例:

> 二八接舞,投诗赋只。叩钟调磬,娱人乱只。四上竞气,极声变只。魂乎归徕!听歌譔只。
>
> 朱唇皓齿,嫭以姱只。比德好闲,习以都只。丰肉微骨,调以娱只。魂乎归徕!安以舒只。
>
> 嫮目宜笑,娥眉曼只。容则秀雅,稚朱颜只。魂乎归徕!静以安只。
>
> 姱修滂浩,丽以佳只。曾颊倚耳,曲眉规只。滂心绰态,姣丽施只。小腰秀颈,若鲜卑只。魂乎归徕!思怨移只。
>
> 易中利心,以动作只。粉白黛黑,施芳泽只。长袂拂面,善留客只。魂乎归徕!以娱昔只。
>
> 青色直眉,美目媔只。靥辅奇牙,宜笑嘕只。丰肉微骨,体便娟只。魂乎归徕,恣所便只。

诗人不厌其烦地用大量华丽的辞藻铺叙渲染,来表现跳舞的女子姣好的容颜和婀娜的体态,譬如"朱唇皓齿,嫭以姱只""嫮目宜笑,娥眉曼只""小腰秀颈,若鲜卑只""粉白黛黑,施芳泽只"等等。从上面大篇幅的集中描写的段落中,我们可以发现诗人对女性的摹写更加细腻,更加注重对女性的服饰、装扮、神态的描摹,画面色彩斑斓,繁复绚丽,更加富有文学色彩。

2. 丰富的神女形象及被神化的女性形象

在人物形象的选择上,《楚辞》中的女性形象多来自于自然神话,这些女神既有神的身份又有人性化的特征,体现出与《诗经》的现实主义截然不同的浪漫气质。如《九歌》中的湘夫人是帝尧的女儿,是湘水的女神;少司命是生育神,掌管子嗣;山鬼是山中女神。她们一方面有女神超自然的神力,"浴兰汤兮沐芳,华采衣兮若英。灵连蜷兮既留,烂昭昭兮未央"(《云中君》),"荷衣兮蕙带,倏而来兮忽而逝"(《少司命》),"被薜荔兮带女萝。既含睇兮又宜笑,子慕予兮善窈窕。乘赤豹兮从文狸,辛夷车兮结桂旗。被石兰兮带杜衡,折芳馨兮遗所思"(《山鬼》),另一方面又有着凡尘女子的情感。《湘君》表露出湘夫人缠绵悱恻的相思之情,萦绕着哀伤与忧愁的氛围。"望夫君兮未来,吹参差兮谁思""交不忠兮怨长,期不信兮告余以不闲"。对爱情一往情深的山鬼,在和情人约会前"折芳馨兮遗所思";在爱情受挫时悲愁痛苦,"怨公子兮怅忘归,君思我兮不得闲""风飒飒兮木萧萧,思公子兮徒离忧"。《少司命》是祭祀少司命的乐歌,既礼赞少司命的庄严,又描写了人神相恋的缠绵婉转。诗中刻画了一位善良正直而又温柔多情的女神,她抚驭彗星,竦剑拥艾,蕙带荷衣,在云际中出没,迎风高唱着失意的哀歌,思念着自己心中的爱人,其中"悲莫悲兮生别离,乐莫乐兮心相知"成为千古传诵的绝唱。

《楚辞》中还有一类被神化了的女性形象——巫女。《东皇太一》中刻画的巫女形象是"灵偃蹇兮姣服",《东君》中的巫女:"思灵保兮贤

第三章 《花间集》中女性意识的凸显

娇。翩飞兮翠曾,展诗兮会舞。应律兮合节,灵之来兮蔽日。"除此之外,还有在举行祭祀或祷神仪式中的姱女、灵氛、巫咸、巫阳等形象。

荆楚向来以重巫而著称,"周礼既废,巫风大兴;楚越之间,其风尤盛"。巫术宗教文化在屈原生活的时代渗透到了社会的各个阶层,决定了人们的审美心理和情趣。灵王曾亲自祭拜鬼神,吴国的军队来攻时,祭神的灵王依然在鼓舞娱神,以致落得兵败,妻子被俘的下场。(《新论·言体第四》)怀王曾隆重地举行祭祀大典敬事鬼神,希望能够得到神的帮助,击退秦国的军队。(《汉书·郊祀志下》)原始人对巫术的信仰深深植根于人神合一的信念之中,人们相信巫师能够沟通天地。《国语·楚语》对巫的产生有一段比较全面的记载:"昭王问于观射父曰:'《周书》所谓重黎实使天地不通者,何也?若无然,民将能登天乎?'对曰:'非此之谓也。古者民神不杂。民之精爽不携贰者,而又能齐肃衷正,其智能上下比义,其圣能光远宣朗,其明能光照之,其聪能听彻之;如是,则民神降之,在男曰觋,在女曰巫。'"从这段话中我们可以看出,在原始初民的宗教观念里,宇宙被分为天神和地民两个层界,沟通天地这两个层界的使者就是巫,巫是神明的代表,为了祈福免灾,巫觋常常在祭坛前穿着神灵的装束以歌舞的方式通神,将民意上达于天,将天意下达于民。这种祭祀活动给人们带来一种神秘感,楚辞中的很多女神形象都来自于女巫的原型。在《离骚》中,当诗人遭遇困难,心中充满苦闷时,给予诗人忠告的多是女巫。范文澜在谈到楚文化时说:"楚国传统文化是巫官文化,民间盛行巫风,祭祀鬼神必用巫歌,《九歌》就是巫师祭神的歌曲……"[10]巫风昌炽的楚文化对楚辞的风格产生了深远的影响,李泽厚在谈到楚辞的审美特征时说:"'其词激宕淋漓,异于风雅',亦即感情的抒发爽快淋漓,想象丰富奇异,还没有受到严格束缚,尚未承儒家实践理性的洗礼,从而不像所谓'诗教'之类有那么多的道德规范和理智约束。相反,原始的活力、狂放的意绪、无羁的想象在这里表现得更为自由和充分。"[11]楚辞中的女性形象受特定地域文化的熏染浸润,反映出南方文化独特的审美追求,具有浓郁的浪漫主义色彩。

四、汉代文学中的女性形象

汉代的大一统奠定了影响中国两千多年的封建帝国的统治模式和思想文化传统,对后世产生了深远而巨大的影响。在意识形态领域中,汉武帝提倡"罢黜百家,独尊儒术",使儒家思想被提升到唯我独尊的地位,备受尊崇和重视。儒家思想渗透到社会生活的方方面面。君主在选拔人才的时候重视德行,"汉初诏举贤良、方正,州郡察孝廉、秀才,斯亦贡士之方也。中兴之后,复增敦朴、有道、贤能、直言、高节、质直、清白、敦厚之属"(《后汉书·左周黄列传论》)。汉光武帝取士非常注重士人的品行,"光武……故举逸民,宾处士,褒崇节义,尊经必尊其能实行经义之人"[12]。国家政策的引导使当时的士子们自觉地用儒家的经义来规范自己的行为。士子们"所谈者仁义,所传者圣法也。故人识君臣父子之纲,家知讳邪归正之路"(《后汉书·儒林传论》)。儒家礼教对政治生活和社会生活的影响越来越大,文学自然也受到了强烈的冲击。在儒家礼教思想的巨大影响下,人们对妇德的呼声日高。在这种情况下,刘向编《列女传》宣扬妇德。《汉书·刘向传》云:"(刘)向睹俗弥奢淫,而赵、卫之属起微贱,逾礼制。向以为王教由内及外,自近者始。故采取《诗》《书》所载贤妃贞妇,兴国显家可法则,及孽嬖乱亡者,序次为《列女传》,凡八篇,以戒天子。"书中共分七卷,包括母仪传、贤明传、仁智传、贞顺传、节义传、辩通传、孽嬖传等,除孽嬖传收集了十五位乱家亡国的反面女性人物外,其他部分收集了从上古传说时代到西汉中期品德操行出众的女性八十七人。在叙述完这些女性的事迹之后,又以赞语的形式对人物进行褒贬、评议。刘向明确提出妇女要"从一而终",遵守"三从之义""七去之道"。《列女传》对当时社会的影响很大,成为女性规范自己行为的范本。君主多次下诏奖励节妇,地方官员则为节妇、烈女立碑,孝女、烈女被载入史传之中。乐羊子妻自刎以救姑守贞,太守闻之,"赐妻缣帛,以礼葬之,号曰'贞义'"(《后汉书·列女传》)。对守节的刘长卿妻,王吉"上奏高行,显其门闾,号曰'行义桓嫠,县邑有祀必膰焉"(《后汉书·列女传》)。东汉的班昭编《女诫》,书中以"男尊女卑"为核心,明确提出"阳以刚为德,阴以柔为用;男以强为贵,女以弱为美"(《女诫·敬慎篇》),指出"女有四行:一曰妇德、二曰妇言、三曰妇容、四曰妇功",并对四行做出了详细的阐释:"清闲贞静,守节整齐,行己有耻,动静有法,是谓妇德。择辞而说,不道恶语,时然后言,不厌于人,是谓妇言。盥浣尘秽,服饰鲜洁,沐浴以时,身不垢辱,是谓妇容。专心纺绩,不好戏笑,洁齐酒食,以奉宾客,是谓妇功。"《女诫》出现后,成为规范女子言行举止的教科书。班昭以女性的身份来规范女子的日常言行,体现出她对男权主体意识下的女性角色定位的认同。

汉代文学在塑造女性形象的过程中,继承了前代文学的表现手法,并传承了一些母题。同时,"时运交移,质文代变。"[13]在儒家礼教思想的影响下,汉代文学呈现出鲜明的时代特点,作品中开始出现前代少见的一些女性形象,如孝女孝妇、烈女节妇、严姑等。

1. 孝女孝妇

孝是儒家思想的重要组成部分。百善孝为先,汉代以孝治国,君主以孝行选士,士子以行孝得官。"举孝廉"是汉代选拔官员的一种方法,汉代规定每二十万户中每年要推举孝廉一人,由朝廷任命官职。被推

《花间集》研究
Huajianji Yanjiu

举的学子,除了博学多才之外,还要孝顺父母,行为清廉,所以称为孝廉。比如汉显宗时,赵孝以孝行闻名乡里,显宗下诏"拜谏议大夫"(《后汉书·赵孝传》)。冯豹侍奉后母,因孝顺为时人所称颂,"乡里为之语曰'道德彬彬冯仲文',举孝廉,拜尚书郎"(《后汉书·冯豹传》)。"庐江毛义,东平郑均,皆以行义称于乡里……府檄适至,以义守安阳令。"[14]元代郭居敬辑录古代二十四个孝子的故事,编成《二十四孝》,其中汉代的孝子就有九人。汉文帝亲尝汤药、蔡顺拾葚异器、郭巨埋儿奉母、董永卖身葬父、丁兰刻木事亲、姜诗涌泉跃鲤、陆绩怀橘遗亲、黄香扇枕温衾、江革行佣供母。

汉代孝道的盛行是孝女孝妇产生的重要原因。缇萦、曹娥、叔先雄都是著名的孝女。缇萦的形象本身具有鲜明的时代意义,缇萦之父太仓公因获罪被关入囚牢,她"上书诣阙下",愿入身为官婢以赎父刑。缇萦的孝行感动了汉文帝,文帝下令免除其父的刑罚并废除肉刑。班固在《咏史》中对此事予以赞颂:"三王德弥薄,惟后用肉刑。太苍令有罪,就递长安城。自恨身无子,困急独茕茕。小女痛父言,死者不可生。上书诣阙下,思古歌鸡鸣。忧心摧折裂,晨风扬激声。圣汉孝文帝,恻然感至情。百男何愦愦,不如一缇萦。"曹娥"父盱,能弦歌,为巫祝。汉安二年五月五日,于县江泝涛迎婆娑迎神,溺死,不得尸骸。娥年十四,乃沿江号哭,昼夜不绝声,旬有七日,遂投江而死。至元嘉元年,县长度尚改葬娥于江南道傍,为立碑焉"[15]。叔先雄"父泥和……乘船堕湍水物故,尸丧不归。雄感念怨痛,号泣昼夜,心不图存,常有自沈之计。所生男女二人,并数岁,雄乃各作囊,盛珠环以系儿,数为诀别之辞。家人每防闲之,经百许日后稍懈,雄因乘小船,于父堕处恸哭,遂自投水死。……郡县表言,为雄立碑,图象其形焉"[16]。曹娥和叔先雄自沉求父,郡县为她们立碑,画图像流传后世。汉代"以孝治天下",孝道被列为百行之首。历代帝王不仅在父母活着的时候以身作则,推行孝道,死后的谥号也大都标以"孝"字。据统计,两汉时期除了西汉汉高祖刘邦、东汉光武帝刘秀以外,西汉自惠帝以后,东汉自明帝以后,所有帝王的谥号中都有"孝"字。孝悌观念成为普遍的价值观念和行为准则。在这种风气的影响之下,涌现出许多孝女。孝女嫁人之后,尽心侍奉公婆,孝女就变成了孝妇。像《后汉书·列女传》中的姜诗妻"奉顺尤笃,母好饮江水,水去舍六七里,妻常溯流而汲。后值风,不时得还,母渴,诗责而遣之。妻乃寄止邻舍,昼夜纺绩,市珍羞,使邻母以意自遗其姑。如是者久之,姑怪问邻母,邻母具对,姑感惭呼还,恩养愈谨"。姜诗的妻子为了婆婆能喝上江水,要走六七里路去打水。因为赶上大风而不能按时回家而被丈夫休弃。被丈夫休弃后,她对婆婆的孝敬依然没有改变,用纺织所得购买好吃的食物,托邻居送给婆婆。

2. 烈女节妇

《礼记·郊特牲》:"壹与之齐,终身不改,故夫死不嫁。"这是中国人对于妇女贞洁观念能见于文献的最早记载。秦始皇在《会稽刻石》中谴责改嫁的女子"有子而嫁,倍死不贞"。到了汉代,受儒家思想的影响,妇女贞洁观念在人们的思想中逐渐占有越来越重要的地位。刘向在《列女传》中宣扬"妇人一醮不改,夫死不嫁"的观念,并且塑造了一些节妇形象。如《贞顺传》中的蔡人之妻,夫有恶疾,其父母想要其改嫁,可是蔡人之妻誓死不从。汉代的皇帝也多次下诏表彰贞女,如汉宣帝、平帝、安帝、顺帝等都曾下诏表彰贞女。到了东汉,贞妇节妇变得越来越常见,文学作品中出现了许多节妇形象。如汉乐府《陌上桑》中的秦罗敷,辛延年《羽林郎》中的胡姬。为了维护自己的贞洁,一些女子不惜以死抗争。刘向在《列女传》中就记载了一些先秦时期的烈女形象,如梁寡高行劓鼻、陈寡孝妇欲自杀、杞梁妻赴水而死等。范晔也在《后

《花间集》研究
Huajianji Yanjiu

汉书·列女传》中记载了乐羊子妻、皇甫规妻、阴瑜妻等烈女。

> 后盗欲有犯妻者,乃先劫其姑。妻闻,操刀而出。盗人曰:"释汝刀从我者可全,不从我者,则杀汝姑。"妻仰天而叹,举刀刎颈而死。[17]

> 及规卒时,妻年犹盛,而容色美。后董卓为相国,承其名,娉以辎軿百乘,马二十匹,奴婢钱帛充路。妻乃轻服诣卓门,跪自陈请,辞甚酸怆。……妻知不免,乃立骂卓曰……卓乃引车庭中,以其头悬轭,鞭扑交下。妻谓持杖者曰:"何不重乎,速尽为惠。"遂死车下。[18]

> 南阳阴瑜妻者,颍川荀爽之女也,名采,……而瑜卒。采时尚丰少,常虑为家所逼,自防御甚固。后同郡郭奕丧妻,爽以采许之,因诈称病笃,召采。既不得已而归,怀刃自誓。爽令傅婢执夺其刃,扶抱载之,犹忧致愤激,敕卫甚严。女既到郭氏,乃伪为欢悦之色,……采因敕令左右辨浴。既入室而掩户,权令侍人避之,以粉书扉上曰:"尸还阴。""阴"字未及成,惧有来者,遂以衣带自缢。[19]

乐羊子妻在盗贼面前宁可刎颈而死也不愿受侮辱。皇甫规妻子面对董卓的淫威凛然赴死。阴瑜的妻子年少丧夫,父亲将她许配给他人,阴瑜妻在自缢而死之前,在门扉上写下了自己的遗愿"尸还阴",死后的尸体要还给阴家。儒家"三从四德"的教化已扎根于这些妇女的心中,深深地镌刻在这些妇女的头脑中,成为指引她们行为的准绳,她们用生命捍卫着自己的尊严。烈女节妇形象成为汉代文学的一道特殊的风景。

3. 严姑

提到严姑,人们自然会联想到《孔雀东南飞》中焦仲卿的母亲。诗

第三章 《花间集》中女性意识的凸显

中的焦母对儿媳刘兰芝非常严厉。刘兰芝"鸡鸣入机织,夜夜不得息。三日断五匹",可以说非常勤奋,可是焦母的反应却是"大人故嫌迟"。刘兰芝"十三能织素,十四学裁衣,十五弹箜篌,十六诵诗书",可以说知书达礼,焦母却认为她"此妇无礼节,举动自专由"。焦仲卿与刘兰芝两情相笃,不愿意听从母亲的命令驱遣妻子,于是他为妻子刘兰芝求情。焦母听后大怒"槌床便大怒",指责儿子:"小子无所畏,何敢助妇语!吾已失恩义,会不相从许!"就是这样的严姑,断送了儿子的幸福和生命。严姑形象的出现实际上也是汉代儒家礼教禁锢人们思想的反映。

在表现女性形象美方面,汉代更加注重整体勾勒与局部特写相结合。《诗经》中的"硕人其颀",表现了人类从功利实用的角度出发对人体美的认识。诗中用铺叙的手法和形象的比喻对美女进行了细致的刻画:"手如柔荑,肤如凝脂,领如蝤蛴,齿如瓠犀。螓首蛾眉,巧笑倩兮,美目盼兮。"这种表现手法在汉诗中得到了延续,只是随着文学表现手法的不断丰富与发展,随着时代的变迁,人们对美的认识达到了更高的要求。在表现女性美方面,汉代文学更加注重整体性的勾勒。如李延年为向汉武帝推荐自己的妹妹而作的《北方有佳人》:"北方有佳人,绝世而独立。一顾倾人城,再顾倾人国。宁不知倾城与倾国?佳人难再得!"诗中没有对佳人相貌的具体描写,而是通过抽象的概括,对佳人的美进行了整体性的勾勒,塑造一位倾国倾城的美女形象,给读者提供了充分的想象空间。以至于汉武帝感叹:"善!世岂有此人乎?"为了更加凸显女性的某些特点,在对女子的外貌进行整体性勾勒的同时,也有对局部的特写。如"燕赵多佳人,美者颜如玉"(《古诗十九首·东城高且长》),把佳人的脸色比喻成晶莹剔透的宝玉,来表现美女皮肤的光亮色泽和冰清玉洁的气质。"迢迢牵牛星,皎皎河汉女,纤纤擢素手,札札

《花间集》研究
Huajianji Yanjiu

弄机杼"(《古诗十九首·迢迢牵牛星》),诗中"纤纤擢素手"与"札札弄机杼"相互映衬,对手进行了细致的描绘,纤纤素手与织女的身份相契合。

在人物形象塑造方面,汉代的诗人更加注重对服饰的细腻描绘。对服饰浓墨重彩地描写,可以说滥觞于汉。"中国向以'衣冠王国'著称于世。服饰具有生理与文化的双重功能。在远古时代,服饰主要是为了御寒、防暑、护体和遮羞,生理方面的功能相对强些;进入文明时代后,服饰常被用来区分等级、职业、民族、年龄和性别,并出现了服饰的审美价值日益上升的趋向,这说明随着时间的推移,服饰的文化功能越来越发达。"[20]汉代诗歌注重对服饰审美功能的表现,如《陌上桑》中的罗敷,"头上倭堕髻,耳中明月珠。缃绮为下裙,紫绮为上襦",对罗敷的发式、耳朵上佩戴的首饰、上下身衣服的颜色都进行了详细的描绘。诗中在写罗敷美貌的时候并没有直接描写罗敷的形体和面容,而是以罗敷的衣着穿戴之美为依托,通过侧面描写把她的美貌生动地体现出来。"行者见罗敷,下担捋髭须。少年见罗敷,脱帽著帩头。耕者忘其犁,锄者忘其锄。来归相怨怒,但坐观罗敷。"诗歌通过"行者""少年""耕者""锄者"看见罗敷时的各种神态来渲染、表现罗敷的美。罗敷有多美,读者可以尽情地展开想象的翅膀。罗敷的美在读者的想象中无限地被扩展,达到"言有尽而意无穷"的效果。与之相似的是辛延年在《羽林郎》中塑造的酒家女的形象,"长裾连理带,广袖合欢襦。头上蓝田玉,耳后大秦珠。两鬟何窈窕,一世良所无。一鬟五百万,两鬟千万余",也是通过服饰的华美来烘托酒家女的美貌。还有杜笃的《京师上巳篇》中"窈窕淑女美胜艳,妃戴翡翠珥明珠",《孔雀东南飞》中描写刘兰芝,"著我绣夹裙,事事四五通。足下蹑丝履,头上玳瑁光,腰若流纨素,耳著明月珰。指如削葱根,口如含朱丹",都是用外在饰物的华美衬托出女子的青春靓丽之美。

五、南朝民歌中的女性形象

现存南朝民歌大部分收录于宋代郭茂倩所编的《乐府诗集·清商曲辞》中,少量保存在《杂曲歌辞》和《杂歌谣辞》中。这些作品题材比较狭窄,绝大部分写男女恋情,风格缠绵婉约。在南朝的诗坛上涌动着一股追求"新变"的文艺思潮,这种"新变"一方面表现在诗歌的内容上——吟咏性情,放荡声色;另一方面表现在诗歌的形式上——注重声律,讲究辞藻。《乐府诗集》卷六十一引《宋书·乐志》说:"自晋迁江左,下逮隋、唐,德泽浸微,风化不竞,去圣逾远,繁音日滋。艳曲兴于南朝,胡音生于北俗。哀淫靡曼之辞,迭作并起,流而忘反,以至陵夷。原其所由,盖不能制雅乐以相变,大抵多溺于郑、卫,由是新声炽而雅音废矣。"新声因统治者的倡导而流播,在社会上形成一时之风气。萧涤非先生也认为,南朝乐府"内容单调,汉乐府民歌普及于社会之各方面,南朝则纯为一种以女性为中心之艳情讴歌,几于千篇一律"[21]。这些以女性为中心的艳情讴歌塑造了一系列形象鲜明的江南女子形象。这里既有对爱情充满向往的少女,"春林花多媚,春鸟意多哀,春风复多情,吹我罗裳开"(《子夜四时歌·春歌》),也有沉浸在爱情的甜蜜浪漫中的幸福女子,"青浦衔紫茸,长叶复从风。与君同舟去,拔蒲五湖中"(《拔蒲》),更有对爱情坚贞不渝,甘愿为爱情献身的痴情女子,"华山畿,君即为侬死,独生为谁施,欢若见怜时,棺木为侬开"(《华山畿》),还有望穿秋水的思妇,"自从别欢来,奁器了不开。头乱不敢理,粉拂生黄衣"(《子夜歌》),以及因为被负心男子抛弃而伤心欲绝的怨妇、弃妇,"寒鸟依高树,枯林鸣悲风。为欢憔悴尽,那得好容颜"(《子夜四时歌·冬歌》)。应该说,南朝民歌中女性形象的类型同《诗经》相比并没

《花间集》研究
Huajianji Yanjiu

有太大的超越,南朝民歌对前代的超越主要体现在对女性形象的塑造上。

1. 充满浪漫色彩的纯美爱情在诗歌中大量出现

"南朝民歌表现的爱情几乎全是浪漫色彩的,少有伦理考虑。诗中男女主人公往往是非礼的关系,或是青年男女间的私相爱慕,或是冒犯世俗道德的偷情,或是萍水相逢的聚合。"[22]因为南朝民歌中的爱情是非礼的、暂时的,爱情既没有父母之命也没有媒妁之言,传统意义上的爱情婚姻在这里完全看不到了,纯粹的充满着浪漫色彩的爱情被完美地呈现在我们面前。从前被儒家传统思想痛斥的"桑间濮上""郑卫之音",在南朝民歌中堂而皇之地登堂入室,大胆放歌,充满绮艳的色彩,直接影响了唐宋的情词艳曲。这种现象的出现同江南水乡独特的地理位置和民俗民风密切相关,同时也和南朝时期繁荣的商业活动有着不可分割的关系。南朝民歌是随着以建业和江陵为中心的南方城市的繁荣而兴盛传播的。李延寿在《南史·循吏传》的序论中这样描述宋、齐盛世:"方内晏安,氓庶蕃息,……凡百户之乡,有市之邑,歌谣舞蹈,触处成群,盖宋世之极盛也。……永明继运,……十许年中,百姓无犬吠之惊,都邑之盛,士女昌逸,歌声舞节,袨服华妆。桃花渌水之间,秋月春风之下,无往非适。"城市经济的繁荣促成了享乐风气的盛行,交通的便利和男子出外经商又带来了爱情的流动性和不稳定性,以男女相思离别为主题的吴歌、西曲因此在坊间流行开来。自然环境和社会环境共同促生了充满浪漫色彩的纯美爱情在诗歌中的滋生蔓延。

同时,巧妙的比喻和夸张手法的运用又增强了诗歌的浪漫主义色彩。"吴歌、西曲在描写爱情的时候,常常使用了巧妙的比喻和夸张手法,发挥了丰富的想象。"[23]如《读曲歌》"闻欢得新侬,四支懊如垂,鸟散放行路井中,百翅不能飞",用突然掉入井中的一只鸟来比喻一个女

第三章 《花间集》中女性意识的凸显

子听到恋人又结新欢的心理变化。《华山畿》中"长江不应满,是侬泪成许",把长江水夸张为自己因思念而流下的眼泪。这些手法的运用增强了作品的浪漫主义色彩。

2. 缠绵哀怨、清丽婉转的风格

萧涤非先生说:"我国文学,自先秦之世,即已有南北两派之不同,大抵南方缠绵婉约,北则慷慨悲凉。南方近于浪漫,北则趋重实际。南方以辞华胜,北则以质朴见长。而此种区别,在南北朝民间乐府中,表现的尤为显著。"[24]产生于南方的民歌,受水乡泽国环境的影响,自产生之日起就带有缠绵哀怨、清丽婉转的风格。如"我念欢的的,子行由豫情。雾露隐芙蓉,见莲不分明"(《子夜歌》),在对爱情的热切盼望中又隐约透露出淡淡的幽怨。再如代表了南朝民歌最高水平的《西洲曲》,有的学者认为:"这首民歌可能经过文人的润色,内容写一个青年女子的相思之情,包括三个基本情节,春天里的折梅赠远,秋天里的采莲怀人和登楼眺远。"[25]诗中描摹一个南方女子的相思之情,她曾同郎在西洲共同度过许多美好的岁月,现在两地相隔,不胜惆怅。通过不同季节的景物变化和女主人公的心理活动、服饰及妆容的描绘,真挚细腻地展示女子的复杂情思。"忆梅下西洲""莲心彻底红""忆郎郎不至""君愁我亦愁"。这里的"莲"又用了双关,"莲"是"怜"的谐音,双关语的运用是南朝民歌抒情方式的一个特点。诗的结尾以景结情:"鸿飞满西洲,望郎上青楼。楼高望不见,尽日栏杆头。栏杆十二曲,垂手明如玉。卷帘天自高,海水摇空绿。"最后写梦中相思,极尽婉曲缠绵之意,完全是南方水乡的婉约旖旎风调。同时,诗歌以连珠格的修辞手法形成回环往复的旋律,同深情缠绵的相思之情结合在一起,营造了声情摇曳的艺术氛围,代表了典型的南朝民歌清丽婉转的风格。

3.抒情情境的营造同情感的表达相得益彰

南朝的民歌一般篇幅比较短小,在抒情方式上通常先用景物描写,或者用比兴的手法来预先设置抒情情境,营造抒情氛围。如"月落天欲曙,能得几时眠。凄凄下床去,侬病不能言"(《懊侬歌》),时间已经是"月落",天色"欲曙",抒情主人公夜不能寐,心中的凄凉通过抒情情境的设置被形象地表现出来。再如"桃花落已尽,愁思犹未央。春风难期信,托情明月光"(《读曲歌》),这里运用的是比兴的手法,用桃花的落尽来暗示时光的流逝、季节的变换。落花流水春去也,伤春之情油然而生。情景交融,景因情而设,情因景而生。

六、梁陈宫体诗中的女性形象

从齐末到梁代中期,南朝的诗歌渐趋走向低谷,"南朝前期的刘宋时代,跃上文坛的山水诗派一扫前期玄言诗'淡乎寡味'的余风,令人耳目一新。但在这些诗人心灵深处潜藏着的'美人(佳人)'情结不是或隐或现地闪烁在他们的作品里……南朝后期的齐、梁、陈时代,文人们的'美人'情结在文学上有了爆发性的表现"[26],这种爆发性的表现集中体现在以梁简文帝萧纲为代表的宫体诗上。梁简文帝雅好题诗,《隋书·经籍志》曰:"简文之在东宫,亦好篇什。清辞巧制,止乎衽席之间;雕琢蔓藻,思极闺房之内。后生好事,遂相放习,朝野纷纷,号为'宫体'。"宫体诗的题材内容"止乎衽席之间""思极闺房之内"。正如徐陵在《玉台新咏序》中说:"至如东邻巧笑,来侍寝于更衣;西子微颦,得横陈于甲帐。陪游馺娑,骋纤腰于结风;长乐鸳鸯,奏新声于度曲。妆鸣蝉之薄鬓,照堕马之垂鬟。反插金钿,横抽宝树。南都石黛,最发双蛾;北地燕支,偏开两靥……"在这里,"美女"情结成为宫体诗人的集体意识,女人的服饰、姿态、妆容成为诗人们关注的焦点。我们单从

第三章 《花间集》中女性意识的凸显

诗歌的题目就可以窥见一斑,如沈约有《梦见美人》,江淹有《咏美人春游》,费昶有《春郊望美人》,何思澄有《南苑逢美人》,梁邵陵王萧纶有《车中见美人》,萧纪有《同萧长史看妓》,萧子显有《代美女篇》,刘孝绰有《遥见美人采荷》《为人赠美人》,刘缓有《看美人摘蔷薇》,刘孝威有《咏佳丽》,庾肩吾有《咏美人》《咏美人自看画应令》,庾信有《奉和赵王美人春日》《奉和赠曹美人》,江洪有《咏美人治妆》《咏歌姬》《咏舞女》,何逊有《咏舞妓》《咏倡家》《苑中见美人》,阴铿有《侯司空咏妓》《和樊晋侯伤妾》,姚翻有《代陈庆之美人为咏》,王环有《代西丰侯美人》等作品。这里面梁简文帝萧纲写的最多,有《咏美人观画》《戏赠丽人》《绝句赐丽人》《美人晨妆》《美女篇》《伤美人》等。这些"美人"的身份,并不是儒家思想所标榜的所谓贤妻良母、淑女贵妇,而是色艺俱佳、能歌善舞、姿色妖娆的歌女舞姬、倡人乐伎。

以梁简文帝萧纲为例,《玉台新咏》中收了他的诗一百零九首,大多是描写倡女歌伎及其体貌、姿容、情态、妆饰的。有的则是直接描写女人的睡姿卧具的,如《倡妇怨情》《咏晚闺》《春闺情》《林下妓》《听夜妓》《春夜看妓》《倡楼怨节》《和湘东王名士悦倾城》《咏内人昼眠》《和徐录事见内人作卧具》等等。宫体诗所描写的女性类型决定了诗中的美人范式乃是一种艳丽妖冶之美。"彷佛帘中出,妖丽特非常"(《倡妇怨情》),"丽姬与妖嫱,共拂可怜妆"(《戏赠丽人》),"朱帘向暮下,妖姿不可追"(《咏晚闺》),"戚里多妖丽,重聘蔑燕余"(《咏舞》),"谁家妖丽邻中止,轻装薄粉光间里"(《东飞伯劳歌》)……也正是因为如此,闻一多先生称宫体诗为"艳情诗","宫体诗就是宫廷的或以宫廷为中心的艳情诗"。"严格地讲,宫体诗又当指以梁简文帝为太子时的东宫及陈后主、隋炀帝、唐太宗等几个以宫廷为中心的艳情诗。"[27]

宫体诗人笔下的女性形象主要有三类:一是倡门歌伎,二是贵族妇

《花间集》研究
Huajianji Yanjiu

女,三是民间女子。其创作主体大部分是男性,创作主体的视角也经历了一个由对女性的赞美玩赏,以男性的口吻吟唱男女情爱,到模仿女性自述闺怨,"男子作闺音"的过程。

其一,以男性的视角对女性的赞赏玩味。

如萧纲的《咏内人昼眠》:

> 北窗聊就枕,南檐日未斜。攀钩落绮障,插捩举琵琶。梦笑开娇靥,眠鬓压落花。簟文生玉腕,香汗浸红纱。夫婿恒相伴,莫误是倡家。

诗歌细腻地描写了妻子昼眠的神态。开篇点明主人公昼眠的地点,然后描绘其入睡前"攀钩""插捩"的动作,最后描绘其入睡时的美态,"梦笑开娇靥",美人在睡梦中流露出幸福的微笑。"簟文生玉腕",美人舒展在竹席上的手腕洁白如玉。这首诗细致地描绘了一幅美人昼眠的画面,通篇流露出诗人的欣赏之情。《红楼梦》中"史湘云醉卧芍药茵"一节与此诗同出一辙。再如萧伦的《车中见美人》:"关情出眉眼,软媚著腰肢。语笑能妖媚,行步绝逶迤。空中自迷惑,渠傍会不知。悬念犹如此,得时应若为。"完全是从一个男子的角度对所见美人的想入非非。萧纲《美女篇》:"佳丽尽关情,风流最有名。约黄能效月,裁金巧作星。粉光胜玉靓,衫薄拟蝉轻。密态随羞脸,娇歌逐软声。朱颜半已醉,微笑隐香屏。"通过描写美女的服饰之美、情态之美、声音之美,一位体态柔美、似醉非醉、娇歌软声的美人展现在我们的面前。

其二,男子作闺音。

综观宫体诗我们会发现,魏晋时期的男性作者创造了大量的和女性心理相契合的意象。据统计,《玉台新咏》中单以"闺怨"为题目的诗

第三章 《花间集》中女性意识的凸显

歌就有五首,出现"闺"字的篇目达二十六首,而"怨"字在诗题中出现的频率则达二十八处之多。如刘孝威的《怨》、阴铿的《班婕妤怨》、吴孜的《春闺怨》等等。萧绎的《代旧姬有怨》写失去爱人后的女子:"宁为万里隔,乍作死生离。那堪眼前见,故爱逐新移。未展春花落,遽被凉风吹。怨黛舒还敛,啼红拭复垂。谁能巧作赋,黄金妾不赀!"女子在失宠后幻想着仿效卓文君写赋的方式来唤回已经荡然无存的旧爱,独自啜泣的孱弱形象让人心生怜爱。

"借诗言志"是中国古代诗歌创作的传统,借"美人迟暮"表达"士不遇"之感,借男女爱情来隐喻君臣关系是屈原以来中国古代知识分子的一种常见的表达方式。从这个角度来说,女性形象的比兴寄托了文人的政治际遇和社会价值取向。因此,《诗经》的首篇即颂"后妃之德",女性形象被纳入了儒家理想主义的政治价值体系。屈原的《楚辞》则开创了美人形象先例,其后有曹植的《美女赋》《洛神赋》……源远流长的文学传统中,美人形象已渐化为士人政治理想的隐喻和高洁人格的代言,宫体诗中男性创作主体模拟女性视角的转变当源于此。

此外,宫体诗创作与六朝民歌的言情风尚直接相关。六朝民歌最有代表性的是"吴歌"和"西曲",最突出的审美特征就是"言情"。而其所言皆为男女之情、两性之爱,表现得大胆而率直。比如"绿揽连题锦,双裙今复开。已许腰中带,谁共解罗衣"(《子夜歌》),"妖冶颜荡骀,景色复多媚。温风入南牖,织妇怀春意"(《子夜四时歌》),"开窗秋月光,灭烛解罗裳。合笑帷幌里,举体兰蕙香"(《子夜四时歌·秋歌》),这些俯拾即是的吴歌艳曲直接影响了宫体诗的创作,正如刘师培所说:"宫体之名,虽始于梁,然侧艳之词,起源自昔。晋、宋乐府,……均以淫艳哀音,被于江左。迄于萧齐,流风益盛。……特至于梁代,其体尤昌。"[28]

《花间集》研究

第二节 《花间集》中的女性形象

绮靡艳丽的南朝民歌和梁陈宫体诗对于花间词来说无疑起到了开先河的作用。"盖六朝诸君臣,务裁艳语,默启词端,实为滥觞之始"[29],就连五代的欧阳炯在为《花间集》作序的时候也承认"自南朝之宫体,扇北里之倡风",道出了花间词的文化传承。纵观词的发展起源,从以敦煌曲子词为代表的唐代民间词到晚唐五代《花间集》的结集出版,词这种新兴的文学样式从"胡夷里巷"之曲开始走向文人的笔端案头。"绮筵公子,绣幌佳人,递叶叶之花笺,文抽丽锦;举纤纤之玉指,拍按香檀",确立了"词为艳科"的传统。

欧阳炯的《花间集叙》作为我国第一篇论词的文章,指出了《花间集》结集的主旨:

镂玉雕琼,拟化工而迥巧;裁花剪叶,夺春艳以争鲜。是以唱云谣则金母词清,挹霞醴则穆王心醉。名高白雪,声声而自合鸾歌;响遏行云,字字而偏谐凤律。杨柳大堤之句,乐府相传;芙蓉曲渚之篇,豪家自制。莫不争高门下,三千玳瑁之簪;竞富尊前,数十珊瑚之树。则有绮筵公子,绣幌佳人,递叶叶之花笺,文抽丽锦;举纤纤之玉指,拍按香檀。不无清绝之词,用助妖娆之态。自南朝之宫体,扇北里之娼风。何止言之不文,所谓秀而不实。有唐以降,率土之滨。家家之香径春风,宁寻越艳;处处之红楼夜月,自锁嫦娥。在明皇朝,则有李太白应制清平乐词四首。近代温飞卿复有金荃集。迩来作者,无愧前人。今卫尉少卿字弘基,以拾翠洲边,自得羽毛之异;织绡泉底,独

第三章 《花间集》中女性意识的凸显

抒机杼之功。广会众宾,时延佳论。因集近来诗客曲子词五百首,分为十卷。以炯粗预知音,辱请命题,仍为叙引。昔郢人有歌阳春者,号为绝唱,乃命之为花间集。庶使西园英哲,用资羽盖之欢;南国婵娟,休唱莲舟之引。时大蜀广政三年夏四月日叙。

序文介绍了《花间集》的编撰时间、文化背景、编选目的、风格特点,以及唐以来词曲的演进轨迹。表现出作者以艳为美的词学主张,也指出了《花间集》中的大部分作品描写的是"绮筵公子"与"绣幌佳人"的浪漫情趣,创作的目的是用"清绝之辞"以助"娇娆之态"。男欢女爱、风花雪月、相思离别成为花间词的主题,女性形象在词中大量频繁地出现。

一、丰富的身份类型

《花间集》中女性的身份类型非常丰富,大致有征妇、闺妇、女道士、宫廷女子、闺阁少女、南国女子、仙女、妓女等九种类型,而且这九种身份的女性形象都倾注了大量的笔墨,使女性的形象丰富多彩。其中描写征妇的九首,闺妇三十首,女冠十二首,采莲女十五首,宫廷女子十二首,闺阁少女九首,南国女子十二首,仙女十二首,妓女三十二首。还有大量的闺情词中女性的身份不明确,但也不超出以上范围。

《花间集》中的女冠、仙女和南国女子这三类女性形象在其他的词集中鲜有描写,可以说是《花间集》塑造女性的一个特色。

以南国女子为例,我们这里所谓的南国女子指南方少数民族女子而言,有采莲女、采珠女、采菱女、淘金女,见于《花间集》中的十二首《南乡子》、毛文锡的《中兴乐》等词中。这些词作不仅描写了南国女子的劳动场面,也描写了这些少数民族女子的美丽多情。比如毛文锡的《中兴乐》:"豆蔻花繁烟艳深,丁香软结同心。翠鬟女,相与共淘金。红蕉叶里

《花间集》研究
Huajianji Yanjiu

猩猩雨,鸳鸯浦,镜中鸾舞。丝雨隔,荔枝阴。"词中描绘了在豆蔻花繁,丁香软结,红蕉叶、猩猩雨等具有浓郁南国色彩的景物映衬下少女们相约淘金的场面。欧阳炯的《南乡子》其六中"路入南中,桄榔叶暗蓼花红。两岸人家微雨后,收红豆,树底纤纤抬素手",描写了桄榔叶、蓼花等中原一带没有的景物。在这种具有异域风情的背景下,女子们抬起纤纤素手在采撷红豆,词中描绘了一幅典型的南国风情图,呈现出浓郁的地方色彩与生活气息,这在从前的诗词作品中很少出现。词人笔下的南国少女天真自然,欧阳炯《南乡子》其五中描写一位年轻美丽的少女:"二八花钿,胸前如雪脸如莲。耳坠金环穿瑟瑟,霞衣窄,笑倚江头招远客。"健康活泼,丝毫没有忸怩之态。李珣的十首《南乡子》中,有七首描写粤地风土,情趣盎然,饶有民歌风味。其三:"归路近,扣舷歌,采珍珠处水风多。曲岸小桥山月过,烟深锁,豆蔻花垂千万朵。"描写采珠姑娘们唱着歌荡舟归来,沿着曲折的河岸,经过小桥,月亮升起来了,夜幕降临了,在月雾朦胧中仍然可以看见少女们的盈盈倩影,表现了采珠姑娘们欢乐的生活场景。其四:"乘彩舫,过莲塘,棹歌惊起睡鸳鸯。带香游女偎伴笑,争窈窕,竞折团荷遮晚照。"写一群姑娘在夏日莲塘中泛舟嬉戏的情景。画舫穿过"接天莲叶无穷碧"的莲塘,欢声笑语惊起了安睡的鸳鸯,姑娘们偎伴娇憨的笑态,以及竞相折取荷叶遮挡夕阳,显示了各自妖娆美丽的体态。全词充满青春的欢乐气息,富有江南生活色彩。其十:"相见处,晚晴天,刺桐花下越台前。暗里回眸深属意,遗双翠,骑象背人先过水。"通过描绘姑娘细腻的感情和举止,生动展现了少女向男子表白心迹的一幕,勾勒出少女纯朴的情态和南国水乡人的恋爱风情。

女道士这一形象可以说是《花间集》的一个特色。女道士即女冠,关于唐代的女冠,近代学者谢无量有这样一段文字:"唐时重道,贵人名家,多出为女冠。至其末流,或尚佻达,而愆礼法。故唐之女冠,恒与士人往

第三章 《花间集》中女性意识的凸显

来酬答。失之流荡,盖异于娼优者鲜矣。就中李季兰、鱼玄机雅有文才,为当时诗人所许。虽其行检不足称,而其文亦不可没也。"[30]唐代道教的兴盛,使修道的女子不断地增加,女冠作诗和以女冠为题材的诗歌渐渐成为唐代文学的一个独特景象。"自天宝(742—755年)以后,有一种文学现象颇值得注意,这就是道姑诗。整个中唐时期,随着修道女子的不断增加,道姑诗也相继涌现。从现行的各种女仙传记以及唐人诗歌辑集之中,可以查考到这一时期的不少道姑诗。"[31]唐代道教达到了鼎盛,李唐王朝尊道教为国教,一些女性尤其是出身名门的贵族女性纷纷入道,并因此出现了大量的"女冠诗""女冠词"。《花间集》是我国词史上的第一部文人词总集,被誉为"倚声填词之祖",共收录晚唐五代时期十八位词家的五百首作品,这其中不乏有关女冠的词作。据统计,《花间集》中一共有九位作家创作了十九首以《女冠子》为题的词,分别是温庭筠两首,韦庄两首,薛昭蕴两首,牛峤四首,张泌一首,孙光宪两首,鹿虔扆两首,毛熙震两首,李珣两首。对于女冠词,南京师范大学的高锋认为:"这类题材的出现,既根源于道教文化自身的现世性、乐生性,也与唐代女冠盛行、西蜀崇道风尚紧密相关。在这些原因的背后,更潜藏着花间词人对'神仙'境界的向往,对人生幸福的精神追求。"[32]可谓准确精辟。女冠词从不同角度反映出她们的修道生活,折射出女冠自身较高的文化修养和高雅的生活情趣。女冠崇道缘于她们内心深处对道教的崇拜和向往。同时,也表现了晚唐五代词人对女冠生活的一种羡慕之情及对神仙境界和现实世界享乐生活的向往。词人笔下的女冠形象带有"艳情"的成分,兹举二例如下:"绿云高髻。点翠匀红时世。月如眉。浅笑含双靥,低声唱小词。眼看惟恐化,魂荡欲相随。玉趾回娇步,约佳期"(牛峤《女冠子》其一),"星冠霞帔。住在蕊珠宫里。佩丁当。明翠摇蝉翼,纤珪理宿妆。蘸坛绿,药院杏花香。青鸟传心事,寄刘郎"(牛峤《女冠子》其三)。这两首词

· 113 ·

《花间集》研究
Huajianji Yanjiu

都是描写女道士的美貌和温柔多情的,如果我们不看"住在蕊珠宫里",主人公完全可以被看作是一位风流多情的凡俗女子。女道士的风流多情在唐代是司空见惯的事情,李冰若《栩庄漫记》云:"唐自武后度女尼姑,女冠甚众,其中不乏艳迹。如鱼玄机辈,多与文士往来,故唐诗词咏女冠者类以情事入辞。"社会风气如此,自然就产生了充满艳情的女冠词。

唐代道教文化的兴盛,表现在词坛上,不仅出现了女冠词,而且还涌现了大量的游仙词。这些词多用《天仙子》《临江仙》等词牌,借刘晨、阮肇入天台山遇仙女之事咏仙凡或仙人间的爱情故事。因道教修行的目的就是为了升仙,所以这些游仙词中的仙女实际上还是女道士。词人把自己比作刘晨、阮肇,把女道士比作仙女,实际上是词人的狎妓之作。词中的仙女同样带有艳情的成分,以至于出现了"仙妓合流"的现象,艳情化的倾向非常明显。比如韦庄的《天仙子》其五:"金似衣裳玉似身。眼如秋水鬓如云。霞裙月帔一群群。来洞口,望烟分。刘阮不归春日曛。"这就是借咏天台山的仙女来写青楼女子。丁寿田等《唐五代四大名家词》云:"此词盖借用刘阮事咏美人窝耳。"《花间集》游仙词的艳情化是晚唐五代的一种特殊的现象,既反映了道教影响下享乐时风的流行,又拓展了游仙诗的题材。

二、华丽奢靡的服饰

《花间集》对女性形象的塑造注重通过华丽奢靡的服饰描写来呈现,通过浓丽华美的颜色描写,通过服饰的材质、图案、款式等细节的描写来营造一种华丽奢靡的富贵气息。《花间集》对女性服饰颜色的描写浓丽华艳,色彩缤纷。颜色明亮艳丽,靓丽的红、明艳的黄、清新的绿,大都为暖色调系。红色中又分深红色、朱红色、蕉红色,黄色中又分淡黄色、金黄色,绿色中又有浅碧色、碧绿色、嫩绿色等等,五彩斑斓,耀人眼目。词人

第三章 《花间集》中女性意识的凸显

们宛若精通色彩的绘画大师,把一幅幅明艳绚丽的图画呈现在我们面前。

先看红色。《花间集》中对女性服饰的红色描写种类众多。如和凝的《临江仙》:"披袍窣地红宫锦";孙光宪的《菩萨蛮》其五:"客帆风正急,茜袖偎樯立";毛熙震的《南歌子》:"腻香红玉茜罗轻","茜"是草名,根可染大红色;又如阎选的《虞美人》:"石榴裙染象纱轻","石榴"为朱红色;还有李珣的《南乡子》其九:"拢云髻,背犀梳,焦红衫映绿罗裾","焦红"即蕉红,像蕉花那样的深红色。这些锦缎的红色、细纱石榴裙的红色、绣罗的红色、蕉花般的红色,因为衣服材质的不同,呈现出不同的质感,折射出绮丽的光泽。穿在美人身上,更加衬托出美人的旖旎香艳之态。

黄色可以衬托出美人的娇柔,所以明艳的黄色是花间美人喜爱的颜色。如张泌的《蝴蝶儿》:"阿娇初著淡黄衣";薛昭蕴的《女冠子》:"雾卷黄罗帔";毛熙震的《女冠子》:"罗衣淡拂黄";和凝的《山花子》:"莺锦蝉縠馥麝脐。轻裾花早晓烟迷","莺锦"是指女子的锦衣如金黄的莺羽一样鲜艳。

绿色的层次也非常丰富的,可分为天碧色、春水绿、柳色、翠色等,如欧阳炯的《浣溪沙》:"天碧罗衣拂地垂。美人初着更相宜";又《贺明朝》其二:"碧罗衣上蹙金绣","天碧罗衣""碧罗衣"都是指浅碧色的衣服;温庭筠的《归国遥》云:"越罗春水绿",是指如春水般碧绿的罗衣;和凝的《天仙子》:"柳色披衫金缕凤。纤手轻拈红豆弄","柳色"指嫩绿色的衣衫色;孙光宪的《浣溪沙》其五:"翠袂半将遮粉臆",描写衣袖的翠绿颜色。

这些色彩明亮艳丽,层次繁复,反映了唐五代的服饰风格。"在色彩上,唐代女性更喜欢明丽醒目的效果。曾有'美服'之称的'石榴裙''间色裙'都是以鲜亮的石榴红伴随黄、绿、蓝等极具对比效果的色彩而风靡

《花间集》研究

朝野。"[33]

《花间集》中女性服饰的材质有罗、绢、锦缎、縠、象纱等品种。"罗"是一种轻软有稀孔的丝织品,在唐代比较流行。如韦庄的《清平乐》其三:"窣地绣罗金缕";魏承班的《玉楼春》其一:"泪滴绣罗金缕线";韦庄的《木兰花》:"罗袂湿斑红泪滴";薛昭蕴的《女冠子》其二:"云罗雾縠";魏承班的《菩萨蛮》其一:"罗裾薄薄秋波染";韦庄的《小重山》:"罗衣湿,红袂有啼痕";毛熙震的《后庭花》其三:"越罗小袖新香蒨";尹鹗的《杏园芳》:"含羞举步越罗轻",等等。除了"罗"以外,还有绢、縠、锦、象纱等。如魏承班的《渔歌子》:"蛟绡雾縠笼香雪","绡"是生丝,"雾縠"是半透明的绉纱;和凝的《山花子》其一:"莺锦蝉縠馥麝脐,轻裾花早晓烟迷","莺锦"是指金黄色的锦缎,"莺锦蝉縠"形容女子的锦衣像黄莺的羽毛般鲜艳,像蝉翼一般轻薄;顾敻的《遐方怨》云:"象纱笼玉指,缕金罗扇轻","象纱"也是纱名,指薄而略透明的纱。丝绸、锦缎,还有纱都是轻柔华贵的布料。《花间集》对女子的服饰进行了细致的、不厌其烦的刻画摹写,用了大量华丽的形容词来渲染女子服饰的奢华,极度地夸耀其精美华丽,充满富贵气象。如"金线缕""越罗""蛟绡""雾縠",绣着金线的、越地产的、蛟人织就的、像雾一样的、如蝉翼一般的等等。如同《花间集》代表人物温庭筠的词被后世称为"古蕃锦"一样,这些华丽的服饰为《花间集》营造了花团锦簇、镂金错彩的意境。

对女子服饰上的图案描写可以说是花间词的一个特色。图案多是成双成对的禽鸟,如温庭筠的《菩萨蛮》其一:"新帖绣罗襦,双双金鹧鸪",其九:"金雁一双飞,泪痕沾绣衣",其七:"凤凰相对盘金缕";张泌的《南歌子》其二:"罗衣绣凤凰";温庭筠的《酒泉子》其三:"裙上金缕凤";欧阳炯的《贺明朝》:"石榴裙带,故将纤纤,玉指偷捻,双凤金线";顾敻的《诉衷情》:"罗带重,双凤,缕黄金",等等。成双成对的禽鸟意象寓意着比翼齐飞的伴侣,通过服饰上成双成对的禽鸟意象来反衬女子的孤独寂寞是花间词人常用的手法。

《花间集》中对女子服饰的描写反映了女子的身份特征。如温庭筠的《女冠子》其二:"霞帔云发","霞帔"指道士的衣服,上面有彩色云霞的花纹;牛峤的《女冠子》其三:"星冠霞帔","星冠"指女道士头上戴的帽子,上面镶嵌着明珠,光耀如星;鹿虔扆的《女冠子》其二:"露重霜简湿,风紧羽衣偏","霜简",指道士招神的符,"羽衣"用羽毛织成的衣服。《汉书·郊祀志》颜师古注:"羽衣,以鸟羽为衣,取其神仙飞翔之意也。"后来称道士或神仙之衣为羽衣。"霞帔"和"羽衣"是女道士的专用服装。贵族女子则穿"罗襦""绣襦""翡翠裙""罗裙"等等,如顾敻的《临江仙》其三:"绣襦不整鬓鬟欹",《酒泉子》其七:"画罗襦,香粉污";魏承班的《满宫花》:"泪滴缕金双衽","缕金双衽"指金线绣饰的双袖。"衽",衣袖,《广雅·释器》:"衽,袖也"。"双衽",可理解为"双袖";欧阳炯的《南乡子》其五:"霞衣窄";毛文锡的《赞浦子》:"懒结芙蓉带,慵拖翡翠裙";牛希济的《临江仙》其六:"罗裙风惹轻尘";顾敻的《应天长》:"瑟瑟罗裙金线缕,轻透鹅黄香画袴。垂交带,盘鹦鹉,袅袅翠翘移玉步";孙光宪的《思帝乡》:"六幅罗裙窣地,微行曳碧波"。

三、秾艳的妆容

"云想衣裳花想容",对女性服饰细致入微的刻画和女子妆容的摹写相互映衬,使词人笔下的"绣幌佳人"婀娜多姿,楚楚动人。

词人对女性妆容的描写细致入微、不厌其烦。如温庭筠的《南歌子》其五:"扑蕊添黄子,呵花满翠鬟",《菩萨蛮》其三:"蕊黄无限当山额";张泌的《浣溪沙》其十:"蕊黄香画帖金蝉";牛峤的《女冠子》其二:"额黄侵腻发,臂钏透红纱",都是对额黄的描写。"蕊黄"即额黄,唐代妇女施

《花间集》研究
Huajianji Yanjiu

于面部的一种妆饰。南北朝时开始流行,最初是用画笔蘸上黄色的染料涂抹于额头之上,后来也用黄色的花瓣饰物粘贴在额头之上,故称"花黄""蕊黄"。花钿,也是女子的额饰。对花钿的描写有李珣的《浣溪沙》其一:"翠钿檀注助容光";欧阳炯的《南乡子》其五:"二八花钿"。唐代妇女还流行在面颊上涂点妆饰物,所以词中还有大量对妆靥的描写,如温庭筠的《归国遥》其二:"粉心黄蕊花靥";魏承班的《诉衷情》其五:"星靥小,玉钗摇",星靥即黄星靥,唐代段成式的《酉阳杂俎》云:"近代妆尚靥,如射月曰黄星靥。靥钿之名,盖自吴孙和邓夫人也。"

还有孙光宪的《浣溪沙》其三:"腻粉半粘金靥子",金靥子也是指的黄星靥。这句词形容美人脸上的金靥子因脂粉腻污而半脱半粘的样子。类似的还有毛熙震的《后庭花》其二:"时将纤手匀红脸,笑拈金靥"。此外,对眉毛的描写,《花间集》中也有很多。如温庭筠的《更漏子》其四:"眉浅淡烟如柳";《玉蝴蝶》"芙蓉凋嫩脸,杨柳堕新眉"。词人惯于以柳喻眉,以山喻眉。韦庄的《荷叶杯》其一:"一双愁黛远山眉",《谒金门》其一:"远山眉黛绿";魏承班的《菩萨蛮》其一:"眉间画得山两点""翠翘云鬓动",《菩萨蛮》其二:"眉翠秋山远";毛熙震的《女冠子》其二:"小山妆",《南歌子》"远山愁黛碧,横波慢脸明";顾敻的《遐方怨》:"两条眉黛远山横";牛峤的《菩萨蛮》其一:"眉剪春山翠"等句都是描写远山眉的。唐玄宗时命画工绘"十眉图",小山眉就是其中一种。《花间集》中还有一部分对唇的描写,如韦庄的《江城子》其一:"朱唇未动,先觉口脂香";顾敻的《虞美人》其三:"浅眉微敛注檀轻",这里的"檀"本义是浅绛色,这里指在唇上浅浅地涂上一层绛红色。《应长天》中的"背人匀檀注,慢转横波偷觑","匀檀注"指涂口红。毛熙震的《女冠子》其二:"修蛾慢脸。不语檀心一点","檀心"即指红唇。《后庭花》其二"歌声慢发开檀点,绣衫斜掩"中的"檀点"也是指红唇。阎选的《虞美人》其一"臂留檀印齿痕

第三章 《花间集》中女性意识的凸显

香"中的"檀印"指女子口红的印痕。这些"口脂""注檀""檀痕""檀点"都是对唇膏的描写,不仅有涂唇膏的动作,还描写了唇膏的香味,以及留在衣服上的唇膏的印痕,这些描写增加了《花间集》女性形象的香艳色彩。

《花间集》中女性的发式花样繁多,有"云髻""云鬟""蝉鬓""堕髻""高髻""盘髻"等等。如温庭筠的《菩萨蛮》其一:"鬓云欲度香腮雪,懒起画蛾眉",《菩萨蛮》其五:"镜中蝉鬓轻",《南歌子》其三:"鬓堕低梳髻,连娟细扫眉";牛峤的《女冠子》:"绿云高髻",《菩萨蛮》其五:"钗重髻盘珊","盘珊"是指发髻盘旋环绕的样子;崔豹的《古今注·杂注》曰:"长安妇人好为盘桓髻",髻状如盘,称"盘髻"。形容女子头发之美的词还有绿云、绿鬟,如韦庄的《思帝乡》其一:"云髻坠,凤钗垂",《酒泉子》:"绿云倾,金枕腻",以及毛熙震的《浣溪沙》其三:"绿鬟云散袅金翘,雪香花语不胜娇"等。

女子头发上的饰品也是金玉满眼、琳琅满目。翠钗、翠钿、金雀钗、翠凤、宝钗、金霞、玉簪、金篦、玉冠、金蝉、金步摇,华丽富贵之气炫人眼目。"在唐代,手工艺也有了很大的发展,表现在妇女的装饰上,就是各种首饰尤其是头饰的制造……唐代妇女的头饰包括'钗''钿''翘''搔头''篦''步摇'等等,其质地以金、玉、银居多,式样繁多。"[34]精美的发饰从一个侧面反映了唐五代手工艺的发展。温庭筠的《菩萨蛮》其二:"人胜参差剪。双鬓隔香红,玉钗头上风"是写玉钗,《菩萨蛮》其三:"翠钗金作股,钗上蝶双舞"和牛峤的《女冠子》其三:"佩丁当,明翠摇蝉翼,纤珪理宿妆"写的是翡翠钗,温庭筠的《更漏子》其三:"金雀钗,红粉面"和牛峤的《菩萨蛮》其六:"绿云鬓上飞金雀,愁眉敛翠春烟薄"写的是金钗。发钗的造型除了上面提及的蝴蝶钗、雀钗之外,还有更多的描写,如和凝的《临江仙》其一:"碾玉钗摇鸂鶒战,雪肌云鬓将融"和《山花子》其一:"鸂

119

《花间集》研究
Huajianji Yanjiu

鹅颤金红掌坠,翠云低"都是描写鹭鹚钗的。张泌的《生查子》:"檀画荔枝红,金蔓蜻蜓软",金丝制成的蜻蜓状的首饰,袅袅颤动。阎选的《虞美人》"小鱼衔玉鬓钗横"和李珣的《临江仙》"玉钗斜坠双鱼"是描写鱼状钗。

李泽厚先生在提到晚唐诗歌的时候曾经说过,当时时代的精神已不在马上,而在闺房;不在世间,而在心境。自中唐以来,文人的生活追求由马上转向闺房,人的心情意绪成为文人们关注的焦点,对女性的描摹也达到了一个新的高度。女子的服饰发型、面容妆饰、情态心理在词人的笔下得到精雕细琢的描摹,呈现出华贵秾艳的风格,与词中的服饰之美相互映衬,构成了千娇百媚的女性形象。

第三节 《花间集》中女性意识的凸显

一、外在形象与内在情感的统一

花间词人在描写女性的曼妙多姿时,也细致地触摸到了她们的情感脉搏和微妙心理,抒写她们的春恨、离愁、相思,以及对情爱的执着追求,使花间美人的心灵世界充满了丰富的个性色彩。以温庭筠为例,他笔下的闺中贵妇,服饰精美,器物精致,居室雅洁,但是女主人公却常常流露出慵懒无聊的情绪,发出寂寞幽独的慨叹,"无限心曲"难以言状。如《菩萨蛮》其一:"小山重叠金明灭,鬓云欲度香腮雪。懒起画蛾眉,弄妆梳洗迟。照花前后镜,花面交相映,新帖绣罗襦,双双金鹧鸪。"清陈廷焯评曰:"飞卿词如'懒起画蛾眉,弄妆梳洗迟',无限伤心,溢于言表。"[35]《菩萨蛮》其三:"蕊黄无限当山额,素妆隐笑纱窗隔。相见牡丹时,暂来还别

第三章 《花间集》中女性意识的凸显

离。翠钗金作股,钗上蝶双舞。心事竟谁知?月明花满枝。"这些描写离别相思的作品,反映了女主人公的痛苦情怀。温庭筠词中的《定西番》《遐方怨》《诉衷情》《蕃女怨》等作品则是描写征妇的。边塞战争的号角、幽咽凄厉的羌管、南飞的鸿雁,无不牵动着她们对远方征人的情思。如《遐方怨》:"凭绣槛,解罗帏,未得君书,肠断潇湘春雁飞。不知征马几时归,海棠花谢也,雨霏霏。"词中独守空闺,寂寞哀怨的征妇形象揭示了女子在封建社会不幸遭遇的另一个社会根源——"不知征马几时归"的边塞战争。词人笔下的女性都有着美艳动人的外表和悲苦哀怨的愁怀,她们不是画布上没有生命的美人,而是有情感、有个性、有追求的活生生的人。她们对爱情既有强烈的渴望,也有大胆的追求。如温庭筠《更漏子》其三:"金雀钗,红粉面,花里暂时相见。知我意,感君怜,此情须问天。"再如《南歌子》其一:"手里金鹦鹉,胸前绣凤凰。偷眼暗形相。不如从嫁与,作鸳鸯。"

"从历史的必然性来说,创造理想的女性美,是人类物质生产和种的蕃衍实践和发展的精神需要。早在原始时代,人类就把丰收和多产的祈求,借助于人类的生殖欲念和有关生殖部位的形象来想象和比附。只不过是,随着人类向文明的演进,这种感情逐渐摆脱了野蛮时代的赤裸裸的欲望的暴露,而升华为一种审美的追求。"[36]在中国两千多年的封建宗法社会里,男性是绝对的中心,女性作为男性的附属品,在各个方面都受到了歧视和压抑。女子"无才便是德",鲜有受教育的权利,在文学领域中能够自由抒发情感意绪的机会更是少之又少。所以放眼浩如烟海的中国古代文坛,女作家寥若晨星,而有作品流传下来的更是少得可怜。洋洋洒洒九百卷的《全唐诗》中,女性作品只有九卷;一百卷的《宋诗纪事》中,女性作品也只有一卷。而明清时出现的作为女性作品专集的《诗女史》《古今女史》《历朝名媛诗词》《名媛诗归》等,同卷繁帙浩的古代文学作品相

121

《花间集》研究

比只能算是沧海一粟。但是女性的喜怒哀乐、春愁秋恨、相思离别并没有因此而无处抒发。男性诗人替女性"代言",站在女子的角度,揣摩女子的心境,模拟女子的口吻,歌唱女子的生活情感成为中国古代文坛的一个悠久的传统,由此就出现了"男子作闺音"的现象。早在《诗经》中出现的大量的爱情诗、弃妇诗、思妇诗就有相当一部分出自男性之手。在《离骚》中,屈原以美人香草以喻君子,借美人的幽怨寄托自己对时政的不满。"众女嫉余之蛾眉兮,谣诼谓余以善淫。"他用痴情的女子埋怨负心情郎的语气埋怨楚王:"初既与余成言兮,后悔遁而有他。"这里诗人借闺房女子的怨尤来比喻自己在现实政治中的处境,实际上是男性作为社会政治生活中的主体对女性价值的认知的一个投影。在男尊女卑的封建社会中,妇女是传宗接代的工具,是男性赏玩的对象,毫无自我价值而言。女性的命运掌控在男性的手中,这和封建社会中的君臣关系非常相似,所以借"美人迟暮"来抒发怀才不遇的感慨,借男女之情来寄托忠君爱国之感,自屈原之后便成为中国封建社会文人的传统。后汉王逸注《楚辞》时将这种象征意义明确化了:"《离骚》之文,依诗取兴,引类譬喻。故善鸟香草,以配忠贞;恶禽臭物,以比谗佞;灵修美人,以媲于君;宓妃佚女,以譬贤臣;虬龙鸾凤,以托君子;飘风云霓,以为小人。"[37]秦汉时期乐府民歌中出现的女性形象开始有了抗争意识,女性开始争取自主的婚姻自由,不甘心受到封建礼教的摆布,《孔雀东南飞》中的焦仲卿妻殉情的故事就是一个很好的例子。但是这种抗争还是无意识的,女性为了争取婚姻的幸福不惜以生命为代价来抗争。到了魏晋六朝,涌现出大量的"拟闺情"的诗作。或为女子代言,抒写她们的苦闷和追求;或借女子的不遇,寄托自己的身世之感。到了唐代,虽然"男子作闺音"的传统没有改变,但是由于唐代政治开放、经济发达,思想也空前活跃,对于女性的观念也比前朝开放。女性与文人密切交往,元稹与刘采春和薛涛,陆羽、刘长卿和李

第三章 《花间集》中女性意识的凸显

治,鱼玄机与温庭筠等都是酬酢唱和的诗侣挚友。文人们也用他们的生花妙笔尽情地讴歌和描绘女性形象。初盛唐时期的著名诗人,如王昌龄、王维、李白等都曾经创作过"宫怨诗"和"闺情诗"。中唐以后的"宫怨诗"更是洋洋大观。王建作百首《宫词》,王涯作三十首《宫词》,元稹曾以"艳情诗"而闻名,刘禹锡不仅写"宫怨诗",而且以描写巴渝湘楚一带的儿女风情而闻名。白居易为漂泊江湖的歌女抒情立传,主题从传统的单相思转向感时伤事,之间超越了单一的比附,转向叙事与抒情的结合。失意的文人与失宠的女子同病相怜,同声相求。由对琵琶女的不幸遭遇引发的同情扩展到自己的身世之感,借琵琶女的形象,作为情感喷发的突破口。实际上是借他人的酒杯,浇自己胸中的块垒。李商隐的"无题"诗描写的多是诗人自己缠绵悱恻的爱情经历,从他的诗文中,可以感受到文人士子与所钟爱的女子那种身心融汇的情感交流。

传统的文学作品中女性形象的概念化和附庸化反映了以男性为主导的传统文化意识,而花间词的独特之处在于它还原了女性形象的本来面目。以花间词派的鼻祖温庭筠为例,他第一次在词中为女性开辟了一个新天地,不仅写女性的外在形象美,而且注重塑造女性的内在情感。如他的《南歌子》七首,描写一位妙龄女子与情郎从一见钟情到相知相恋,再到离别相思的全过程。女子的心理经历了从"偷眼暗形相,不如从嫁与,作鸳鸯"所描写的暗中思慕、大胆表白,到"帘卷玉钩斜,九衢尘欲暮,逐香车"的翘首期盼,再到"花里暗相招,忆君肠欲断,恨春宵"的苦苦相思等过程。呈现在读者面前的不仅仅是一个美丽的形象,而且还有与形象紧紧联系在一起的合情合理的心理变化过程。

二、女性自我意识的觉醒

在文学作品中,主客体的关系可以概括为以下两种:一种是移情,客

《花间集》研究

体作为主体情感的外化而存在;第二种是主体对客体的模仿,从客体的角度去思考,去行动。《花间集》中的不少作品都属于第二种。女性不仅仅成为词人代言的对象,而且成为他们模仿的对象,以女性化的思维方式和行为方式来表现女性形象。以温庭筠的《更漏子》其一为例:

> 柳丝长,春雨细,花外漏声迢递。惊塞雁,起城乌,画屏金鹧鸪。
> 香雾薄,透帘幕,惆怅谢家池阁。红烛背,绣帘垂,梦长君不知。

词中描写独居的女子因漏声而触发的相思之情。上片从女主人公的听觉感知来描绘外部世界的景物:柳丝、春雨、塞雁、城乌,这样一步步由外而内,由有声而无声,将笔触深入闺房。下片又由"透帘幕"写到"绣帘垂",由动而静,深入女子内心,写出华丽深闺中的女主人公无限怅惘的意绪。从这些细腻微妙的心理变化过程来看,词人不是以男性作家的角度外在地观察女性,而是从内心深处来体验作为女性对生活的感受。从《花间集》"男子而作闺音"的主要特征来看,词人们完成了从外在的观察者到深入内心的模仿者的角色转变。

胡云翼先生在《中国妇女与文学》中曾对"男子作闺音"的现象大加贬斥,他说:"无论文人怎样肆力去体会女子的心情,总不如妇女自己了解的真切;无论文人怎样描写闺怨的传神,总不如妇女自己表现自己的恰称。"[38]这种说法有待商榷。男性的"代言体"与出自女性之手的"纯"女性文学的确不同,但是这些作品从不同的角度描绘了女性的美——从外在的形体到内在的心灵,不同程度地反映了封建社会妇女的情感意绪,使女性从最初物化的"语言符号"渐渐成为有血有肉有个性的人。花间词中的女性形象大都具有个性化的语言、动作和心理活动,在不同的词人手中体现出不同的气质风格。王国维在《人间词话》中曾将温庭筠和韦庄

第三章 《花间集》中女性意识的凸显

的词分别比作"画屏金鹧鸪"和"弦上黄莺语"。温庭筠词中的女性是一种静态的美感,或倚楼,或梳妆,或迷梦,在这些简单的动作中蕴含着丰富的情感脉络,使得人物形象外表沉静,内心缠绵多情。韦庄的词常常凸显女性的动作性,如"琵琶金翠羽,弦上黄莺语"(《菩萨蛮》),"忍泪佯低面,含羞半敛眉"(《女冠子》),"卷帘直出画堂前"(《浣溪沙》),"满楼红袖招"(《菩萨蛮》),等等,凸显出灵动俏丽的人物个性。花间词人笔下的女性从传统诗文符号化的桎梏中解脱出来,实现了女性形象的本色化和抒情的主体化,开拓了创作视角,标志着诗歌男性化审美倾向的暂时终结,女性的自我意识逐渐觉醒。文人笔下描写的妇女形象,是随着妇女地位、妇女观念、妇女价值观的改变而改变的,是与现实紧密相连的。她们不仅仅是文学作品中的女性形象,同时也是封建时代女性的社会性别角色,反映了女性在封建时代的社会定位。在以父权制为中心的漫长的封建社会中,女人的全部社会生活内容都是按照男性的价值期望来塑造的。在传统文化意识强大的压抑之下,女性形象不是人们所感知的现实的复制品,而是男性根据自己的思想、意志、情感、体验、理解和欲求创作出来的具有文化象征意义的"语言符号",它成为男性的一种文化构想物。男性把自我的欲望与恐惧、向往与焦虑都投射到女性的形象之上,通过这一对象来展示自我的隐私、渴望、迷恋与梦想。从某种意义上来说,女性形象的塑造过程是男性在符号域或象征域中行使权力,最终呈现在人们面前的是经过改造的如其所愿的形象。但是,创造形象的人不是与社会隔绝而独立存在的个体,而是生活于特定的社会文化语境之中的,受集体无意识的文化心理积淀的影响。所以,每个时期的女性形象都是一种特定的社会文化建构的符号象征体系。在中国的封建社会,男权主义文化作为一种隐蔽的社会集体无意识,始终是影响女性形象塑造的关键因素。随着社会的发展和进步,女性自我意识的觉醒、独立人格的确立是一种必然的选择。唐代是中国封建社会的鼎盛时期,是思想自由开放活跃的时代,无论是家庭中的婚姻关系还是社交场合的男女交往,都有着比较多的平等和自由色彩。这些有利条件促使唐代的文化艺术尤其是诗歌、舞蹈、音乐高度发展,使人们有了满足身心需求的、必要的物质文化基础。在这歌舞升平的时代,文人的思想得到极大限度的发展,对女性的态度也与前期历代文人有所不同。他们赞美女性、歌颂女性,与女性公开自由地交往,与女才子切磋学问,开辟了一代风尚。这种风尚对唐以后的各个朝代也产生了极大的影响。唐代杰出女子以自己的才情赢得了文人骚客的尊重敬慕,这在中国妇女生活史和妇女观念史上是值得重视的现象。这种情况不但是前代绝无,而且影响深远,开启了后代尊重女性、男女平等的意识。唐代这种特殊的社会现象也不是偶然的,它是盛唐经济生活、文化精神的一种反映,有着深刻的社会文化内涵。

【注释】

[1]袁珂:《山海经校注·序》,上海古籍出版社1980年版,第1页。

[2][俄]普列汉诺夫:《没有地址的信》,人民文学出版社1962年版,第106页。

[3]林辰:《神怪小说史》,江苏古籍出版社1998年版,第74页。

[4][德]黑格尔:《美学》第2卷,商务印书馆1981年版,第327页。

[5]夏传才:《诗经讲座》,广西师范大学出版社2007年版,第450页。

[6]朱自清:《朱自清选集》卷7,江苏教育出版社1996年版,第112页。

[7]王巍:《诗经民俗文化阐释》,商务印书馆2004年版,第258页。

[8]袁行霈:《历代名篇赏析集成》(上),中国文联出版公司1988年

版,第21页。

[9][日]笠原仲二:《中国古代人的美意识》,北京大学出版社1987年版,第135页。

[10]范文澜:《中国通史简编》,人民出版社1955年版,第28页。

[11]李泽厚:《美的历程》,生活·读书·新知三联书店2009年版,第71页。

[12]皮锡瑞:《经学历史》,中华书局2004年新1版,第82页。

[13]范文澜:《文心雕龙注》,人民文学出版社1958年版,第671页。

[14]司马光等撰:《资治通鉴》,中华书局1963年版,第1499页。

[15][16][17][18][19]范晔:《后汉书》,中华书局1999年版,第1888页、第1891页、第1887页、第1890页、第1890页。

[20]袁行霈、严正明、张传玺等:《中华文明史》第二卷,北京大学出版社2006年版,第361页。

[21][24]萧涤非:《汉魏六朝乐府文学史》,人民文学出版社1984年版,第197页、第274页。

[22]章培恒、骆玉明:《中国文学史》,复旦大学出版社1984年版,第416页。

[23]王运熙:《乐府诗论述》,上海古籍出版社1996年版,第282页。

[25]曹文心:《〈西洲曲〉考证与解读》,淮北煤炭师院学报(社科版),1994年第4期。

[26]石观海:《宫体诗派研究》,武汉大学出版社2003年,第165页。

[27]闻一多:《唐诗杂论》,中华书局2003年版,第46页、第48页。

[28]刘师培:《中国中古文学史》,上海古籍出版社2000年版,第90页。

[29]王世贞:《艺苑卮言》附录。

[30]谢无量:《谢无量文集》第五卷,《中国妇女文学史》,中国人民大学出版社2011年版,第217页。

[31]詹石窗:《道教文学史》,上海文艺出版社1992年版,第287页。

[32]高锋:《花间词研究》,江苏古籍出版社2001年版,第102页。

[33]祁嘉华:《唐代女性服饰的美学风格》,《洛阳师专学报》,1996年第12期。

[34]张颖:《唐诗中女性服装和化妆美初探》,《广州大学学报》,2003年第11期。

[35]陈廷焯:《白雨斋词话》卷一,据《词话丛编》本。

[36]陈醉、李成贵:《维纳斯面面观》,上海文艺出版社1988年版,第184—185页。

[37]王逸:《离骚经序》,《四部丛刊》影明翻宋本《楚辞》卷一。

[38]谭正璧:《中国女性文学史话》引,百花文艺出版社1984年版,第17页。

第四章 《花间集》的审美意象

意象是中国古典文艺美学中的一个重要概念,我们如果追根溯源来探究"意象"这一概念的缘起,就一定要提到《周易》。《周易·系辞》中记载:

> 子曰:"书不尽言,言不尽意。"然则圣人之意,其不可见乎?子曰:"圣人立象以尽意,设卦以尽情伪,系辞焉以尽其言。"

圣人之意通过语言不足以表达,就需要通过立象来表达。那么什么是"象"呢?《周易·系辞》中进一步解释:"象也者,像此者也。言象此物之形状。""夫象,圣人有以见天下之赜,而拟诸其形容,象其物宜,是故谓之象。"[1]通过描述客观物象的外在形状,即运用形象思维的方式来完整地表达圣人之意。那么什么是"意"呢?《礼·大学疏》曰:"为情所意念谓之意。"意,即是作者的主观情感。那么,我们就可以解释"言""象"和"意"三者之间的关系了。"言"用来描述客观物象的外在形状,"象"用来表达作者的主观情感。正如王弼在《周易略例·明象篇》中提到的:"夫象者,出意者也;言者,明象者也。尽意莫若象,尽象莫若言。言生于象,故可寻言以观象。象生于意,故可寻象以观意。意以象尽,象以言著。"

《花间集》研究

Huajianji Yanjiu

"意象"这两个字作为语词在文学批评中运用,最早见于刘勰的《文心雕龙》。刘勰在《文心雕龙·神思》中提到:

> 神居胸臆,而志气统其关键;物沿耳目,而辞令管其枢机。枢机方通,则物无隐貌;关键将塞,则神有遁心。是以陶钧文思,贵在虚静,疏瀹五藏,澡雪精神。积学以储宝,酌理以富才,研阅以穷照,驯致以怿辞,然后使元解之宰,寻声律而定墨;独照之匠,窥意象而运斤;此盖驭文之首术,谋篇之大端。

刘勰认为,心是精神活动的主宰,精神活动的关键由意志和气势来统辖。外物是通过耳朵和眼睛去接触的,却要通过语言来表达。语言表达这一关打通了,外物的形貌就无法隐遁,可以充分地描绘出来;如果意志和气势受到阻塞,那么精神就不会集中。所以酝酿文思,贵在虚心静笃,疏通性情,澡雪精神……[2]这里提到了"窥意象而运斤",使用了《庄子·徐无鬼》中的典故来做比喻:"郢人垩慢其鼻端,若蝇翼,使匠石斫之。匠石运斤成风,听而斫之,尽垩而鼻不伤。"刘勰用木匠挥动斧子砍削鼻子上的白土为喻,来形容作者写作的时候按照心中的形象来构思、剪裁、修饰形成文章。客观物质世界中的万物万象引发了作者的情感意绪,作者心思涌动,加以构思并且通过语言文字恰当地表达出来,就形成了倾注作者主观情感的"意象"。正如刘勰所言:

> 岁有其物,物有其容,情以物迁,辞以情发……是以诗人感物,联类不穷,流连万象之际,沉吟试听之区;写气图貌,既随物以婉转;属采附声,亦与心而徘徊。(《文心雕龙·物色》)

第四章 《花间集》的审美意象

自然界中的客观景物触发了诗人的内在情感,一切景语皆情语,这种被"心灵化"了的意象饱含着作者的主观情思。我们在西方美学理论里也可以找到类似的观点,美国著名符号美学家苏珊·朗格就认为意象是"情感符号","艺术品作为一个整体来说,就是情感的意象。对于这种意象,我们可以称之为艺术符号。"[3]美国意象派代表人物庞德认为意象是"在一瞬间呈现的理智与情感的复合物"[4],一个艺术符号往往蕴藏着作者丰富的内心世界,每一个意象都蕴含着一段难忘的经历或是一个浪漫的故事,这个艺术符号在人类漫长的历史进程中反复出现,表达了某种共同的情感,因而常常能够引发人们习惯性的联想和想象。一种艺术符号往往对应一类情感的表达,看到某种特定的艺术符号,即我们所说的"意象",人们就会引发某种特定的情感。譬如在中国古典诗词中,人们看到"柳"就会自然地引发离别的情感,看到"雁"就会生发思乡之情,看到"黍离"就会引发故国之思。荣格把这种人类心理反应模式称为"集体无意识",他说:"每个意象中都凝聚着一些人类心理和人类命运的因素,渗透着我们祖先历史中大致按照同样的方式无数次重复产生的欢乐与悲伤的残留物。"[5]

中国古典诗歌是以意象表现为基础的。陈植鄂在《诗歌意象论》中曾指出:"意象,是诗歌艺术最重要的组成部分之一(另一个是声律),或者说在一首诗歌中起组织作用的主要因素有两个:声律和意象。"[6]词作为一种特殊的诗歌体裁,作为中国传统音乐文学的代表样式,其主要构成要素就是声律和意象。从这一点上来说,我们通过对意象的追寻和探究,通过对意象的分析和解读,可以跨越漫长的历史长河,走进词人们的内心世界,去倾听他们的心语,去感受他们律动的脉搏,去探寻藏在语词背后的象征意义,去体察词人的欢乐与悲伤。

我们将花间词中的意象分为两大类,一类为自然意象,即大自然中客

《花间集》研究

Huajianji Yanjiu

观存在的景象,譬如春、花、鸟、月、风、雨等;另一类为人文意象,即由于人类的生产活动的参与而产生的物象,譬如楼台、帘、屏风一类的器物等。梦意象作为一种特殊的精神活动,我们将单独列一节来进行分析。

第一节 自然意象

花间词中指涉的自然意象有春、江、花、月、柳、雨、云、鸟等。在远古先民的观念里,大自然的花草树木、鸟兽禽鱼以及云雨风雷等自然现象,都可以看作是宇宙生命的代表。他们秉信万物有灵、众生平等,这些花草树木、鸟兽禽鱼和人类一样,是自然界中的一个链条。古代先哲崇尚"天人合一"的思想,《庄子·齐物论》说"天地与我并生,而万物与我为一",强调天与人的和谐一致。他们相信"物我互通",人类和自然界的生命轨迹、情感体验有着某种相似性。"中国诗歌艺术的发展,从一个侧面看来就是自然景物不断意象化的过程。有唐三百年,自然景物意象化的过程十分迅速,同时诗歌创作也达到了高峰。"[7]"大自然是一个取之不尽用之不竭的诗歌意象的源泉,历代的诗人们总是努力从中寻觅属于自己的新鲜活泼的意象,来编织他们的诗句。"[8]自然界的细微变化往往会触动诗人们的细腻情感,他们在这些宇宙生命中倾注了自己的快乐与悲哀。"意象是融入了主观情意的客观物象,或者是借助客观物象表现出来的主观情意。"[9]在相思离别的春愁秋恨中,花开花落、月升月降、春来春去、风起风息的自然现象所展现的富丽风姿成为词人表达情思的载体和媒介。

一、花意象

花意象很早就进入了中国人的文学视野。花开时节是植物生长最绚

第四章 《花间集》的审美意象

烂的时刻,相对应人类而言,青春年华正是生命中最灿烂的时刻,相当于人生中的春天。因此,用盛开的鲜花来象征人类的青春韶华就是很自然的事情了。人们常常用花样年华、风华正茂来形容青春时光。而鲜花盛开时姹紫嫣红的色彩、千娇百媚的姿态、鲜明艳丽的光泽、沁脾怡人的香气又让人很自然地联想到女性的美丽容颜。因此,以鲜花来比喻美人成为文学中的一个传统。如《诗经·周南·桃夭》:"桃之夭夭,灼灼其华。之子于归,宜其室家。"诗中用"桃之夭夭"起兴,桃花在这里象征着青春、爱情和美满的婚姻。桃花在春天开放,在古代的典籍中早有记载,如《礼记·月令》:"仲春之月,始雨水,桃始华。"[10]桃花盛开的季节是春光明媚的季节,同时也是男婚女嫁的季节。"嫁娶必以春者,春,天地交通,万物始生,阴阳交接之时也。诗云'士如归妻,迨冰未泮'。周官曰'仲春之月,令会男女'。令男三十娶,女二十嫁。"[11]春天是青年男女春心荡漾、谈情说爱的季节,古代的执政者鼓励男女欢会。《周礼·地官·媒氏》云:"中春之月,令会男女,于是时也奔者不禁。若无故而不用令者罚之,司男女之无夫家者而会之。"因此朱熹在《诗集传》中说:"桃之有华,正婚姻之时也。"陈子展的《诗经直解》也说《周南·桃夭》"为民间嫁娶之诗"[12]。"桃之夭夭"既描绘了春光明媚的季节、桃花娇娆盛开的美景,暗喻了新娘娇艳欲滴的青春美貌,所谓"人面桃花相映红",同时也指出此时正是结婚的大好时光。清代姚际恒的《诗经通论》说:"桃花色最艳,故以取喻女子,开千古词赋咏美人之祖。"《诗经》也因此开启了后世以花喻人的传统。再如《诗经·召南·何彼襛矣》:"何彼襛矣,唐棣之华。曷不肃雝,王姬之车",则是用唐棣花起兴,来赞美王姬的雍容华贵,青春美貌。方玉润的《诗经原始》评"'何彼襛矣',是美其色之盛极也"。《诗经·郑风·有女同车》:"有女同车,颜如舜华",用木槿花来比喻新娘的美貌。《诗经·郑风·出其东门》:"出其闉阇,有女如荼",用野地盛开的

133

《花间集》研究
Huajianji Yanjiu

白茅花来比喻女子多而美。可以说,以花起兴、以花喻人的传统自《诗经》肇始。到了屈原的笔下,花意象被赋予了更加丰富的含义,诗人"依《诗》取兴,引类譬谕,故善鸟香草,以配忠贞;恶禽臭物,以比谗佞;灵修美人,以媲于君;……"[13]"朝饮木兰之坠露兮,夕餐秋菊之落英。苟余情其信姱以练要兮,长顑颔以何伤!"诗人说自己早晨饮着木兰花上的露水,晚上以秋菊落下的花瓣为食。只要我的情感美好专一,就是长期的面黄肌瘦又有何妨?在诗人的眼里,花朵的色彩、香味、姿态都已经被略去,凸显的是花的精神品格。"制芰荷以为衣兮,集芙蓉以为裳。不吾知其亦已兮,苟余情其信芳。"把绿色的荷叶裁成上衣,把洁白的荷花缝制成下裳。没有人了解我也无所谓,只要我的情感高洁芬芳。屈原用花来比喻自己的高德雅行,开启了用花意象来比君子之德的传统。

从《诗经》的以花起兴、以花喻人,到《离骚》的以花自喻、以花比德,花意象被赋予的内涵越来越丰富,到了汉代又出现了以花自伤。以汉乐府的代表作《古诗十九首》为例,诗歌多抒发离愁别恨和寂寞失意之感,善于运用景物来烘托情感,从而达到寓情于景、情景交融的境界。如其中的《涉江采芙蓉》:"涉江采芙蓉,兰泽多芳草。采之欲遗谁?所思在远道。"在夏秋之交,荷花盛开的季节,江岸泽畔上有着数不清的芳草。手中的"芙蓉"引发了女子的思念之情。"还顾望旧乡,长路漫浩浩。同心而离居,忧伤以终老!"游子思乡之情通过思妇之口婉转地表达出来。再如《冉冉孤生竹》中的"伤彼蕙兰花,含英扬光辉;过时而不采,将随秋草萎",女子以蕙兰花自伤,感喟花易枯萎、容颜易老,希望男子能够早日迎娶自己,不要辜负了好时光。

魏晋文学中出现了以咏花为主题的赋,其中最多的是"芙蓉",如曹植、闵鸿、夏侯湛、潘岳、潘尼等都写过《芙蓉赋》,把芙蓉的姿态、芳香描写得细致入微。"晋人向外发现了自然,向内发现了自己的深情。"[14]对

第四章 《花间集》的审美意象

于花的描写体现出"从实用性叙写向花色审美的过渡",如张正见的《衰桃赋》中描写桃花"万株成锦,千林似翼""舒若霞光欲起,散似电采将收",在赋中作者寄寓了个人的身世感慨,对于唐代诗人产生很大影响。[15]到了南北朝时期,沈约作《咏桃》诗,"不再着笔于桃花物色的刻板描摹,而是将桃花的物色与人的情感联系起来,由眼前盛开的桃花的美丽想到风吹花落的感伤,这是桃花描写由重物色描摹到重情感寄托的转变,是桃花审美认识历史上的重要环节……唐、宋诗词中多有以桃花寄托情感的佳作,若寻其祖,当推沈约。"[16]

晚唐五代出现的花间词诞生于酒宴歌席之上,"绮筵公子,绣幌佳人,递叶叶之花笺,文抽丽锦;举纤纤之玉指,拍按香檀。不无清绝之词,用助娇娆之态"(欧阳炯《花间集序》),它演奏的场所就是在花前月下。伴随着绣幌佳人的轻歌曼舞,绮筵公子的觥筹交错,一曲曲深婉柔媚的歌曲在花丛中传唱,花间词就是花丛中的歌唱。五百首词作中写到花的有二百八十一处,涉及具体的花的品类有二十余种。如杏花、牡丹、桃花、梨花、芙蓉、荷花、菡萏、藕花、合欢、杜鹃、海棠、早梅、柳花、丁香、豆蔻、木兰、桂花、芦花、桐花……一部《花间集》可以说是花的海洋、花的世界。其中泛指的花出现一百五十五次,确指的花出现一百二十六次,出现频率最多的花是杏花,共三十一次。

花间词中的花意象大致上可以分为三类。第一类是自然界中的真花。在花间词中,花意象因其自然属性而在不同的季节开放,常常被用来点明季节时令。如桃花、杏花、牡丹、杜鹃、梨花、海棠、木兰、早梅、柳花等花朵在春天开放,芙蓉、荷花、菡萏、藕花、石榴花、合欢、丁香、豆蔻等在夏天开放,桂花、菊花、芦花等在秋天开放,词中出现的花朵代表了不同的季节。如温庭筠《菩萨蛮》其四:

《花间集》研究

Huajianji Yanjiu

翠翘金缕双鸂鶒,水纹细起春池碧。池上海棠梨,雨晴红满枝。绣衫遮笑靥,烟草粘飞蝶。青琐对芳菲,玉关音信稀。

词的上片描写景物,烘托穿着漂亮绣衫的美女在春天的花园之中尽情游赏的欢愉之情。海棠梨又名"海红""秋子",花团锦簇,自古以来是雅俗共赏的名花,素有"花中神仙""花贵妃""花尊贵"之称。陆游曾作诗赞赏海棠花的美艳高贵:"虽艳无俗姿,太皇真富贵。"宋代刘子翠诗云:"幽姿淑态弄春晴,梅借风流柳借轻,几经夜雨香犹在,染尽胭脂画不成。"形容海棠好像幽静的淑女,集梅花的风流与柳的轻盈姿态于一身,风姿绰约,妩媚动人。一阵春雨过后,天气晴朗,树枝上绽放着一团团、一簇簇的海棠花,鲜艳欲滴,衬托着妙龄女子的美丽容颜。再如《菩萨蛮》其七:

凤凰相对盘金缕,牡丹一夜经微雨。明镜照新妆,鬓轻双脸长。画楼相望久,栏外垂丝柳。音信不归来,社前双燕回。

因牡丹在暮春时节开花,我们可以推断出词中描写的季节是暮春。有白居易的《牡丹》诗为证,诗中写道:"帝城春欲暮,喧喧车马度。共道牡丹时,相随买花去。"再比如《菩萨蛮》其五中提到的"杏花":

杏花含露团香雪,绿杨陌上多离别。灯在月胧明,觉来闻晓莺。玉钩褰翠幕,妆浅旧眉薄。春梦正关情,镜中蝉鬓轻。

盛开时的杏花,姿态娇艳,繁花万点。杏花还有一个特点就是变色,在花朵含苞待放之时,颜色是鲜艳的红色,随着花瓣的绽放,花朵的颜色渐渐由浓转淡,最后变成白色。宋代诗人杨万里和王安石都写过吟咏杏花的

第四章 《花间集》的审美意象

诗歌,如杨万里在《咏杏》中写道:"道白非真白,言红不若红,请君红白外,别眼看天工。"王安石在《北陂杏花》诗中,把杏花比作洁白的雪花:"一陂春水绕花身,花影妖娆各占春。纵被春风吹作雪,绝胜南陌碾作尘。"根据杏花变色的特点,我们可以推测出《菩萨蛮》其五中描写的是暮春时节。而毛熙震的《女冠子》中"碧桃红杏,迟日媚笼光影,彩霞深"描写的则是初春的景色。李珣的《临江仙》:"帘卷池心小阁虚,暂凉闲步徐徐。芰荷经雨半凋疏。拂堤垂柳,蝉噪夕阳余。"芰荷指菱叶与荷叶,词中描写的是典型的夏日景色。他的另一首《渔歌子》:"九嶷山,三湘水。芦花时节秋风起",描写的是秋天的景色。隋朝江总有《赠贺左丞萧舍人》诗:"芦花霜外白,枫叶水前丹。"阎选的《八拍蛮》:"云锁嫩黄烟柳细,风吹红蒂雪梅残",描写的是早春的景色,他的《临江仙》:"雨停荷芰逗浓香,岸边蝉噪垂杨",描写的则是夏日的景色。

在点明季节时令的同时,词人们常常用花来营造环境,烘托氛围。如上文提到的温庭筠《菩萨蛮》其四中的"池上海棠梨,雨晴红满枝"。五代后周王仁裕在《开元天宝遗事·解语花》中记载:

> 明皇秋八月,太液池有千叶白莲数枝盛开,帝与贵戚宴赏焉。左右皆叹羡久之,帝指贵妃示于左右曰:"争如我解语花?……"

唐明皇将杨贵妃比作海棠,海棠因此又被称为"解语花"。这里的海棠既点明了季节是春天,同时也暗指女子的多情。《菩萨蛮》其七中的"牡丹"点明了暮春时节,同时"音信不归来,社前双燕回"又指出了独居深闺中的思妇对远行之人的思念。《菩萨蛮》其九:"满宫明月梨花白,故人万里关山隔。金雁一双飞,泪痕沾绣衣。"其中"梨花"点明初春时节,"故人万里关山隔"点明女子思念远方的"故人"。花意象触发了游人的思乡之

《花间集》研究

情,如李珣的《南乡子》:"烟漠漠,雨凄凄,岸花零落鹧鸪啼",寄托了词人怀古之幽思。如薛昭蕴的《浣溪沙》:"倾国倾城恨有余,几多红泪泣姑苏,倚风凝睇雪肌肤。吴主山河空落日,越王宫殿半平芜,藕花菱蔓满重湖",用藕花来抒发历史兴亡之感。在描写男欢女爱的恋情词时,花意象更是被用来作为男女之间缱绻深情的见证。如韦庄的《浣溪沙》其二:"此夜有情谁不极,隔墙梨雪又玲珑";毛文锡的《中兴乐》:"豆蔻花繁烟艳深,丁香软结同心";牛峤的《酒泉子》:"记得去年,烟暖杏园花正发,雪飘香。江草绿,柳丝长";张泌的《浣溪沙》:"闲折海棠看又捻,玉纤无力惹余香,此情谁会倚斜阳""微雨小庭春寂寞,燕飞莺语隔帘栊,杏花凝恨倚东风""枕障熏炉隔绣帷,二年终日两相思,杏花明月始应知"。

春天盛开的花朵,色彩艳丽,绚烂多姿,常常被用来作为美好爱情的象征。然而"花无百日红",落花意象成为闺怨相思、离愁别恨的最佳代言。如温庭筠的《菩萨蛮》其六:"花落子规啼,绿窗残梦迷",《菩萨蛮》其八:"牡丹花谢莺声歇,绿杨满院中庭月。相忆梦难成,背窗灯半明",《菩萨蛮》其十一:"雨后却斜阳,杏花零落香",《菩萨蛮》其十二:"花落月明残,锦衾知晓寒",《更漏子》其二:"兰露重,柳风斜,满庭堆落花",《酒泉子》其二:"宿妆惆怅倚高阁,千里云影薄。草初齐,花又落,燕双双",《梦江南》其一:"千万恨,恨极在天涯。山月不知心里事,水风空落眼前花,摇曳碧云斜";韦庄的《归国遥》其一:"春欲暮,满地落花红带雨",《清平乐》其四:"门外马嘶郎欲别,正是落花时节",《谒金门》其二:"满院落花春寂寂,断肠芳草碧";魏承班《生查子》:"烟雨晚晴天,零落花无语";薛昭蕴的《谒金门》:"斜掩金铺一扇,满地落花千片。早是相思肠欲断,忍教频梦见";孙光宪的《虞美人》其二:"教人无处寄相思,落花芳草过前期,没人知"。日本学者青山宏发现一个有趣的现象,中唐以前,落花的意象主要用来表现春天的美景,与伤春和惜春没有直接的关系。

第四章 《花间集》的审美意象

而中唐以后的词作中,伤春、惜春之情的词作逐渐多起来,落花逐渐与伤春、惜春之情紧密结合起来。"为什么会产生伤春、惜春之情,这是因为春天原来是一个快乐和美丽的季节,人们希望它长久地延续下去,但春天的消逝是那样无情,而且最明显的表示春天消逝的就是落花。"[17]花落预示着自然界的春光易逝,也象征着人生的春天——青春韶华的易逝。见落花而伤春的抒情模式极易引发词人对人生的慨叹,从而营造凄美而感伤的意境。如韦庄的《归国遥》:

春欲暮,满地落花红带雨。惆怅玉笼鹦鹉,单栖无伴侣。南望去程何许?问花花不语,早晚得同归去,恨无双翠羽。

暮春时节的纷纷落花引发了词人孤独、寂寞的感伤之情。词中的"问花花不语"后来见于欧阳修的《蝶恋花》:"庭院深深深几许,杨柳堆烟,帘幕无重数。玉勒雕鞍游冶处,楼高不见章台路。雨横风狂三月暮,门掩黄昏,无计留春住。泪眼问花花不语,乱红飞过秋千去。"欧阳修的这首词不仅承袭了韦庄的词句,而且传承了韦庄《归国遥》词中见落花而伤春的抒情模式。落红纷纷,美以一种被摧残的方式触动了词人的心弦,正如刘勰在《文心雕龙·物色》中所说:"春秋代序,阴阳惨抒,物色之动,心亦摇焉。"将这种抒情模式发挥到极致的,莫过于《红楼梦》中黛玉的《葬花词》了。美好事物的消亡极易引起敏感多情的词人心中无限的怜惜和感伤,以哀景衬哀情,残破的自然意象与女主人公悲凉感伤的心境相互衬托,这也是落花意象成为闺怨词常见意象的原因。

第二类是作为装饰物出现的花,我们可以把它看作是由自然意象衍生出来的人文意象。如温庭筠的《菩萨蛮》其一中的"照花前后镜,花面交相映",这里的花指的是女子插在发髻上的花。类似的还有温庭筠的

《花间集》研究
Huajianji Yanjiu

《南歌子》其五中的"扑蕊添黄子,呵花满翠鬟"。用花做的饰物有"花钿""花筐"。如韦庄的《浣溪沙》其一:"清晓妆成寒食天,柳毬斜袅间花钿",其中的"花钿"指用金翠珠宝制成的花形首饰;薛昭蕴的《浣溪沙》其六中有"麝烟兰焰簇花钿";顾敻的《荷叶杯》其七描写女主人公的娇美:"小髻簇花钿,腰如细柳脸如莲";欧阳炯的《南乡子》其五直接用"花钿"来指代妙龄的南国少女:"二八花钿,胸前如雪脸如莲";牛峤的《思越人》中有"斗钿花筐金匣恰,舞衣罗薄纤腰"。

花有时被用来指妇女的妆饰。比如温庭筠的《归国遥》其二:"粉心黄蕊花靥,黛眉山两点",其中的"花靥"指妇女面颊上用彩色涂点的妆饰。唐代段成式的《酉阳杂俎》中记载:"近代妆尚靥,如射月曰黄星靥。靥钿之名,盖自吴孙和邓夫人也。"和凝的《柳枝》其二:"醉来咬损新花子,拽住仙郎尽放娇","花子"也是古代妇女的面饰,《酉阳杂俎》云:"今妇人面饰用花子,起自昭容上官氏所制,以掩点迹。"

花有时被用来指绣在帷帐、枕套上的花。温庭筠的《杨柳枝》其七:"御柳如丝映九重,凤凰窗映绣芙蓉",雕刻着凤凰图案的窗内悬挂着绣着芙蓉花的帷帐;牛峤的《女冠子》其二:"小檀霞,绣带芙蓉帐,金钗芍药花",罗帐上绣着芙蓉花,女子的头上插戴着芍药花;张泌的《柳枝》:"红腮隐出枕函花,有些些",其中的"枕函花"指枕套上绣的花。

第三类是以花喻人,词人常常用娇美的春花来比喻年轻貌美的女子。前面讲过以花喻人在中国古典文学中有着悠久的历史,《诗经》首开用花来进行比兴寄托的风气。《诗经·周南》中有"桃之夭夭,灼灼其华。之子于归,宜其室家",用桃花之盛来比喻年轻貌美的新嫁娘,烘托了婚礼热闹喜庆的气氛。花间词中常常用花朵的娇媚多姿来衬托女子的娇柔妩媚,如韦庄的《天仙子》其一:"怅望前回梦里期,看花不语苦寻思。露桃宫里小腰肢。眉眼细,鬓云垂。唯有多情宋玉知",用桃花的娇娆之态来衬托女子的婀娜多姿、艳丽芳华。再如韦庄的《浣溪沙》其三:"暗想玉容何所似? 一枝春雪冻梅花,满身香雾簇朝霞",《女冠子》其二:"依旧桃花面,频低柳叶眉";顾夐的《荷叶杯》其八:"花如双脸柳如腰";孙光宪的《女冠子》:"澹花瘦玉,依约神仙装束";阎选的《虞美人》其二:"一支娇卧醉芙蓉",等等。词人借花的姿容来表现女性之美,体现出香柔软媚的审美情趣。

花的自然属性和女性的生理、心理特征相吻合,同晚唐五代"以柔为美""以艳为美"的审美风尚相契合。正如明代王世贞在《艺苑卮言》中所谈到的:"词须宛转绵丽,浅至儇俏,挟春月烟花于闺幨内奏之,一语之艳,令人魂绝;一字之工,令人色飞,乃为贵耳。"[18]甚至有的词评家直接把词比作花朵,如清代田同之《西圃词说》引魏唐曹学士的话说:"词之为体如美人,而诗则壮士也。(词)如春华,而诗则秋实也;(词)如妖桃繁杏,而诗则劲松贞柏也。"[19]直接把词比作妖艳繁茂的桃花和杏花,道出了词婉媚、娇柔、艳丽、芬芳的婉约本色。

二、月意象

春有百花秋有月,正是人间好时节。春花秋月是良辰美景,是美好爱情的象征,也是相思离苦的见证。千江水映千江月,高悬在中国词坛上的一轮明月默默地注视着人间的爱恨情愁,见证了世间沧海桑田的变化,它自身的阴晴圆缺也象征着人生的悲欢离合。

花间词人笔下的月亮清丽、雅洁、幽静、柔媚、朦胧、寂寞、孤独……可谓千姿百态。词人们在它的身上寄托了丰富的情感,营造了多样的意境。十八位词人的一百二十四首词中有一百二十六处写到月,其中温庭筠的《菩萨蛮》十二中有两处写到月。一百二十六处描写月的词中,孙光宪的《酒泉子》其二:"曲槛小楼,正是莺花二月",其中的"月"指的是月份;

《花间集》研究
Huajianji Yanjiu

《渔歌子》其一:"沿蓼岸,泊枫汀,天际玉轮初上",其中的"玉轮"指的是月亮,所以花间词中共有一百二十六处写到月亮。以状态而言,有明月、残月、烟月、斜月、凉月、珪月;以地点而言,有海月、湘月、林月、江月、山月、城上月、清淮月、天边月、紫塞月、红楼月、大罗天上月、孤(姑)苏台山月;以时令而论,有新月、秋月、三五之月。

傅道彬在《晚唐钟声》中说:"女性是月亮的灵魂,月亮是女性的诗化象征","月亮是母亲与女性的化身,反映女性崇拜的生命意味,代表母系社会的静谧与和谐,她反映着女性世界的失意与忧伤……有一种婉约朦胧通脱淡泊的女性美学风格。从《诗经》的'月出皎兮,佼人僚兮'到韦庄的'垆边人似月',月亮无不闪耀着和谐婉约的美学光辉。因为月亮代表了美,它也代表了爱,因此爱情也常常和月亮的象征意义联系在一起"。[20]在中国古老的民间传说中,主管姻缘的红喜神被称为"月老"。花间词中的月亮成为男女爱情的见证。如牛峤的《应天长》其一:

玉楼春望晴烟灭,舞衫斜卷金条脱。黄鹂娇啭声初歇,杏花飘尽龙山雪。凤钗低赴节,筵上王孙愁绝。鸳鸯对衔罗结,两情深夜月。

词中描写的是一位歌伎与贵族公子间的艳情。歌伎头上的凤钗低垂,伴随着音乐的节拍歌唱,多情婉转的歌声触动了宴席上的贵族公子心中的哀愁。罗带轻解,两情相悦,天上高悬的明月是这段缱绻深情的见证。毛文锡的《恋情深》其一:

滴滴铜壶寒漏咽,醉红楼月。宴余香殿会鸳衾,荡春心。真珠帘下晓光侵,莺语隔琼林。宝帐欲开慵起,恋情深。

词中描写一对恋人的欢会。词的上片描写清寒的春夜,悲咽的滴漏之声不绝于耳。月光之下,红楼之中,一对恋人宴饮之后在香殿内共衾同欢。下片描写天亮之后两人仍情意绵绵。

月有阴晴圆缺,人有悲欢离合。天上的明月默默注视着人间沧海桑田的变化,见证着悲欢离合、离情别绪的抒发。从我国最早的对月怀人诗《诗经·陈风·月出》的"月出皎兮,佼人僚兮。舒窈纠兮,劳心悄兮"开始,月亮就成为"男女相悦而相念之辞"中的经典意象。她"是人间戏剧美丽而苍白的观众,而她所知道的一切隐秘、激情和欢乐,迅速地崩溃或是慢慢地腐烂,……她把远隔千山的情侣思念联结起来。"[21]花间词中描写男女相思爱恋的作品中总有月亮的影子。牛希济的《生查子》:"春山烟欲收,天淡稀星小。残月脸边明,别泪临清晓",这是描写一对情人的离别场景。清晓离别,天上一轮残月暗淡悲戚,照着离人脸边的泪痕。韦庄的《浣溪沙》其五:"夜夜相思更漏残,伤心明月凭栏杆。想君思我锦衾寒",这是怀人之作,因为离别而相思,因为相思而无眠,天上的一轮明月也被词人的情绪感染,和词人一起伤心。词中的明月被赋予了人的情感。"暗相思,无处说。惆怅夜来烟月。想得此时情切。泪沾红袖黦"(韦庄的《应天长》其二)。心中的相思无人可以倾诉,只能面对着天上的月亮默默流泪。韦庄的《女冠子》其一:"四月十七,正是去年今日。别君时,忍泪佯低面,含羞半敛眉。不知魂已断,空有梦相随,除却天边月,没人知。"女子在梦中追忆去年今日与情人依依惜别时的情景和离别之后梦中的相思之情,词人的心事除了天边的明月,无人知晓。

天上的一轮明月孤独无依,又常常成为孤独寂寞的象征。如张泌的《浣溪沙》其三:"独立寒阶望月华,露浓香泛小庭花,绣屏愁背一灯斜。"庭院中夜深露重,花香四溢,词人独自站在寒冷的台阶之上,眺望天上的明月,对心上人的深深眷念与刻骨相思使他夜不能寐。类似的还有孙光

《花间集》研究
Huajianji Yanjiu

宪的《思越人》其二:"想象玉人空处所,月明独上溪桥",李珣的《望远行》其二:"吟蛩断续漏频移,入窗明月鉴空帷",萧娘在深夜思念远行不归的玉郎,窗外的明月照着空空的帷帐,心中无限悲凉。

"月亮并非仅仅是纯样的自然景观,还是一只硕大无比的艺术空框,一个情感的载体,它可以负载着人间各种各样的感情。"[22]词人通过月意象的描写来抒发亡国之思。鹿虔扆的《临江仙》:"烟月不知人事改,夜阑还照深宫。藕花相向野塘中,暗伤亡国,清露泣香红。"国家败亡之后的宫苑荒凉寂寞,月亮似乎不知道人间的变化,夜深人静的时候依然照着幽深的宫苑。只有池塘中的莲花暗自为亡国而悲伤流泪。表面上是责怪烟月的不解人事,实际上抒发的是黍离、麦秀之悲。

词人通过月意象的描写来抒发盛衰之叹。韦庄的《河传》其一:"清娥殿角春妆媚,轻云里,绰约司花妓。江都宫阙,清淮月映迷楼,古今愁。"此词借隋炀帝开凿运河南游的故事抒发盛衰之叹。据《开河记》记载,昔日隋炀帝下旨造大船,"泛江沿淮而下,于是吴越间取民间女,年十五六岁者五百人,谓之殿脚女。每船用彩缆十条,每条用殿脚女十人,嫩羊十口,令殿脚女与羊相间而行牵之"。《隋遗录》又载:"炀帝幸江都,洛阳人献合蒂迎辇花,帝令御车女袁宝儿持之,号司花女。"挽舟的女子妆容妩媚,管花的女子姿态轻盈。当年隋炀帝南游时场面宏大,热闹非凡。如今明月依旧照着隋炀帝曾经住过的迷楼,可是却物是人非,词人不禁发出千古沉沉的叹息。韦庄的词多用"残月""残晖""月落"等意象来烘托自己寂寞悲伤的心情和日薄西山的时代之哀。"韦庄的词,伴随着这些表现衰退和衰亡的词语,反复歌咏了渐渐走向灭亡和衰败的事物的美的共感。以离情别绪为代表的韦词的伤恨情绪,是通过歌咏美好的事物渐渐凋零体现出来的,这也反映了唐五代世纪末的混乱的时代风气。"[23]

"同一月也,牛氏有牛氏之月,伯喈有伯喈之月;所言者月,所寓者心。"[24]塞外的那轮明月,照见的是征人思乡的哀怨。牛峤《定西番》：

　　紫塞明月千里,金甲冷,戍楼寒,梦长安。相思望中天阔,漏残星亦残。画角数声呜咽,雪漫漫。

词中描写的是一位常年驻守在边关的征人,在寒冷的冬夜,漫天大雪中梦到京城长安,思念千里之外的亲人。温庭筠的《定西番》其一则是从家中思妇的角度来抒发同样的情绪：

　　汉使昔年离别,攀弱柳,折寒梅,上高台。千里玉关春雪,雁来人不来。羌笛一声愁绝,月徘徊。

借汉使出使西域之事,写尽人间的离别相思之情,用月的徘徊来烘托离人心中的惆怅。孙光宪的《定西番》其二：

　　帝子枕前秋夜,霜帷冷,月华明,正三更。何处戍楼寒笛？梦残闻一声。遥想汉关万里,泪纵横。

词中抒发的亦是思乡之情。"帝子"似指汉时远嫁到异国的乌孙公主,在异乡思念汉关而泪流满面。

　　湖边江上的那轮明月,照见的是渔夫潇洒疏放的情怀。如孙光宪的《渔歌子》二首：

　　草芊芊,波漾漾,湖边草色连波涨。沿蓼岸,泊枫汀,天际玉轮初上。扣弦歌,联极望,桨声伊轧知何向？黄鹤叫,白鸥眠,谁似侬家

《花间集》研究

疏旷?

　　泛流萤,明又灭,夜凉水冷东湾阔。风浩浩,笛寥寥,万顷金波澄澈。杜若洲,香郁烈,一声宿雁霜时节。经雪水,过松江,尽属侬家日月。

第一首抒写渔夫疏旷自得的情怀。上片描写湖上风光。芳草茂盛,水波荡漾。小舟沿着蓼花盛开的水岸,停泊在长有枫树的水边。天边的一轮明月初上,水天一色,静寂辽阔。下片抒写渔家之乐。扣舷而歌,向四极瞭望,摇着桨儿在湖上自由自在地行进。黄鹤在声声地鸣叫,白鸥早已栖息入眠,谁能像我一样自由疏旷呢?第二首还是抒写渔人潇散自得的情怀。上片写秋夜泛舟的所见所闻。眼中看到的是水边的流萤飞来飞去,忽明忽灭,夜凉水冷,东湾的水面更加开阔。月光照在清澈的水面,湖上荡漾着万顷金色的波纹。耳中听到的是夜风浩浩,笛声稀疏。下片写月夜行舟的所感。在长满杜若的水洲上,香草的味道浓郁芬芳,沁人心脾。宿雁的一声啼叫,在提醒渔人,此时已是秋霜降临的季节。小舟从雪溪,经过松江,沿途的美好风光都是属于"我"家的。词人陶醉在如诗如画的景色之中,沉浸在悠闲自在的情怀中。

还有李珣的"信浮沉,无管束,钓回乘月归湾曲"(《渔歌子》其一),"碧烟中,明月下,小艇垂纶初罢"(《渔歌子》其二),"水云间,山月里,棹月穿云游戏"(《渔歌子》其四),也是抒写渔人自由自在、潇洒脱尘的隐逸之乐。

"人类文化充满着象征的形式,象征形式的构成并不是主观任意的拼凑和规定,在人类那些运用自如全然无觉的象征形式中潜伏着生动的生命意味和生活经历。在中国文化里月亮最基本的象征意义是母亲与女

第四章 《花间集》的审美意象

性。"[25]"月亮是母亲与女性的化身,反映女性崇拜的生命意味,代表母系社会的静谧与和谐,她反映着女性世界的失意与忧伤。"[26]月意象与女性有着异质同构的对应关系,月亮属阴,女性也属阴,二者都具有阴柔的特质。因此,在文学作品中直接以月亮喻指女性就成为一种惯常的表达方式。韦庄的《菩萨蛮》中"垆边人似月,皓腕凝霜雪"写江南女子清朗秀洁宛如明月,让客寓江南的词人生出了"未老莫还乡,还乡须断肠"的慨叹。鹿虔扆把女子的脸比喻成月亮,"一自玉郎游冶去,莲凋月惨仪形"(《临江仙》其二),形容女子为相思所折磨,面容如月色一样惨白。牛峤将眉毛比作月亮,"月如眉,浅笑含双靥,低声唱小词"(《女冠子》其一)。还有阎选的"月蛾星眼笑微颦,柳夭桃艳不胜春,晚妆匀"(《虞美人》其二),这里"蛾"指蛾眉,"月蛾"比喻美人的眉毛弯曲似月。张泌的《临江仙》中有"花鬟月鬓绿云重",以月喻鬓。韦庄的《天仙子》其四还用月来比喻女子的服饰,"金似衣裳玉似身,眼如秋水鬓如云,霞裙月帔一群群",用月来形容帔的光彩艳丽。

词本身就是柔性文学,"晓莺残月"是词阴柔风格的形象体现。"帘外晓莺残月"(温庭筠《更漏子》其二),"惆怅晓莺残月"(韦庄《荷叶杯》其二),"莺啼残月,绣阁香灯灭"(韦庄《清平乐》其四),"门外早莺声,背楼残月明"(孙光宪《菩萨蛮》其二),"窗外晓莺残月"(魏承班《渔歌子》),莺和残月的组合营造了清冷寂寥的衰败景象。在人类的传统认知中,月圆象征着人世间的团圆美满,残月则代表着无法团圆的缺憾。词人在抒发离情别绪时,自然少不了"残月"。"江上柳如烟,雁飞残月天"(温庭筠《菩萨蛮》其二),"楼上寝,残月下帘旌"(皇甫松《梦江南》其二),"残月出门时,美人和泪辞"(韦庄《菩萨蛮》其一),"残月脸边明,别泪临清晓"(牛希济《生查子》),"冷雾寒侵帐额,残月光沉树杪"(和凝《薄命女》),"夜久歌声怨咽,残月"(顾敻《荷叶杯》其五)。"中国人那根极轻妙、极高雅而又极为敏感的心弦,每每被温润晶莹流光迷离的月色轻轻拨响。一切的烦恼郁闷,一切的欢欣愉快,一切的人世忧患,一切的生死别离,仿佛往往是被月亮无端地招惹出来的,而人们种种飘渺幽约的心境;不但能够假月相证,而且能够在温婉宜人的月世界中有响斯应。"[27]天上的明月既映照在自然世界中,也映照在词人的心灵世界中,既照见了大自然的山光水色,也照见了词人丰富而复杂的内心世界。

三、春意象

在花间词中,以春夏秋冬为代表的季节意象并没有全部出现。其中春意象出现二百零三次,十八位词人都写过,以绝对优势居于首位。秋意象出现三十六次,夏意象出现两次,冬意象未出现。《管子·形势解》云:"春者,阳气始上,故万物生。"春天万物生发的特性使春意象频繁地出现于文学作品中。一年之计在于春,春天是万物生发的季节,草长莺飞,百花争艳。词人用生花妙笔尽情地描写春日美景。"黄鹂娇啭泥芳妍,杏枝如画倚轻烟"(顾敻《虞美人》其五),"池塘暖碧浸晴晖,濛濛柳絮轻飞"(牛希济《中兴乐》),"素洛春光潋滟平"(牛希济《临江仙》其五),"柳映玉楼春日晚,雨细风清烟草软"(顾敻《玉楼春》其二),"花榭香红烟景迷,满庭芳草绿萋萋"(毛熙震《浣溪沙》其二),"粉蝶双双穿槛舞,帘卷晚天疏雨"(毛熙震《清平乐》)。欧阳炯的《南乡子》其一描写江南春景:"嫩草如烟,石榴花发海南天。日暮江亭春影渌,鸳鸯浴,水远山长看不足。"和凝的《小重山》其一描写京城春色:"春入神京万木芳。禁林莺语滑,蝶飞狂。晓花擎露妒啼妆。红日永,风和百花香。"和凝的《菩萨蛮》描写的是早春景色:"越梅半拆轻寒里,冰清淡薄笼蓝水。暖觉杏梢红,游丝狂惹风。"他的《临江仙》其一描写的则是暮春景色:"海棠香老春江晚,小楼雾縠涳濛。"毛熙震的《浣溪沙》其一中描写的暮春景色宛如仙

第四章 《花间集》的审美意象

境:"春暮黄莺下砌前,水精帘影露珠悬。绮霞低映晚晴天。弱柳万条垂翠带,残红满地碎香钿。蕙风飘荡散轻烟。"顾敻笔下的旖旎春光让游人陶醉于其中,竟然把眼前的美景疑为屏风上的图画:"曲槛,春晚。碧流纹细,绿杨丝软。露花鲜,杏枝繁,莺啭,野芜平似剪。"(顾敻《河传》其二)

花间词中的春意象既有独立性也有复合性的特点。独立性指春意象作为季节意象出现。如温庭筠的《菩萨蛮》其八:"人远泪栏杆,燕飞春又残",《更漏子》其二:"春欲暮,思无穷,旧欢如梦中";薛昭蕴的《谒金门》:"春满院,叠损罗衣金线";牛峤的《玉楼春》:"春如横塘摇浅浪,花落小园空惆怅";顾敻的《河传》其一:"绣帏香断金鸂鶒,无消息,心事空相忆。倚东风,春正浓";孙光宪的《玉蝴蝶》:"春欲尽,景仍长,满园花正黄";阎选的《醉公子》:"尽日醉寻春,归来月满身";毛熙震的《木兰花》:"掩朱扉,钩翠箔,满院莺声春寂寞"。复合性指春意象与其他意象以组合的方式出现。如与自然意象组合为春池、春雨、春水、春江、春雪、春雁、春雾、春草、春山、春光、春烟、春波、春风、春天;与情感意象组合为春愁、春恨、春情、春思;与时间意象组合为春日、春晚、春昼、春夜、春宵、春朝、春晓、春暮;与动词意象组合为春睡、春望;与名词意象组合为春衫、春漏、春女、春梦、春艳、春红、春色、春景、春庙、春影、春心、春酒、春浦、春岸、春歌;与形容词意象组合为春残、春深、春闲、春尽、春半。"词曲贵得春气"[28],朱良志指出:"在中国艺术中,没有孤立的空间意象,任何艺术意象都是在时间中展开的,以时间的生命之流融汇意象,是中国艺术不刊之法则,诗、书、画、园林、篆刻、建筑艺术等都常常在于表现一个时空合一体的内涵,时间给艺术形象空间展开序列灌注了生命。"[29]大量的复合性的春意象的涌现,是词人因时所感,感物生发,触动情怀能力的生动体现。况周颐云:"善言情者,但写景,而情在其中。"(《蕙风词话》卷二)词人写

《花间集》研究
Huajianji Yanjiu

春景的目的是为了情感抒发的需要。"春意象往往是人心苦乐相合的艺术原创动因引出的审美结果。"[30]万物萌发的早春时节极易引发词人爱春、惜春、赏春的情怀。"春"的甲骨文字形,从草(木),草木春时生长。中间是"屯"字,似草木破土而出,土上臃肿部分,即刚破土的胚芽形状,表示春季万木生长。我们看中国古代典籍中对于"春"的解释,《周礼·春官·宗伯疏》:"春者出生万物";《公羊传·隐元年》:"春者何,岁之始也";《注》:"春者,天地开辟之端,养生之首,法象所出。昏斗指东方曰春";《史记·天官书》:"东方木主春";《前汉·律历志》:"阳气动物,于时为春。春,蠢也。物蠢生,乃动运"。这些解释都在说明春天阳气上升,草木萌动,是播种的季节,是希望的季节,是充满生机的季节,是一年的开始。因此,古代君王非常重视春天。据《汉书》记载:"春,令民毕出在野。""是月也,天气下降,地气上腾,天地合同,草木萌动,王命布农事。"南朝梁萧绎的《纂要》云:"一年之计在于春。"中国古代先哲崇信"万物有灵""天人合一"的思想,《庄子·齐物论》中有:"天地与我并生,而万物与我为一",强调天与人的和谐一致。他们相信"物我互通",人类和自然界的生命轨迹、情感体验有着内在的联系和神秘的感应。

我们在前文论及花意象的时候提到过,春天是青年男女春心荡漾、谈情说爱的季节。古代的执政者鼓励男女欢会,《周礼·地官·媒氏》云:"中春之月,令会男女,于是时也奔者不禁。若无故而不用令者罚之,司男女之无夫家者而会之。"和凝的《春光好》其二描写的便是女子春游的情景:

蘋叶软,杏花明,画船轻。双浴鸳鸯出渌汀,棹歌声。春水无风无浪,春天半雨半晴。红粉相随南浦晚,几含情。

第四章 《花间集》的审美意象

浮萍柔嫩的叶片在水上漂浮着,岸边盛开的朵朵杏花明艳夺目。画船轻摇,一双鸳鸯从汀洲中游出,船上的人一边划船,一边唱着歌。平静的水面不起风浪,天空中一半雨一半晴。暮霭中,红粉佳人泛舟南浦,多了几分含蕴温婉的情意,春光佳人两相衬。春日出游,男女相互思慕。韦庄的《思帝乡》其二描写一位少女"春日游,杏花吹满头",这位游春的少女对风流英俊的陌上少年一见钟情,大胆地表露心迹,"拟将身嫁与,一生休"。只要能够嫁给这位少年郎,这一生也就满足了。韦庄的《河传》其三真实地再现了成都锦江水滨游春女子的风情:"锦浦,春女,绣衣金缕。雾薄云轻,花深柳暗,时节正是清明,雨初晴。"清明时节,一场春雨过后,风轻云淡,空气中笼罩着一层薄雾,一位身穿金丝刺绣衣服的女子站在锦江岸边思念旧日情人。毛文锡的《浣溪沙》则是从男子的视角入手,写一位游春的男子对女子产生的爱慕之情:"春水清波浸绿苔,枇杷洲上紫檀开。晴日眠沙䴔䴖稳,暖相偎。罗袜生尘游女过,有人逢着弄珠回。兰麝飘香初解佩,忘归来。""弄珠"语出《列仙传》:"郑交甫将南适楚,遵彼汉皋台下,乃遇二女,佩两珠,大如荆鸡之卵。交甫与言,愿得子之珠,二女解佩珠赠与交甫。"词里"弄珠"指佩珠的游女。"兰麝飘香初解佩",指女子解佩相赠时衣服上散发出兰麝的香味。春天是男女欢会的时节,美好春景衬托下的甜蜜爱情旖旎缱绻。"罨画桥边春水,几年花下醉"(韦庄《归国遥》其二),在风景如画的小桥边,潺潺的春水流淌,一对热恋中的情人曾经沉醉在花丛中,流连忘返。"宴余香殿会鸳衾,荡春心"(毛文锡《恋情深》其一),描写的是男女春夜欢会的情景,倜傥风流的贵族公子在春光中闲游,寻欢宴饮。再如毛文锡的《甘州遍》其一:

春光好,公子爱闲游,足风流。金鞍白马,雕弓宝剑,红缨锦襜出长楸。花蔽膝,玉衔头。寻芳逐胜欢宴,丝竹不曾休。美人唱,揭调

· 151 ·

《花间集》研究
Huajianji Yanjiu

是《甘州》,醉红楼。尧年舜日,乐圣永无忧。

这位贵族公子骑着金鞍装饰的白马,佩着雕弓宝剑,手牵着红缨装饰的马缰绳,身下坐着锦织的马鞍,在大道上闲游。那佐酒的乐伎身穿花蔽膝,头戴玉饰,一边弹奏丝竹,一边唱着高亢的《甘州遍》。贵族公子在太平盛世享受着无忧无虑的歌舞升平的宴饮生活。

对于古人来说,春天既是谈情说爱的季节,也是嫁娶的时节。班固在《白虎通义》中解释了为什么古人将春天定为嫁娶的季节:"嫁娶必以春何?春者,天地交流,万物始生,阴阳交接之时也。"朱熹在《诗集传》中说:"桃之有华,正婚姻之时也。"陈子展的《诗经直解》也说《周南·桃夭》"为民间嫁娶之诗"。《文心雕龙·物色》云:"春秋代序,阴阳惨抒,物色之动,心亦摇焉。"在万物生发、欢会嫁娶的季节,极易触动女子敏感细腻的思春情怀。孔颖达的《十三经注疏》亦云:"女是阴也,男是阳也。秋冬为阴。春物得阳而生,女则有阴而无阳,春女感阳气而思男。"早在《淮南子·谬称训》中就有"春女思,秋士悲,而知物化矣"的说法。女子相思怀人成为春意象词中常见的主题。如温庭筠的《菩萨蛮》其四:

翠翘金缕双鸂鶒,水纹细起春池碧。池上海棠梨,雨晴红满枝。绣衫遮笑靥,烟草粘飞蝶。青琐对芳菲,玉关音信稀。

词的上片描写女主人公春日游园看到的美景。成双成对的鸂鶒,身上点缀着金色的花纹,翘起翠绿的尾巴,在碧绿色的池塘中荡起一层层细细的水纹。池塘之上的海棠花在一阵春雨过后,开得越发鲜艳,满树都是红色的花朵。下片抒发女主人公对远方行人的思念之情。在这春光明媚的季节,一位美丽的少女用绣衫遮住了面颊上可爱的酒窝,蝴蝶在茂盛的草丛中翩翩飞舞。女主人公孤独一人面对这大好春光,想起远戍边塞的人没有音信。刘永济说:"后二句则以今日孤寂之情,与上六句作对比,以见芳菲之景物依然,而人则音信亦稀,故思之而怨也。"[31]

再如温庭筠的《诉衷情》:

莺语,花舞。春昼舞,雨霏微。金带枕,宫锦,凤凰帷。柳弱蝶交飞,依依。辽阳音信稀,梦中归。

词中描写一位闺中女子,在细雨霏霏、黄莺啼鸣、鲜花盛开的大好春光里思念远在辽阳的征夫。

春天是充满希望的季节。十年寒窗苦,一朝登龙门。士子登科及第的春风得意在明媚春光的烘托下更显得意气风发。薛昭蕴的《喜迁莺》其一:"残蟾落,晓钟鸣,羽化觉身轻。乍无春睡有余醒,杏苑雪初晴。"士子中举之后非常兴奋,早早地就醒了,看到窗外的月亮落下,耳畔传来钟鸣之音,感觉自己好像要羽化成仙一样,沉浸在中举的欢乐之中。皇帝在杏园赐宴,雪后初晴的杏园在登科士子的眼中分外妖娆。张泌的《酒泉子》其二:"紫陌青门,三十六宫春色。御沟辇路暗相通,杏园风。"写的也是一位科举及第的士子春风得意的神情。

春天这个充满希望和生机的季节,又极易引发文人雅士、迁客骚人悲伤的情感。美好时光难以永久留驻,正如韶华易逝而又无可奈何。季节周而复始的变化和人类生命的有限,伤春的背后蕴含着丰富的文化心理,在文学作品中往往通过"佳人伤春"的模式加以体现,所以"佳人伤春"成为中国古代文学的传统母题。美人自伤迟暮,低婉细腻的淡淡哀愁流露于字里行间。在春意象的表达视域中,暮春意象与残春意象蕴含的伤春情绪最浓厚。韦庄的《归国遥》其一:"春欲暮,满地落花红带雨。惆怅玉笼鹦鹉,单栖无伴侣。"满地的落花引发了女子心中的孤独惆怅。《谒金门》其二:"新睡觉来无力,不忍把伊书迹。满院落花春寂寂,断肠芳草碧。"《诉衷情》其一:"烛烬香残帘未卷,梦初惊。花欲谢,深夜,月胧明。何处按歌声?轻轻。舞衣尘暗生,负春情。"女子在暮春之夜听到远处的歌声,触发心中的感伤。"负春情",既是对自己辜负春光,不能伴随着优美的歌声展现悠扬舞姿的惋惜,也是对自己美好青春虚度的惋惜。张泌的《女冠子》:"露花烟草,寂寞五云三岛。正春深。貌减潜消玉,香残尚惹襟。"暮春时节,女道士玉容憔悴,暗自伤神。毛文锡的《酒泉子》描写主人公的惜春之情:"绿树春深,燕语莺啼声断续。蕙风飘荡入芳丛,惹残红。柳丝无力袅烟空,金盏不辞须满酌。海棠花下思朦胧,醉香风。"欧阳炯的《献衷心》描写女子在暮春时节睹物思人,触景伤情的情形:"……闭小楼深阁,春景重重。三五夜,偏有恨,月明中。情未已,信曾通,满衣犹自染檀红。恨不如双燕,飞舞帘栊。春欲暮,残絮尽,柳条空。"毛熙震的《浣溪沙》其一细腻婉约地表达惜春之情:"春暮黄莺下砌前,水精帘影露珠悬。绮霞低映晚晴天。弱柳万条垂翠带,残红满地碎香钿。蕙风飘荡散轻烟。"

王立先生指出:"春恨具体可分为两种,一是面对初春、仲春美景所发出的恨春、怨春之叹,伤感自身本质没有在人与人或人与社会的关系中得到应有的肯定,这是一种自我与对象同构异质的比照;而另一种,则是面对暮春残景发出的惜春、悯春之悲,痛惋花褪红残、好景不长,联想到自身在现实中的被否定和难于被肯定,如同春光难久。春去难归,这是一种自我与对象同质同构的印证。"[32]《花间集》中的春词基本上属于后一种。花间美人面对暮春残景发出惜春、悯春之悲,痛惋花褪红残,好景不长,自然地联想起自己孤独寂寞的生活状态,感伤之情自然生发,从而使词呈现出"柔婉哀凄"的审美风貌。

第四章 《花间集》的审美意象

欧阳炯在《花间集·序》中说:"镂玉雕琼,拟化工而迥巧;裁花剪叶,夺春艳以争鲜。……则有绮筵公子,绣幌佳人,递叶叶之花笺,文抽丽锦;举纤纤之玉指,拍按香檀。不无清绝之词,用助妖娆之态。"指出了花间词的题材内容是"镂玉雕琼""裁花剪叶",其审美特质是"巧""鲜""清绝""妖娆"。花间词中花、月、春等自然意象就体现出了轻倩、柔媚、细小、雅致的特点。这些意象的广泛使用给词体增加了婉约的韵致,营造了特定的审美环境,为花间词"香软"词风的形成奠定了基调,对后世词的题材范围起到了一个导开先路的作用。另外,"言情之词必借景色映托,乃具深宛流美之质。"[33]花间词中这些轻倩、柔媚、细小、雅致的自然意象,作为具有独特审美特质的符号,成为词人抒情表意的固定模式而被传承下来。

第二节 人文意象

这里的"人文意象"主要指由于人类的生产活动的参与而产生的意象,譬如楼台、帘、屏风一类的器物。

一、楼意象

楼意象是花间词中出现频率比较高的意象,在花间词中出现了六十一次。其中"玉楼"十二次,"画楼"四次,"小楼"八次,另外还有"凤楼""红楼""青楼""禁楼""高楼""戍楼""酒楼"等。

翻开一部中国历史,我们就会发现一个非常有趣的现象。在中国历史上,上至朝廷,下到州县,历朝历代都喜欢修建亭台楼阁。或用来居住,或用来彰显功绩,比如曹操的铜雀台。据说曹操消灭袁氏兄弟之后,夜宿

《花间集》研究
Huajianji Yanjiu

邺城,半夜见到金光由地而起,隔日掘之得铜雀一只。荀攸说当年舜母曾梦见玉雀入怀而生舜,今得铜雀,亦吉祥之兆也。曹操大喜,于是决意建铜雀台于漳水之上,以彰显其平定四海之功。或用来阅军,比如岳阳楼。据说岳阳楼始建于公元220年前后,前身相传为三国时期东吴大将鲁肃的"阅军楼"。或用来纪念大事,比如黄楼。熙宁十年(1077年)秋七月,黄河决口,水及彭城下。苏轼当时是彭城太守,亲自带领百姓抗洪,大水退去后,在城的东门筑大楼,垩以黄土,得名黄楼。或用来求神拜佛,不一而足。唐代是中国园林建筑的全盛期,亭台楼阁遍及全国各地。蜀地人物繁盛,江山之秀、罗锦之丽、管弦歌舞之多、伎巧百工之富在全国富有盛名,楼阁亭台更是鳞次栉比。"登临自古骚人事"(韩元吉《虞美人·怀金华九日寄叶丞相》),"登高"是中国古代的传统习俗。《文心雕龙》谓:"原夫登高之旨,盖睹物兴情。"古人借登高望远所见,来表达心中的情怀。"登高望远"成为中国古典诗歌的传统题材,最早可以追溯到《诗经·周南·卷耳》:"陟彼崔嵬,我马虺隤""陟彼高冈,我马玄黄""陟彼砠矣,我马瘏矣"。后来,东汉的王粲在《登楼赋》中抒发自己的怀才不遇之悲,寄托思乡、怀国之情,"登楼怀远"遂成为中国古代文人寄寓人生感慨的载体,成为抒发感情的传统表达方式之一。延伸到词的表现视域中,"倚楼远眺"成为花间词中的常见景象。

登楼凭栏而望,视野开阔,无限江山尽收眼底。或怀古咏史,抒发盛衰之感。如韦庄的《河传》其一:"江都宫阙,清淮月映迷楼,古今愁。""迷楼"为隋炀帝所建,据《迷楼记》载:"(炀帝)诏有司,供具材木,凡役夫数万,经岁而成。楼阁高下,轩窗掩映。幽房曲室,玉栏朱楯,互相连属,回环四合,曲屋自通。千门万户,上下金碧……人误入者,虽终日不能出。帝幸之,大喜,顾左右曰:'使真仙游其中,亦当自迷也。可目之曰迷楼。'"这首词借隋炀帝开凿大运河南游的故事,抒发盛衰之叹。鹿虔扆的《临江仙》其一抒发的则是亡国之痛:"玉楼歌吹,声断已随风。烟月不知人事改,夜阑还照深宫。"

或远眺而怀人,宣泄相思之意。《花间集》中的楼意象被词人赋予了丰富的情感,"楼"是居住之所,是恋情生发之地,也是男女欢会的场所。因此,表现男女之间的缱绻恋情、缠绵情思自然离不开楼意象。牛峤的《应天长》其一:"玉楼春望晴烟灭,舞衫斜卷金条脱。黄鹂娇啭声初歇,杏花飘尽龙山雪。凤钗低赴节,筵上王孙愁绝。鸳鸯对衔罗结,两情深夜月",描写了歌伎与王孙公子的一段恋情。《菩萨蛮》其七描写的则是男女在玉楼中欢会的情景:"玉楼冰簟鸳鸯锦,粉融香汗流山枕。帘外辘轳声,敛眉含笑惊。柳阴烟漠漠,低鬓蝉钗落。须作一生拼,尽君今日欢。"李冰若的《花间集评注·栩庄漫记》评这首词:"全词情事,冶艳极矣。"[34]毛文锡的《恋情深》也是在描写男女之间的欢会:"滴滴铜壶寒漏咽,醉红楼月。宴余香殿会鸳衾,荡春心。真珠帘下晓光侵,莺语隔琼林。宝帐欲开慵起,恋情深。"月夜之下,红楼之中,酒宴之后,香殿之上,男女同衾合欢,春心荡漾。类似的还有顾敻的《甘州子》其一:"禁楼刁斗喜初长,罗荐绣鸳鸯。山枕上,私语口脂香。"魏承班的《诉衷情》其二描写的则是男女欢会后的离别情景:"春深花簇小楼台,风飘锦绣开。新睡觉,步香阶,山枕印红腮。鬓乱坠金钗,语檀偎。临行执手重重嘱,几千回!""小楼台"点明欢会的地点,"春深花簇"写欢会的环境,"鬓乱坠金钗,语檀偎"写女子的娇柔依恋,"临行"二句写欢会后女子送别情人,恋恋不舍,反复叮咛。

通过楼意象来表现悲欢离合中的闺怨愁思也是词人喜欢使用的手法之一。"红楼别夜堪惆怅,香灯半卷流苏帐。残月出门时,美人和泪辞。"(韦庄《菩萨蛮》其一)两情缱绻的情侣,红楼分别,依依不舍。再如温庭筠的《菩萨蛮》其六:

《花间集》研究
Huajianji Yanjiu

玉楼明月长相忆,柳丝袅娜春无力。门外草萋萋,送君闻马嘶。画罗金翡翠,香烛销成泪。花落子规啼。

词中的思妇终日在玉楼上仰望明月,思念远去不归的情郎。柳丝袅娜,正是暮春时节。明月朗照之下,闺楼中的思妇正在苦苦地思念着远方的离人。"绿窗残梦迷"写出了思妇恍惚迷离的神态。闺楼是女子每日生活的场所,也是宣泄情感的唯一场所。"独上小楼春欲暮,愁望玉关芳草路。消息断,不逢人,却敛细眉归绣户。"(韦庄《木兰花》)"红粉楼前月照,碧纱窗外莺啼。梦断辽阳音信,那堪独守空闺?恨对百花时节,王孙绿草萋萋。"(毛文锡《何满子》其一)这两首写的是少妇对远在边地的丈夫的思念。温庭筠的《梦江南》其二:

梳洗罢,独倚望江楼。过尽千帆皆不是,斜晖脉脉水悠悠,肠断白蘋洲。

闺楼之上,断肠的思妇,望穿秋水。这首词以"江为背景,楼为主体,焦点是独倚的人。这时的女子,感情是复杂的;随着时间的推移,情绪是变化的。初登楼时的兴奋喜悦,久等不至的焦急,还有对往日的深沉追怀……这里,一个'独'字用得很传神。'独'字,既无色泽,又无音响,却意味深长。这不是恋人昵昵情语的'互倚',也不是一群人叽叽喳喳的'共倚',透过这无语独倚的画面,反映了人物的精神世界。一幅美人凭栏远眺图,却是'误几回天际识归舟'的'离情正苦'。把人、景、情联系起来,画面上就有了盛妆女子和美丽江景调和在一起的斑斓色彩,有了人物感情变化和江水流动的交融"[35]。

女主人公倚楼远眺,思念千里之外音信杳无的情郎,以至于夜不能

第四章 《花间集》的审美意象

寐。如韦庄的《更漏子》：

> 钟鼓寒，楼阁暝，月照古桐金井。深院闭，小庭空，落花香露红。烟柳重，春雾薄，灯背水窗高阁。闲倚户，暗沾衣，待郎郎不归。

词的上片写楼阁的夜景。幽静的深夜传来钟鼓声声，楼阁昏暗，春寒逼人。院门紧闭，小庭空荡，花落露坠，地上一片残红。这是一幅孤寂凄冷的春夜图景。一切景语皆情语，凄冷的景色烘托出楼中思妇的寂寞哀怨。下片继续用景语来烘托思妇心中的愁绪。"烟柳重，春雾薄，灯背水窗高阁"，表现了思妇幽居独处而产生的凄清、落寞、孤寂的心理。"闲倚楼"的"闲"字写出思妇百无聊赖的心情，"倚"字写出等待时间之长，企盼时间之久。"待郎郎不归"道出了哀怨的缘由。陈廷焯的《云韶集》卷一评："落花"五字，凄绝秀绝。结笔楚楚可怜。[36]

女子在相思念远时喜欢"登楼远眺""倚楼望月"。无独有偶，男子在怀想心中美人时，思绪也常常飘飞到闺楼之上。韦庄的《浣溪沙》其三："惆怅梦余山月斜，孤灯照壁背窗纱，小楼高阁谢娘家"，写一位男子在梦醒之后思念住在小楼高阁之上的谢娘。牛峤的《菩萨蛮》其二："今宵求梦想，难到青楼上。赢得一场愁，鸳衾谁并头"，写的则是一位男子偶然在街上见到一位美女，念念不忘以至于想入非非，希望自己能够在夜晚梦到这位女子。此处的"青楼"不是后世所指歌伎居住的地方，而是指富贵人家居住的豪华楼房。语出曹植的《美女篇》："青楼临大路，高门结重关。"欧阳炯的《贺明朝》其一写的则是男子对意中人的相思之情："碧梧桐锁深深院。谁料得两情，何日教缱绻？羡春来双燕，飞到玉楼，朝暮相见。"孙光宪的《风流子》其二描写的这位男子更加风流，只是瞥见楼头女子的倩影便萌生了思慕之情："楼倚长衢欲暮，瞥见神仙伴侣。微傅粉，

159

《花间集》研究
Huajianji Yanjiu

拢梳头,隐映画帘开处。无语,无绪,慢曳罗裙归去。"李珣的《浣溪沙》其三塑造了一位寻访旧情人而不遇的伤心男子:"访旧伤离欲断魂,无因重见玉楼人,六街微雨镂香尘。"更有边塞戍守的征人,戍楼寒笛吹响心中的思乡之情。孙光宪的《定西番》:"何处戍楼寒笛?梦残闻一声。遥想汉关万里,泪纵横。"

曹植在《杂诗》中写道:"高台多悲风。"古人登高望远的时候,心情大多都是悲凉的。宇宙的浩瀚无边越发烘托出个体生命的渺小。武则天万岁通天元年(696年),陈子昂登上燕昭王为招纳天下贤士而建的幽州台,面对辽阔广袤的天地,想到自己的坎坷际遇,不禁忧从中来,发出了"前不见古人,后不见来者。念天地之悠悠,独怆然而泣下"的千古沉沉的叹息。大历二年(767年)重阳节,杜甫在夔州登上白帝城外的高台。萧瑟的秋江景色,引发了诗人身世飘零的感慨,联想到自己老病孤愁的悲哀,心中百感交集,写下了后来被誉为"七律之冠"的《登高》:"风急天高猿啸哀,渚清沙白鸟飞回。无边落木萧萧下,不尽长江滚滚来。万里悲秋常作客,百年多病独登台。艰难苦恨繁霜鬓,潦倒新停浊酒杯。"大历三年(768年),杜甫来到岳州,登上神往已久的岳阳楼。凭轩远眺,面对烟波浩渺、壮阔无垠的洞庭湖,诗人发出由衷的赞叹。想到自己晚年漂泊无定,国家多灾多难,唐王朝由盛转衰,又不免感慨万端,老泪纵横,挥笔写下了《登岳阳楼》:"昔闻洞庭水,今上岳阳楼。吴楚东南坼,乾坤日夜浮。亲朋无一字,老病有孤舟。戎马关山北,凭轩涕泗流。"诗人们在俯仰倚靠间,欣赏宇宙的宏大,沉思生命的短暂,感伤自身的际遇,悲戚国事的衰微,暂时安放漂泊无依、孤独寂寞的心灵。徐复观说:"一切伟大艺术家所追求的,正是可以完全把自己安放进去的世界。"[37]"楼"成为古代文人雅士寄托情怀的诗意处所,"登兹楼以四望兮,聊暇日以消忧"(王粲《登楼赋》)。"楼"成为古代文人雅士安放胸襟情志的自由天地。"天高地迥,觉宇宙之无穷;兴尽悲来,识盈虚之有数。"[38]文人的登楼情结在文学作品中表现为楼意象的各种曼妙身姿,以此传达丰富深厚的情感。"暝色入高楼,有人楼上愁。"(李白《菩萨蛮》)在花间词中,楼这一狭小的处所承载着文人无限的情思意绪,传达出感伤的审美情调,表现出孤独寂寞的心理,展示出"以悲为美"的审美内蕴。而词本身就是感伤文学,以抒发离愁别绪而见长。王国维在《人间词话》中说:"词之为体,要眇宜修,能言诗之所不能言,而不能尽言诗之所能言。诗之境阔,词之言长。"[39]花间词中的楼意象所蕴含的情思与词本身"要眇宜修"的特质相契合,从男女欢会、离别到思乡怀国的情愁,其间的幽约怨悱、无限缠绵化为一曲曲"清绝之词"在亭台楼阁之间徘徊盘旋,展现出摇曳的风姿。

二、帘意象

帘意象是花间词中出现频率很高的意象之一,以帘意象入词的词作多达九十三首,占花间词总数的百分之十八点六。帘意象以不同的颜色、材质和状态存在于花间词中。按其制作的材料可以分为水精帘、绣帘、珠帘、珍珠帘;按其颜色可以分为翠帘、翠箔,按其图案可以分为画帘、金凤小帘;按其状态可以分为风帘、帘卷、帘垂、帘冷、帘影;按时间划分有晚帘;按其位置划分有水堂帘……它丰富了词的表现内容和情感内涵,创设了特定的抒情表意的场景,开拓了词的审美意境。

实际上,《花间集》中的"帘"应该写作"簾"。《康熙字典》中"帘"指酒旗,而"簾"则指编竹作帏簿也,即用竹子编成的用来遮蔽门、窗、床的生活用品。《释名》中解释"簾",廉也,自障蔽为廉耻也。《礼纬》曰:"天子外屏,诸侯内屏,大夫以簾,士以帷。"按照古代的礼法规定,大夫才能使用"簾",簾成为等级的象征。东汉许慎的《说文·竹部》解释"簾",堂簾也。清代段玉裁的《说文解字注》曰:"簾,堂簾也……在旁曰帷,在上

《花间集》研究
Huajianji Yanjiu

曰幕。帷幕皆以布围之,四合象宫室曰幄。帝者,王在幕若幄中坐上承尘。幄帝皆以缯为之。然则簾施于次以蔽旁。簾施于堂之前,以隔风日而通明。簾以布为之故从巾。簾析竹缕为之,故其字从竹。其用殊,其地殊,其质殊……"[40]清人朱骏声的《说文通训定声》进一步解释:"簾,堂簾也,从竹廉声,声类廉,户蔽也。按:缕竹为之,施于堂户,所以隔风日以通明者,亦曰薄,今作箔。"从以上的解释中我们可以知道,"簾"是古代的一种生活用具,可以用来遮蔽阳光、阻挡风寒、调节光线。如"吾所居室,前帘后屏,太明即下帘和其内暗,太暗则卷帘以通其外曜。"[41]这是说帘具有调节光线的作用。帘还可以起到阻隔空间的作用。帘是室内的软隔断,在居室中挂上门帘,"隔而不断",形成"帘幕重重"的空间层次的变化,起到了现代装修的效果。帘透光、透气,隔中有通,隔中有透,可以产生实中有虚的审美效果。帘同时还有装饰的作用。它可以挂在门、窗、床的上方、侧面,可卷可垂,可收可放。帘的制作精美,带有装饰性。士大夫之家的帘多以珍珠、琉璃、水晶制成,帘钩则用金、银、玳瑁制成,色彩鲜艳。帘旌、帘额用垂穗缨络、香囊彩带、金玉珠翠等装饰,典雅华丽,极尽变化。和室内其他家具陈设配合在一起,使居室的环境氛围显得温馨、典雅、旖旎。帘集实用性、装饰性与审美性于一身,使人产生视觉上的愉悦之感。

帘具有阻隔功能。中国古代的礼法中,女子只能居住于内室,不能随便地出入。司马光的《书仪·居家杂仪》中记载:"男治外事,女治内事,男子无故不处私室,妇人无故不窥中门,有故出中门必拥蔽其面。"[42]在"男女授受不亲"的礼法制度下,中国古代的女性被囿于闺阁之中,被阻隔在社会生活之外。帘的阻隔功能使它具有隐秘性。帘内的世界是一个私密的空间,不被外界所知,具有很强的私密性。帘的这种隐秘性使其具有了象征意义,它更像是一道心理防线,垂挂在词人的内心情感世界和外部现实世界之间。帘外是喧嚣繁华的现实世界,帘内是幽闭隐微的内心世界。它与词委婉含蓄的风格相融合,与主人公欲说还休的愁苦心情相呼应。帘成为沟通内心世界与外部世界的桥梁和媒介。外部的光通过帘投射进闺帷,呢喃的双燕穿帘而过,帘外的动与帘内的静相互映衬,更渲染了朦胧孤寂的氛围,便于词人情感的抒发与宣泄。同时帘本身也具有美感。水精帘、珠帘、翠箔……晶莹剔透的材质,绣帘、画帘,精致华美的图案,给词增添了诗情画意和富贵气象,更适合表现"细腻的官能感受和情感色彩",适合抒发"闺房"中的"心境",在有限的空间里表现细致入微的情感变化。

帘意象为情感的表达提供了丰富的空间。首先,帘具有阻隔空间的作用。

柳花飞处莺声急,晴街春色香车立。金凤小帘开,脸波和恨来。今宵求梦想,难到青楼上。赢得一场愁,鸳衾谁并头?(牛峤《菩萨蛮》其二)

晚逐香车入凤城,东风斜揭绣帘轻,慢回娇眼笑盈盈。消息未通何计是,便须佯醉且随行,依稀闻道太狂生。(张泌《浣溪沙》其九)

前一首词描写一位男子,在街上偶遇装饰华美的车子。车上绣有金凤的小帘拉开,一位美人映入眼帘。男子对美人念念不忘,想入非非。后一首词写香车内的女子慢慢地回头,娇美的眼睛含着盈盈笑意。轻狂少年不知道如何才能与女子沟通,便假装醉酒跟在车的后面。"金凤小帘"与"绣帘"将车外的男子与钟情的女子阻隔开来。

《花间集》研究

帘的空间阻隔作用也暗示着情感的分离和阻隔。所以,常常用来表达男女之间的离愁别绪。如:

月色穿帘风入松,倚屏双黛愁时,砌花含露两三枝。如啼恨脸,魂断损容仪。香烬暗销金鸭冷,可堪辜负前期!绣襦不整鬟鬓欹,几多惆怅,情绪在天涯。(顾敻《临江仙》其三)

等闲将度三春景,帘垂碧砌参差影。曲槛日初斜,杜鹃啼落花。恨君容易处,又话潇湘去。凝思倚屏山,泪流红脸斑。(李珣《菩萨蛮》其二)

前一首词的头两句写女主人公在月色之下,倚屏皱眉。台阶前的花上缀满露珠,如同女主人公流泪含恨的脸,相思的痛苦损伤了美人的仪容。下片交代了美人愁苦的缘由。"可堪辜负前期",因为情人爽约,伤离怨别让美人心中充满惆怅。后一首词写女主人公的离愁别恨。暮春时节,女主人公独自一人倚着屏风,耳畔响起杜鹃鸟凄厉的哀鸣,心中怨恨男子轻易地离别,抛下自己远去潇湘。不禁流下热泪,眼泪冲掉了脸上的脂粉留下斑斑泪痕。

帘意象常常被用于闺阁词中表达相思之情。如顾敻的《浣溪沙》其一:

春色迷人恨正赊,可堪荡子不还家,细风轻露著梨花。帘外有情双燕飏,槛前无力绿杨斜,小屏狂梦极天涯。

荡子在外漫游不归,家中的思妇看到双燕飞舞,更觉孤单寂寞。她倚着屏风因相思而入梦,梦中极尽天涯去寻觅不归的荡子。还有欧阳炯的《献衷心》:"情未已,信曾通,满衣犹自染檀红。恨不如双燕,飞舞帘栊。春欲暮,残絮尽,柳条空。"词中描写女子春日相思,恨自己不如那成双成对的燕子可以自由地飞过帘栊,去寻找心上人。

双燕与帘的组合是花间词中用来抒写寂寞春闺之中女子相思之情比较常见的表达模式,为词作增添了空灵婉约之美。如薛昭蕴的《谒金门》:

> 春满院,叠损罗衣金线。睡觉水精帘未卷,檐前双语燕。斜掩金铺一扇,满地落花千片。早是相思肠欲断,忍教频梦见。

暮春时节,女主人公罗衣未解而眠,醒来后垂帘不起。从中我们可以洞见女主人公的落寞无聊。帘外的双燕呢喃反衬出女主人公的孤单寂寞,满地落花表现出春意阑珊,又引发了思妇韶华易逝、心上人久别不归的相思情愁。主人公内心深处幽约深婉的相思之情通过未卷的水精帘、呢喃的双燕和满地的落花含蓄委婉地表现出来。相类似的还有"青麦燕飞落落,卷帘愁对珠阁"(温庭筠《河渎神》其三)、"细雨霏霏梨花白,燕拂画帘金额"(韦庄《清平乐》其一)、"风帘燕舞莺啼柳,妆台约鬓低纤手"(牛峤《菩萨蛮》其五),等等。

帘意象常常用于抒写闺阁的愁苦孤寂。如魏承班的《生查子》其二:

> 寂寞画堂空,深夜垂罗幕。灯暗锦屏欹,月冷珠帘薄。愁恨梦难成,何处贪欢乐?看看又春来,还是长萧索。

清冷的月光映照着珠帘,帘内女子情思幽微,心中充满愁和恨,长夜孤寂,

《花间集》研究
Huajianji Yanjiu

无法入睡。而这种闺阁的孤苦又往往通过帘和月的组合模式来抒写。比如"夜来皓月才当午,重帘悄悄无人语"(温庭筠《菩萨蛮》十二),"竹风轻动庭除冷,珠帘月上玲珑影"(温庭筠《菩萨蛮》十四),"星斗稀,钟鼓歇,帘外晓莺残月"(温庭筠《更漏子》其二),"楼上寝,残月下帘旌"(皇甫松《梦江南》其二),"画堂帘幕月明风"(韦庄《浣溪沙》其二),"月光斜,帘影动,旧炉香"(牛希济《酒泉子》),"月色穿帘风入竹,倚屏双黛愁时,砌花含露两三枝"(顾敻《临江仙》其三),"新月上,薄云收,映帘悬玉钩"(毛熙震《更漏子》其一),"斜月照帘帷,忆君和梦稀"(毛熙震《菩萨蛮》其一)。月的各种圆缺变化形成不同意象,如残月、明月、斜月、新月等,与帘相组合形成朦胧、柔和、轻盈的审美意境。

其次,帘具有空间转换的作用。如温庭筠的《更漏子》其二:

星斗稀,钟鼓歇,帘外晓莺残月。兰露重,柳风斜,满庭堆落花。虚阁上,倚栏望,还似去年惆怅。春欲暮,思无穷,旧欢如梦中。

词中的空间视角从帘内转向了帘外。再如薛昭蕴的《浣溪沙》其五:

帘外三间出寺墙,满街垂柳绿阴长,嫩红轻翠间浓妆。瞥地见时犹可可,却来闲处暗思量,如今情事隔仙乡。

词中的空间视角则是从帘外到帘内的转移。帘外是满街垂柳和打扮艳丽的女子,帘内是出家修仙的女道士。小小的门帘,阻隔的是仙界与凡间。

第三,帘卷帘垂暗喻时间的流逝。如牛峤的《江城子》其一:

鵁鶄飞起郡城东,碧江空,半滩风。越王宫殿,蘋叶藕花中。帘

第四章 《花间集》的审美意象

卷水楼渔浪起,千片雪,雨濛濛。

当年的越王宫殿已经淹没在苹叶藕花当中,不复往日的壮观。水楼上卷起的门帘见证了时光的流逝,见证了岁月的沧桑。再如阎选的《临江仙》其二:

十二高峰天外寒,竹梢轻拂仙坛。宝衣行雨在云端,画帘深殿,香雾冷风残。

词人站在巫山神女的祠庙前,远望巫山十二峰伫立在荒寒的天边,祠庙周围是苍翠的竹子,冷风吹过,竹梢摇动。孤舟行客眼中的神女庙是"画帘深殿"。时光似乎在这里停滞,越发显示出神女庙的凄清冷寂。再如李珣的《巫山一段云》中有"尘暗珠帘卷,香销翠幌垂。西风回首不胜悲,暮雨洒空祠"。时光在珠帘与翠幌的一卷一垂间悄然流逝,让多情善感的词人油然而生吊古伤今之感。

帘意象因其在古代居室中的装饰性,因其制作的材质不同而有"珠帘""绣帘""画帘""翠帘"等名称,珍珠、翡翠、绣线和颜料,丰富的材质和颜色使它具有了流光溢彩、晶莹剔透的色彩美。我们看下面的两首词:

水精帘里颇黎枕,暖香惹梦鸳鸯锦。江上柳如烟,雁飞残月天。藕丝秋色浅,人胜参差剪。双鬓隔香红,玉钗头上风。(温庭筠《菩萨蛮》)

春暮黄莺下砌前,水精帘影露珠悬。绮霞低映晚晴天。弱柳万条垂翠带,残红满地碎香钿。蕙风飘荡散轻烟。(毛熙震《浣溪沙》)

《花间集》研究
Huajianji Yanjiu

两首词中的"水精帘"都是指用水晶串成的帷帘,晶莹、洁净、高贵、典雅、华美。前一首词描写女子居室的精美。晶莹剔透的水精帘和颇黎枕、绣着鸳鸯图案的锦被散发出一阵阵暖融融的香气,将闺房的富丽华美表现得精致细腻。"水精帘"与精致雅洁的鸳鸯锦被、淡雅柔和的藕丝色的衣裳,既香且红的两鬓间的花朵、随着风儿微微颤动的玉钗一起营造了绮艳香软的环境氛围。后一首词描写傍晚时分,艳丽的晚霞压得很低,映红了放晴的天空。正是暮春时节,黄莺在台阶下跳跃,水精帘的影子投射在地下,好像是悬挂的露珠即将滴落下来。光影灵动,澄澈璀璨。黄莺、露珠、绮霞、翠带、香钿、轻烟组合成一幅色彩明丽、绮艳柔美的暮春图景。

花间词以柔媚婉约、秾艳香软为其主要风格特色,帘内的女性气质也是香艳柔美的。如温庭筠的《归国遥》:

香玉,翠凤宝钗垂簏簌。钿筐交胜金粟,越罗春水渌。画堂照帘残烛,梦余更漏促。谢娘无限心曲,晓屏山断续。

词的前三句写女子妆饰之华美。香玉形容女子头上戴的宝钗由玉石制成,"香"字使人联想到女子的妆容。"翠凤宝钗垂簏簌"描绘宝钗的形状。翠玉制成的宝钗做成了凤凰的形状,钗穗垂坠下来,衬托出女子绰约的风姿。"钿筐""交胜"这些首饰上面缀满了金光闪闪、状若金星的纹饰。一位盛装美人闪亮登场,美女身穿越地盛产的轻柔精致的丝绸制作的衣衫,衣衫上面绣满如春水碧波样的花纹。词中对美人妆容、服饰的细致刻画充满了浓腻的脂粉气。如此盛装的美人心中却充满了幽怨愁苦之情,残烛照帘也照出了美人心中的寂寞凄冷。"谢娘无限心曲"化作一帘幽梦,将美人与外界隔绝开来。

第四章 《花间集》的审美意象

距离可以产生美,宗白华在论述美感与距离的关系时,举宋代诗人陈与义的《海棠诗》中的"隔帘花叶有辉光"为例,"帘子造成了距离,同时它的线文的节奏也更能把帘外的花叶纳进美的形象,增强了它的光辉闪灼,呈显出生命的华美,就像一段欢愉生活嵌在素朴而具有优美旋律的歌词里一样"。[43]帘内是幽独孤寂、凄清怨悱的美女,帘外是久别不归的郎君。美人心中的愁怨被表达得委婉蕴藉,词人通过帘这种特定的意象,使用烘托、暗示、渲染、象征等手法,将美人在闺帷内无法排遣的相思愁怨,通过虚实相生的意境表现出来,营造出朦胧婉约的审美境界,在有限的空间中演绎着无限的意趣韵味。"当人与人(通常是一个在帘内的女子和一个在帘外的男子)隔帘相对时,二者就进入了一种微妙的情境中,并常常因此产生同样微妙的情绪反应以至情感交流。当帘幕低垂时,帘内的世界对帘外人而言,就成了一种神秘幽深的存在,他或者可以闻到帘内的幽香,或者可以听到帘内的笑语,甚至可以隐隐约约看到帘内人的身影。总之,他可以通过种种信息感知到帘内人的存在,但这一存在对他而言又是那样地近在咫尺却不可接近,那样地引人入胜却不可触摸。"[44]如孙光宪的《浣溪沙》其五:

  半踏长裾宛约行,晚帘疏处见分明,此时堪恨昧平生。早是销魂残烛影,更愁闻着品弦声,杳无消息若为情。

男子在帘幕的缝隙中看到了女子穿着长襟衣服,轻盈柔美地走来走去。想要和女子交往,可是却没有办法,心中暗暗着急。女子烛光下的倩影已经让男子神魂摇荡,此时又传来女子弹奏乐器时的美妙声音,更让男子难以自持。一层小小的帘幕,将深情的男子与帘内的女子阻隔开来。可是,这种阻隔又不是音信难通、难以逾越的阻隔。男子可以隐约看到女子的

《花间集》研究
Huajianji Yanjiu

身影,可以听到女子弹奏乐器的声音。近在咫尺,却又无法沟通。心中充满思慕之情却又无法尽情表白。帘的妙处就在于它的隔又不隔、通又不通,正好可以恰切地表达词人心中那种隐秘幽微的感情,那种欲得而难得的怅惘心理。

晚清词论家况周颐这样描述词的境界:"人静帘垂,灯昏香直,窗外芙蓉残叶飒飒作秋声,与砌虫相和答。据梧冥坐,湛怀息机。每一念起,辄设理想排遣之。乃至万缘俱寂,吾心忽莹然开朗如满月,肌骨清凉,不知斯世何世也。斯时若有无端哀怨怅触于万不得已;即而察之,一切境象全失,唯有小窗虚幌、笔床砚匣,一一在吾目前。此词境也。"[45]帘作为一种带有阻隔性的,充满隐约朦胧特点,善于表达柔美忧伤情感,具有强烈阴柔之美,表现出明显女性化倾向的意象在花间词中频繁地出现,既与晚唐五代的审美风尚有关,同时与当时士大夫们的心态也有关系。对现实的无奈而又无力改变的境况让词人的心中充满了愁苦、感伤、惆怅,托之于轻柔的小帘、间隔的狭小空间来表达自己的寂寞、幽独,营造迷离幽寂的词境,从而为花间词秾艳、香软、柔美、婉约风格的形成涂抹了不可或缺的色彩。

三、屏意象

屏,即屏风。在《花间集》的五百首词作中,有九十七首词是描写屏风的,占花间词总数的百分之十九点四。其中直接点明"屏"或"屏风"字样的有九十五首,因阎选的《临江仙》其二"欲问楚王何处去?翠屏犹掩金銮"中的"翠屏"描写的是巫山十二峰之一,而不是指屏风,故排除在外。间接描写屏风的有三首,分别是温庭筠的《菩萨蛮》其一:"小山重叠金明灭"中的"小山",张泌的《浣溪沙》其六:"枕障熏炉隔绣帏"中的"枕障",顾敻的《临江仙》其一:"象床珍簟,山障掩,玉琴横"中的"山障",上

第四章 《花间集》的审美意象

述三首词中提到的"小山""枕障""山障"指的都是屏风。十八位花间词人的笔下都有屏风的身影,其中数量最多的是顾敻。《花间集》中共收录顾敻词五十五首,有二十三首提到屏风,比例高达百分之四十一点八。从中我们也可以窥见顾敻对屏风的偏爱。

屏意象在《花间集》中出现得如此普遍,和它在人们日常生活中的重要作用密不可分。屏风和前文中我们提到的"帘"的作用类似,用来阻隔空间,遮挡风寒、光线,起到屏蔽的作用。通常以竹、木为框架,用纸、绢作屏面,上面装饰以书法、人物、花鸟、山水等图案。富贵人家用云母、翡翠、金银等作材料,是古代室内重要的摆设。屏风的历史可以追溯到远古时代,我们今天能看到的关于屏风最早的制作者是"禹",《物原》一书中就有"禹作屏"[46]的记载。先秦时期,屏风被称为"扆"或"邸",是天子权威的象征。"扆"指古代宫殿里设在门和窗之间的大屏风。《礼·明堂位》中记载:"天子。负斧扆南鄉而立。"《曲礼》:"疏扆狀如屏风,以绛为质,高八尺,东西当户牖之间,绣为斧文,亦曰斧扆。天子见诸侯,则依而立负之,而南面以对诸侯。"《周礼》中关于"邸"的记载是这样的:"王大旅上帝,则张氊案,设皇邸。"《注》:"张氊案,以氊为床,于幄中设皇邸,谓以板为屏风,染羽象凤凰羽色以为之,王座所置也。"春秋战国时期,屏风在贵族之家广泛使用。《史记·孟尝君列传》:"孟尝君待客坐语,而屏风后常有侍史,主记君所与客语,问亲戚居处。"[47]两汉时期,屏风的装饰越来越丰富。《西京杂记》中记载:"汉文帝为太子,立思贤院以招宾客,苑中有堂陆六所,客馆皆广庑高轩,屏风帷帐甚丽。"到了魏晋南北朝时期,屏风开始进入寻常百姓家。高官显贵家中的屏风富丽堂皇,普通百姓家的屏风就比较简单了。《晋书·吴隐之传》记载,清贫的吴隐之担任高官后,仍然保持简朴的生活习惯,"以竹篷为屏风,坐无毡席"。到了隋唐五代时期,屏风成为室内的重要摆设或者称为重要家具,在社会上普遍流行。

《花间集》研究

Huajianji Yanjiu

花间词人热衷于通过对女性生活环境的描写来营造温柔香软的抒情氛围,闺房绣帏、锦帐画屏频繁出现在词作之中。屏的种类多样,有"屏山""画屏""银屏""锦屏""翠屏""绣屏""云屏""翡翠屏""凤屏""粉屏""金凤小屏""绮屏"等。从以上的名称中,我们可以了解屏风的形状、材质和图案。

唐五代时期的屏风大多为六扇,孙光宪的《菩萨蛮》其三中有"晓堂屏六扇,眉共湘山远"。摆放在地上,或床榻旁边,或者枕头旁边。扇和扇之间用环纽连接,可以折叠。如韦庄的《菩萨蛮》其三中有"翠屏金屈曲",这里的"金屈曲"就是指屏风上可以折叠的环纽。屏风可以展开也可以合掩,合掩之后,折叠屈曲的形状看上去好像山的形状,所以被称为"屏山"。如温庭筠的《菩萨蛮》其一首句"小山重叠金明灭",其中的"小山"就是指折叠如山的屏风。类似的还有:

无言匀睡脸,枕上屏山掩。(温庭筠《菩萨蛮》其十一)

鸳枕映屏山。(温庭筠《南歌子》其五)

谢娘无限新曲,小屏山断续。(温庭筠《归国遥》其一)

拂水双飞来去燕,曲槛小屏山六扇。(顾敻《玉楼春》其四)

枕倚小山屏,金铺向晚扃。(顾敻《醉公子》其一)

"绣屏""锦屏"是织锦刺绣而成。如:

画楼离恨锦屏空。(温庭筠《蕃女怨》其二)

画帘垂,金凤舞,寂寞绣屏香一炷。(韦庄《应天长》其一)

惊梦断,锦屏深,两乡明月心。(牛峤《更漏子》其二)

露浓香泛小庭花,绣屏愁背一灯斜。(张泌《浣溪沙》其三)

锦屏寂寞思无穷,还是不知消息。(顾敻《酒泉子》其一)

春朝秋夜思君甚,愁见绣屏孤枕。(魏承班《满宫花》)

灯暗锦屏欹,月冷珠帘薄。(魏承班《生查子》其二)

罗幕下,绣屏空,灯花结碎红。(毛熙震《更漏子》其二)

"云屏"是用云母镶饰的。如:

倚着云屏新睡觉,思梦笑。(张泌《柳枝》)

愁坐对云屏,算归程。(毛文锡《诉衷情》其一)

何时解佩掩云屏?诉衷情。(毛文锡《诉衷情》其二)

宿妆犹在酒初醒,翠翘慵整倚云屏。(顾敻《虞美人》其一)

· 173 ·

《花间集》研究

"翡翠屏"是用翡翠装饰的。如：

　　翡翠屏深月落,漏依依。(韦庄《思帝乡》其一)

　　翡翠屏开绣幄红,谢娥无力晓妆慵。(张泌《浣溪沙》其五)

"金粉小屏""粉屏""翠屏"是指屏风的颜色。如：

　　斜日照帘,罗幌香冷粉屏空。(欧阳炯《凤楼春》)

　　画堂鹦鹉语雕笼,金粉小屏犹半掩。(顾敻《玉楼春》其二)

　　翠屏欹,银烛背,漏残清夜迢迢。(鹿虔扆《思越人》)

"画屏"是指屏风上装饰有各种图案。如：

　　惊塞雁,起城乌,画屏金鹧鸪。(温庭筠《更漏子》其一)

　　香断画屏深,旧欢何处寻?(李珣《菩萨蛮》其三)

　　香阁掩芙蓉,画屏山几重。(牛峤《菩萨蛮》其六)

　　独掩画屏愁不语,斜倚瑶枕髻鬟偏。(欧阳炯《浣溪沙》其一)

有的词则直接点明了屏风上绘的是凤凰图案,如"凤屏鸳枕宿金铺"

第四章 《花间集》的审美意象

（欧阳炯《浣溪沙》其三）。马里扬将《花间集》中屏风上的图案分为五种类型：寓意吉祥幸福的动物图案、人物故事图案、江南风景图案、边塞风光图案，还有一种称之为"有特殊意义的图案"，即"巫山与高唐"和"潇湘与九嶷"两组图案。[48]实际上，花间词中画屏上的图案按照绘画的类型可以归纳为三大类，即人物、山水和花鸟。

花间词中提及的描写人物的画屏有牛希济的《临江仙》其三：

渭阙宫城秦树凋，玉楼独上无憀。含情不语自吹箫。调清和恨，天路逐凤飘。何事乘龙人忽降？似知深意相招。三清携手路非遥。世间屏障，彩笔画娇娆。

这首词咏调名本意，吟咏弄玉的故事。《列仙传》记载："萧史者，秦穆公时人也。善吹箫，能致孔雀白鹤于庭。穆公有女，字弄玉，好之。公遂以女妻焉。日教弄玉作凤鸣。居数年，吹似凤声。凤凰来止其屋，公为作凤台，夫妇止其上。不下数年，一旦，皆随凤凰飞去。故秦人为作凤女祠于雍宫中，时有箫声而已。"[49]词的最后两句"世间屏障，彩笔画娇娆"，描写屏风上刻画着弄玉娇美多姿的身影。玉楼上的佳人，饱含深情，独自吹箫，曲调凄清含着愁恨。看到屏风上弄玉的身姿，心中思念着萧郎，期盼着与萧郎携手共赴三清。实际上表达的是闺中思妇的相思之情。还有张泌的《浣溪沙》其七："花月香寒悄夜尘，绮筵幽会暗伤神，婵娟依约画屏人。"描写男子钟情的女子美丽娇媚，仪态万方，仿佛是画屏上的美人，让男子分不清是画中人还是现实中的人，亦真亦幻，亦虚亦实，爱慕之情油然而生。罗一平指出："作为纯审美观赏性的仕女画始于唐代。"[50]屏风上雍容华贵、婀娜多姿的仕女图像产生了强烈的艺术感染力，给词人留下了深刻的印象，以至于看到生活中的美女自然产生了画中人走进现实的

《花间集》研究

幻觉。这样的词充满了梦幻朦胧的美感,多了一分缥缈仙气。

屏风上除了描绘美女的绰约风姿外,还有一个重要的内容就是描画山水景色。唐代屏风画十分盛行,很多画家都擅长在屏风上作画。《唐朝名画录》一书中记载李思训"山水绝妙;鸟兽、草木,皆穷其态。……天宝中明皇召思训画大同殿壁,兼掩障。异日因对,语思训云:'卿所画掩障,夜闻水声。'"这里提到的'掩障'即屏风,李思训在屏风上画的山水十分逼真,以至于唐明皇夜间好像听到了水流动的声音。他也因此被称为"通神之佳手也,国朝山水第一"[51]。王维也曾经在屏风上作画,"其画山水松石……而风致标格特出。今京都千福寺西塔院有掩障一合,画青枫树一图"[52]。王宰善画山水树石,"景玄曾于故席夔舍人厅见一图障:临江双树,一松一柏。古藤萦绕,上盘于空,下着于水。千枝万叶,交植曲屈,分布不杂。或枯或荣,或蔓或亚,或直或倚。叶叠千重,枝分四面。达士所珍,凡目难辨。又于兴善寺见画四时屏风,若移造化风候云物,八节四时一座之内,妙之至极也"。这里提到的"图障"指的就是绘有图画的屏风。[53]杨炎,贞元中宰相,曾经为了报答卢黄的接济之恩,"月余图一障,松石云物,移动造化,观者皆谓之神异"[54]。范长寿"喜画风俗田家景候人物之状,人间多有,今屏风是其制也"[55]。山水画萌芽于晋,到了唐代已高度成熟。"唐末的山水画是中国山水画第一个高峰中的'始信峰',即中国山水画成熟的起点。至五代宋初,山水画已高度成熟,并居画坛之首。"[56]在屏风这一日常生活中的常见器物上描绘山水美景不仅是画家的钟爱,也是诗人的吟咏对象。翻开《全唐诗》,我们可以看到很多咏屏风的作品。如上官仪的《咏画障》、袁恕己的《咏屏风》、张祜的《题王右丞山水障二首》、张九龄的《题画山水障》、李白的《观元丹丘坐巫山屏风》《巫山枕障》、岑参的《刘相公中书江山画障》、杜甫的《奉先刘少府新画山水障歌》《题李尊师松树障子歌》、刘禹锡的《燕尔馆破,屏风所画

至精,人多叹赏题之》、皎然的《观裴秀才松石障歌》等等,多达数百首。屏风上的山水美景同样频繁出现在词作之中。如:

画屏重叠巫阳翠,楚神尚有行云意。(牛峤《菩萨蛮》其四)

暮天屏上春山碧,映香烟雾隔。(毛熙震《酒泉子》其一)

羞敛细蛾魂暗断,困迷无语思犹浓,小屏香霭碧山重。(毛熙震《浣溪沙》其四)

翠叠画屏山隐隐,冷铺纹簟水潾潾,断魂何处一蝉新?(李珣《浣溪沙》其四)

第一首词中的屏风上画着重峦叠嶂、连绵不绝的巫山,青绿色的植被覆盖在巫山之上。第二首词描绘的是傍晚时分,室内燃烧的香料飘散着袅袅烟雾,透过朦朦胧胧的烟雾,屏风之上青绿色的春山映入眼帘。第三首词描绘的是屏风上画着云雾缭绕的重重碧山。第四首词描绘的是重重叠叠的青山在画屏上隐隐约约的景象。四首词描写的都是磅礴雄伟的山峦,山上是翁翁郁郁、青翠连绵的树木。

北宋画家郭熙曾提出山水画创作的"三远论":"山有三远:自山下而仰山颠谓之高远,自山前而窥山后谓之深远,自近山而望远山谓之平远。高远之色清明,深远之色重晦,平远之色有明有晦。高远之势突兀,深远之意重叠,平远之意冲融而缥缥缈缈。"[57]这四首词中所描写的景色正是郭熙在《林泉高致》中提到的"深远之色"。绘有深远之山色的屏风给闺房增添了幽深渺远的意境,极易引发闺中思妇内心深处怅惘而又无法排

《花间集》研究

解的相思之情。如毛熙震在《酒泉子》其一中描写一位女子：

> 闲卧绣帷，慵想万般情宠。锦檀偏，翘股重，翠云欹。暮天屏上春山碧，映香烟雾隔。蕙兰心，魂梦役，敛蛾眉。

这位女子慵懒无聊，在闺房中闲卧。想起郎君对自己的万般宠爱，如今孤独一人。套着锦绸的檀木枕随意地放置，头钗被扔在一边，发髻松散偏斜。天色渐晚，抬头望见屏风上的层峦叠嶂的春山，因香料缓慢地燃烧，释放出的袅袅烟雾增加了朦胧深远的感觉。女子因相思而蛾眉紧锁，一颗兰蕙芳心透过幽远的山色飞到魂牵梦萦的郎君身边。再如顾夐的《虞美人》其四：

> 碧梧桐映纱窗晚，花谢莺声懒。小屏屈曲掩青山，翠帏香粉玉炉寒，两蛾攒。颠狂年少轻离别，辜负春时节。画罗红袂有啼痕，魂销无语倚闺门，欲黄昏。

词中描写闺中少妇的离别相思之苦况。屏风曲折没有展开，上面画的青山被遮掩起来。闺中少妇送别了颠狂少年后，紧锁双眉，泪痕打湿了锦绣罗衣，天色已晚，依然倚门眺望。类似的还有韦庄的《酒泉子》："月落星沉，楼上美人春睡。绿云倾，金枕腻，画屏深。子规啼破相思梦，曙色东方才动。柳烟轻，花露重，思难任。"以及"翡翠屏深月落，漏依依"（韦庄《思帝乡》其一），"惊梦断，锦屏深，两乡明月心"（牛峤《更漏子》其二），"香阁掩芙蓉，画屏山几重"（牛峤《菩萨蛮》其六）。

屏风上的山水主要有巫山、九疑山、潇湘山水、江南风景和边塞风光。描写巫山的有前面提到的牛峤的《菩萨蛮》其四："画屏重叠巫阳翠，楚神

· 178 ·

第四章 《花间集》的审美意象

尚有行云意";孙光宪的《菩萨蛮》其一:"即此是高唐,掩屏秋梦长";毛熙震的《浣溪沙》其二:"紫燕一双娇语碎,翠屏十二晚峰齐"。描写九疑山的有鹿虔扆的《虞美人》:"九疑黛色屏斜掩,枕上眉心敛";李珣的《临江仙》其二:"旧欢无处再寻踪,更堪回顾,屏画九疑峰"。描写潇湘山水的有顾敻的《浣溪沙》其三:"荷芰风轻帘幕香,绣衣鸂鶒泳回塘,小屏闲掩旧潇湘";孙光宪的《菩萨蛮》其三:"晓堂屏六扇,眉共湘山远",《酒泉子》其二:"展屏空对潇湘水,眼前千万里"。描写江南风景的如顾敻的《甘州子》其五:"小屏古画岸低平,烟月满闲庭"。除了风景旖旎、秀美多姿的南方山水美景外,还有边塞风光。如薛昭蕴的《相见欢》:"罗襦绣袂香红,画堂中。细草平沙蕃马,小屏风。卷罗暮,凭妆阁,思无穷。暮雨轻烟魂断,隔帘栊。"其中的"细草平沙蕃马"就是典型的边塞风光。词的开篇描写女子的服饰,闺中女子身上穿着轻软的丝织品缝制的短袄,短袄的衣袖上绣着花纹,红色的衣服散发出阵阵香气。这位美人端坐在画堂之中,面对绘着细草、平沙、蕃马的画屏,想起远在边塞的征人,触动了相思之情。抬眼望去,隔着帘幕,夜幕降临,雨丝带着淡淡的雾气,令人魂断。屏风上的边塞风光引发了女子的相思之情,起到了触景生情的媒介作用。前面提到的巫山、潇湘、九疑也是如此,意象本身承载的神话传说极易触动词人心中的情思。

巫山神女是中国古代神话传说中的女神之一。一种说法为她是炎帝(赤帝)之女,还有一种说法为她是王母之女,本名瑶姬,未嫁而死,葬于巫山之阳,因而为神,精魂化为灵芝。战国时楚国的宋玉写了一篇《高唐赋》,赋中写道:

  昔者楚襄王与宋玉游于云梦之台。望高堂之观,其上独有云气,……王问玉曰:"此何气也?"玉对曰:"所谓朝云者也。"王曰:"何谓

《花间集》研究
Huajianji Yanjiu

朝云?"玉曰:"昔者先王尝游高唐,怠而昼寝,梦见一妇人曰:'妾巫山之女也,为高唐之客。闻君游高唐,愿荐枕席。'王因幸之。去而辞曰:'妾在巫山之阳,高丘之阻。旦为朝云,暮为行雨。朝朝暮暮,阳台之下。'……"

此后,"巫山神女"就常常被用来比喻美女,"巫山云雨""阳台梦"成为男女交合的代名词。当她出现在屏风之上时,自然会引发女子的强烈共鸣。比如毛熙震在《浣溪沙》其二中提到的:"紫燕一双娇语碎,翠屏十二晚峰齐。梦魂销散醉空闺。"这里的"十二晚峰"即巫山十二峰。明陈耀文在《天中记》中云:"巫山十二峰,曰:望霞、翠屏、朝云、松峦、集仙、聚鹤、净坛、上升、起云、飞凤、登龙、圣泉。"结合下一句的"梦魂销散醉空闺","翠屏十二晚峰"暗指巫山神女与楚王高唐相会的传说,也暗喻女子在梦中与情郎相会的情景。孙光宪的《菩萨蛮》其一说得更加直接:

月华如水笼香砌,金镮碎撼门初闭。寒影堕高檐,钩垂一面帘。碧烟轻袅袅,红颤灯花笑。即此是高唐,掩屏秋梦长。

词中用巫山神女与楚王相会的传说来暗喻一对情人月夜幽会的情景。上片描写月夜的景色。如水的月光洒在台阶之上,轻轻地关上院门,铜制的门环晃动着,发出轻微的声音更加衬托出深夜的宁静。高檐的影子投射在地面上,门帘垂下。下片描写室内幽会的场景。香炉里飘散着袅袅的轻烟,烛光闪动,灯芯不时地爆出灯花。眼前的情景就是楚王在高唐与神女相会,合上屏风,做一个悠长的美梦。词中描写男女相聚之愉悦,又能够含而不露。

潇湘和九疑则暗含着舜与二妃的美丽传说。刘向的《列女传·有虞

第四章 《花间集》的审美意象

二妃》云:"舜陟方,死于苍梧,号曰重华。二妃死于江湘之间,俗谓之湘君。"[58] 郦道元的《水经注·湘水》记载:"大舜之陟方也,二妃从征,溺于湘江,神游洞庭之渊。出入潇湘之浦。"[59] 关于九疑,又写作"九嶷",《山海经·海内经》云:"苍梧之渊,其中有九疑山,舜之所葬。"[60] 潇湘是舜帝的两位妃子所葬之处,而九嶷则是舜所葬之处,让人很自然地联想起舜与二妃的凄美传说。鹿虔扆的《虞美人》描写女主人公的相思之苦:"九疑黛色屏斜掩,枕上眉心敛。不堪相望病将成,钿昏檀粉泪纵横,不胜情。"屏风被斜掩在一旁,上面画着青绿色的九疑山。美人躺在床上紧锁双眉,屏风上的九疑山让她联想起舜帝和二妃的故事,再想到自己孤独一人,柔弱的身体难以承受相思之苦。钗钿上面满是污垢没有光泽,泪水顺着双颊流下。李珣的《临江仙》其二表现的也是闺中女子的离别相思:"强整娇姿临宝镜,小池一朵芙蓉。旧欢无处再寻踪。更堪回顾,屏画九疑峰。""更堪回顾"是"不堪回顾""怎堪回顾""哪堪回顾"之意。女子凝视着画屏上的九嶷山峰,陷入对旧欢的刻骨相思之中。这些山水美景被刻画在屏风之上,放置在闺房之中,陪伴着闺中思妇度过了一个一个孤寂的夜晚,见证了思妇因相思而引发的愁苦之情。正所谓:山水画屏景色新,闺中少妇多愁思。翠银金粉竞妖娆,丹青彩笔情意殷。

花间词中的屏风上除了人物和山水,还有一个内容,就是花鸟。需要指出的是,花间词中屏风上的花鸟画并不多。描写屏风上的花卉只有一种——美人蕉,出现在皇甫松的《梦江南》其一中:"兰烬落,屏上暗红蕉。"屏风上的鸟的种类有鸳鸯、鹧鸪、凤凰、孔雀四种。鸳鸯因其成双入对的特性,自古以来就被看成是爱情的象征。顾敻的《河传》其一:"小窗屏暖,鸳鸯交颈。"鹧鸪也是成双成对地出现,又因其叫声特殊,有人拟其音为"行不得也哥哥",在词中经常作为男女离别的代言。如温庭筠的《更漏子》其一:"柳丝长,春雨细,花外漏声迢递。惊塞雁,起城乌,画屏

《花间集》研究

金鹧鸪。"凤凰是古代传说中的百鸟之王,是吉祥和谐的象征。唐代凤凰文化非常发达,屏风上的金凤图案通常象征着美满幸福。韦庄的《荷叶杯》其一描写女子的相思之情:"闲掩翠屏金凤,残梦,罗幕画堂空。"孔雀无论在古代东方还是西方都是十分尊贵的象征。在东方的传说中,孔雀是由百鸟之王凤凰得到交合之气后育生的,与大鹏为同母所生,被如来佛祖封为大明王菩萨。因此孔雀也成为画家喜欢的禽鸟,经常出现在画笔之下。花间词中提到孔雀屏风的有一处:"绣鸳鸯帐暖,画孔雀屏欹。"(顾敻《献衷心》)由闺房中的妆饰,我们可以推断出主人的身份高贵。

屏风的开合暗示了时间的流逝。晚上休息的时候要掩上屏风,垂下珠帘。在花间词中,经常会出现掩屏的动作。

温庭筠的《酒泉子》其一中就有"掩银屏,垂翠箔,度春宵"。韦庄的《荷叶杯》其一中有"闲掩翠屏金凤,残梦,罗幕画堂空",描写夜幕降临之时,女子独居深闺之中,寂寞地度过漫漫长夜。顾敻的《虞美人》其三描写闺中女子的相思之情:"翠屏闲掩垂珠箔,丝雨笼池阁。"欧阳炯的《浣溪沙》其一描写的时间是正午时分,女主人公困倦无力,昏昏欲睡:"落絮残莺半日天,玉柔花醉只思眠,惹窗映竹满炉烟。独掩画屏愁不语,斜欹瑶枕髻鬟偏,此时心在阿谁边?"女子孤独寂寞的愁情如在眼前。李珣的《望远行》其二描写女子秋夜怀人之情:"屏半掩,枕斜欹,蜡泪无言对垂。吟蛩断续漏频移,入窗明月鉴空帷。"魏承班的《诉衷情》其四表现的则是男子的秋夜相思:"金风轻透碧窗纱,银釭焰影斜。欹枕卧,恨何赊?山掩小屏霞。"秋风透过碧窗纱吹进室内,银灯的火焰被吹得倾斜了。男子斜卧在枕头上,心中的恨是那么多啊,掩放着的小屏上映着彩霞。其他的还有:"无言匀睡脸,枕上屏山掩"(温庭筠《菩萨蛮》十一);"独掩画屏愁不语,斜欹瑶枕髻鬟偏"(欧阳炯《浣溪沙》其一);"翠屏闲掩垂珠箔,丝雨笼池阁"(顾敻《虞美人》其三);"画堂鹦鹉语雕笼,金粉小屏犹半掩"

(顾夐《玉楼春》其二);"荷芰风轻帘幕香,绣衣鸂鶒泳回塘,小屏闲掩旧潇湘"(顾夐《浣溪沙》其三);"云澹风高叶乱飞,小庭寒雨绿苔微,深闺人静掩屏帏"(顾夐《浣溪沙》其六);"屏掩断香飞,行云山外归"(毛熙震《菩萨蛮》其一);"屏半掩,枕斜欹,蜡泪无言对垂"(李珣《望远行》其二),等等。这些词描写的都是相思怀人的寂寞悲苦,女子终日独居深闺,缱绻深情难以排解,落寞忧伤无人倾诉。

　　掩屏风暗示着时间已晚,同时也象征着男女的欢合。毛文锡的《诉衷情》其一中描写一位思妇,看到成双成对的鸳鸯在碧绿的池塘中游来游去,触动了内心的情思,"桃花流水漾纵横,春昼彩霞明。刘郎去,阮郎行,惆怅恨难平。愁坐对云屏,算归程。"思妇想起远在边塞的丈夫,不禁发出疑问:"何时解佩掩云屏,诉衷情。"什么时候才能解下衣上的佩饰,掩起云屏,和丈夫互诉衷情呢?这首词借天台神女想念刘晨和阮肇的故事,写闺中女子的相思之情。面对云母屏风,女主人公心中盘算着远行男子的归程,期望着两人手拉着手在桃源洞边互诉衷情。顾夐的《甘州子》其一:"一炉龙麝锦帷旁,屏掩映,烛荧煌。禁楼刁斗喜初长,罗荐绣鸳鸯。山枕上,私语口脂香。"词中描写的是男女幽会的情景。锦帐旁边燃着龙涎香与麝香,屏风掩映,烛光忽明忽暗,闪烁不定。禁楼上报时的刁斗声音传来,长夜才初更。丝织的席褥上面绣着鸳鸯,男女二人正沉浸在欢会的喜悦之中。描写类似场景的还有孙光宪的《菩萨蛮》其一:"碧烟轻袅袅,红颤灯花笑。即此是高唐,掩屏秋梦长。"这也是在描写一对情人月夜幽会。

　　掩屏风暗示夜晚来临,展屏风则暗示着白天。孙光宪的《酒泉子》其二:"展屏空对潇湘水,眼前千万里。泪淹红,眉敛翠,恨沉沉",描写的就是一位闺中女子的春日相思之情。打开屏风空对着屏上描画的潇湘山水,泪水淹没了脸上的脂粉,眉头紧锁,心中充满沉沉的恨意。"花间词人描写屏风,首先是对现实生活环境所作的忠实纪录;而在创作的过程中,却构造出独特的词境来:屏风掩合之际,呈现了一个十分私人化的、独立自足的、充溢着丰富情感与文化内涵的词境——'屏内世界'。"[58]烛影屏风里若隐若现的是晚唐五代贵族女子的相思情愁,她们对屏、倚屏、掩屏的动作传递出深婉隐蔽的心曲。

第三节 梦意象

梦作为一种个体心理活动进入文学作品中要追溯到我国的第一部诗歌总集《诗经》。《诗经》中的《小雅·斯干》和《小雅·无羊》都谈到了梦,都是通过对梦的占卜来表达对生活的美好愿景。《小雅·斯干》通过对梦的占卜来表达对宫室主人的赞美和祝愿:"下莞上簟,乃安斯寝。乃寝乃兴,乃占我梦。吉梦维何?维熊维罴,维虺维蛇。"主人在宫室之中做了一个美梦,梦到了熊、罴、虺、蛇一同出现。接下来写卜官前来占梦,熊和罴是男子的象征,虺和蛇是女子的象征,通过占梦来祝愿主人子孙昌盛。《小雅·无羊》记载的是牧人做的梦,梦到"众维鱼矣,旐维旟矣",旗上画的龟蛇变作了苍鹰。卜官占梦的结果是:梦到蝗虫化作了鱼,预示着来年是个丰收年;梦到旗上的龟蛇变作了苍鹰,预示着家里人丁兴旺。沈德潜在《说诗晬语》中评价这两首诗对梦的描写时说:"《斯干》考室,《无羊》考牧,何等正大事,而忽然各幻出占梦,本支百世,人物富庶,俱于梦中得之,恍恍惚惚,怪怪奇奇,作诗要得此段虚景。"梦境中恍惚怪奇的虚幻景象为文学作品增添了朦胧之美。"蝴蝶梦""邯郸梦""华胥梦""黄粱梦""高唐梦""巫山梦"……一个个美丽的梦贯穿了整部中国文学史。梦意象进入文学作品之后,经过文人墨客的生花妙笔的细致刻画,由个体

第四章 《花间集》的审美意象

的心理活动逐渐转化为一个文化符号,承载着源远流长的民族文化心理和时代审美风尚。翻看一部《花间集》,其中有大量描写梦境的作品。词人们通过梦境的描写来表达思乡、怀人的情感,追忆往昔的美好岁月,寄寓人生的感慨。他们运用多种艺术手法,来营造千姿百态、多姿多彩、奇幻美妙的梦境,通过梦境描写委婉曲折地表现词人的心曲,营造朦胧缥缈的艺术美。

在《花间集》收录的五百首词中,"梦"出现一百零二次。温庭筠词六十六首,共有十三首使用了"梦";韦庄词四十九首,其中"梦"出现十七次;欧阳炯词三十首,"梦"出现四次;和凝词二十三首,"梦"出现四次;魏承班词十六首,"梦"出现两次;薛昭蕴词十七首,"梦"出现三次;牛峤词三十一首,"梦"出现六次;张泌词二十五首,"梦"出现五次;毛文锡词二十四首,"梦"出现四次;牛希济词十二首,"梦"出现三次;顾夐词四十六首,"梦"出现十二次;鹿虔扆词五首,"梦"出现两次;阎选词十首,"梦"出现三次;尹鹗词十四首,"梦"出现四次;皇甫松词十五首,"梦"出现两次;毛熙震词二十四首,"梦"出现六次;李珣词四十三首,"梦"出现八次;孙光宪词五十首,"梦"出现四次。通过以上统计我们可以发现,十八位花间词人对梦境描写情有独钟,梦意象在他们的词中频频出现。词人们通过梦境的描写来表达思乡、怀人的情感,追忆往昔的美好岁月,寄寓人生的感慨,委婉曲折地表现词人的心曲。他们运用多种艺术手法,来营造千姿百态、多姿多彩、奇幻美妙的梦境,营造朦胧缥缈的艺术美。

一、梦境描写所涉及的题材范围

1. 通过梦境描写来追忆往日的情事,表达相思之情

这类词中的抒情主人公有男子也有女子。温庭筠的十三首记梦词都是描写闺中女子的相思梦。如《菩萨蛮》其五:

《花间集》研究
Huajianji Yanjiu

> 杏花含露团香雪,绿杨陌上多离别。灯在月胧明,觉来闻晓莺。玉钩褰翠幕,妆浅旧眉薄。春梦正关情,镜中蝉鬓轻。

词中描写的是一位独居深闺的贵族女子梦醒后的感伤之情。首句托物起兴,"杏花含露团香雪"点明了季节和时间。初春时节,白色的杏花在枝头绽放,远远望去就像一团团白雪般纯洁,"团"字给人以花团锦簇之感。怒放的杏花不仅洁白而且带着香气,"团香雪"三字从姿态、气味和颜色来描写杏花的美,来凸显春光的柔媚。"含露"二字既点明了时间是清晨,又写出了杏花的柔媚多姿。一年之计在于春,春天是万物复苏的季节,春天是充满希望和憧憬的季节。可是明媚芬芳的春景并没有引发抒情主人公的喜悦之情,究其原因是因为"多离别"。以乐景写哀情,一倍增其哀乐。唐圭璋在《唐宋词简释》中解释这首词:"起点杏花、绿杨是芳春景色。此际景色虽美,然人多离别,亦黯然也。'灯在'两句,拍到己之因别而忆,因忆而梦;一梦觉来,帘内之残灯尚在,帘外之残月尚在,而又闻晓莺恼人,其境既迷离惝恍,而其情尤可哀。换头两句,言晓来妆浅眉薄,百无聊赖,亦懒起画眉弄妆也。'春梦'两句倒装,言偶一临镜,忽思及宵来好梦,又不禁自怜憔悴,空负此良辰美景矣。"[62]女主人公相思怀人的凄凉哀怨之情欲说还休,欲罢不能,委婉地借梦境来表达。明代的汤显祖评价温庭筠的词时曾经说过这样一段话:"温如芙蓉浴碧,杨柳泡青,意中之意,言外之言,无不巧隽而妙入。"[63]这种言有尽而意无穷的审美效果使温庭筠词在表情达意时呈现出一种暧昧性,"这种暧昧性代表着温词感情压抑的风格特点;其所写感情往往投射于什物以及冗杂的日常行为(如梳妆),或者融入梦境、幻想和迟疑之中"[64]。独居深闺的女子对远行之人的相思爱恋无法公开地表达,也无人能够倾诉,只能压抑在自己的内心之中,朝思而暮想,萦绕在心头挥之不去。词人通过梦境来委

第四章 《花间集》的审美意象

婉曲折地表达抒情主人公无法排遣的愁绪,从而实现了"意中之意,言外之言"的审美功效。

再如《菩萨蛮》其六:

> 玉楼明月长相忆,柳丝袅娜春无力。门外草萋萋,送君闻马嘶。画罗金翡翠,香烛销成泪。花落子规啼,绿窗残梦迷。

这首词承接《菩萨蛮》其五中的情感意绪,描写女子对往日情事的追忆。温庭筠的十四首《菩萨蛮》是联章体,感情的表达有着内在的连续性。其五"杏花含露团香雪"描写的是初春的景色,这首词描写的则是暮春时节的景色。开篇"玉楼明月长相忆"即点明了相思之情。思妇夜不能寐,独上高楼,遥望天上的一轮明月,心中暗自期望远行之人早日归来。"柳丝袅娜春无力"描写明月映照下的垂柳轻轻摇曳的姿态。柔弱的柳丝、轻柔拂面的春风与抒情主人公因思念而心神恍惚的意绪融合在一起。十四首《菩萨蛮》中有七首写到杨柳,而且这七首都融到了梦境之中。"杨柳"是典型的离别意象,这十四首词的抒情模式基本上是一致的:因为离别而思念,因为思念而入梦,因为入梦而相思,因为相思而伤神。"门外草萋萋,送君闻马嘶",抒情主人公触景生情,看到门外茂盛的春草回忆起当初送别情郎时的情景。《楚辞·招隐士》中有"王孙游兮不归,春草生兮萋萋",白居易在《赋得古原草送别》中有"又送王孙去,萋萋满别情",萋萋芳草触动了抒情主人公的离别之情。这里依然是托物起兴,借春草起兴抒发相思念远的情怀。下片写因回忆而入梦:"往日情事至人去而断,仅有片断的回忆,故曰残梦。迷字写痴迷的神情,人既远去,思随之远,梦绕天涯,迷不知踪迹矣。"[65]末句"绿窗残梦迷"中的"迷"写出了抒情主人公迷离恍惚的神态。

《花间集》研究

韦庄的两首《女冠子》也是采用了联章体的形式,写男女双方在分别一年之后,同时在梦中相思相会的情景。

四月十七,正是去年今日。别君时,忍泪佯低面,含羞半敛眉。不知魂已断。空有梦相随。除却天边月,没人知。

昨夜夜半,枕上分明梦见。语多时。依旧桃花面,频低柳叶眉。半羞还半喜,欲去又依依。觉来知是梦,不胜悲。

第一首从女子的角度写,写女子在梦中追忆去年今日和情郎分别时的情景。女子因相思而入梦,只有天上的一轮明月在去年今日见证了二人的离别,才能知晓她因相思而魂断的苦况。第二首从男子的角度来写,描写男子在梦中与女子相遇的情景以及梦醒之后的悲伤。整首词都在描写梦境,梦中的女子"依旧桃花面,频低柳叶眉",神情真切生动,和去年今日一模一样,如在眼前。"半羞还半喜"精细而形象地再现了别后相遇时的欣喜之情和娇羞之态。末二句语意一转,醒来之后才知道原来只是一场梦。梦中的欢会转眼成空,悲凉凄楚之感油然而生。欢情与哀伤相互映衬,更加增添感伤的意绪。

张泌的《浣溪沙》其六表达的则是男子对所爱女子的悼念之情:

枕障熏炉隔绣帏,二年终日两相思,杏花明月始应知。天上人间何处去?旧欢新梦觉来时,黄昏微雨画帘垂。

词的首句描写卧室的场景"枕障熏炉隔绣帏"。"枕障"指枕屏,即枕前的屏风。"熏炉",用来熏香或取暖的炉子。"绣帏",围在卧床周围的幔幕,

· 188 ·

第四章 《花间集》的审美意象

上面用刺绣装饰。词人睹物思人，看到卧室的场景想到了已经去世两年的爱人。自己对爱人的思念之情只有枝头的杏花和天上的明月"始应知"。"杏花明月始应知"一句既含有对往日明月杏花下两情缱绻的追忆，也含有对今日明月杏花下睹物思人的悲怆。多少次词人在花下流连，望月伤神，思念已经故去的爱人。天上人间不知到何处去寻觅爱人的影踪，只能在梦里相见。夜夜梦君不见君，天人永隔，今生无法再相见。这种相思是无望的相思，也是绝望的相思。"黄昏微雨画帘垂"是梦中醒来见到的情景，意境遥深，让人不禁黯然神伤。

其他的作品还有韦庄在《天仙子》其三中写女子因思念而长夜难眠，刚一入睡，便又梦见了情郎："人寂寂，叶纷纷，才睡依前梦见君"；《谒金门》其一中写"春漏促，金烬暗挑残烛。一夜帘前风撼竹，梦魂相断续"；薛昭蕴在《谒金门》中写"早是相思肠欲断，忍教频梦见"；张泌在《河传》其一中写"梦魂悄断烟波里，心如醉，相见何处是？锦屏香冷无睡，被头多少泪！"……这些词都是通过梦境的描写来表达男女的相思之情和离别之后的思念。

2. 通过梦境描写表达思君之意

韦庄本是京兆杜陵人，唐昭宗乾宁元年（894 年）进士。他曾于天福元年（901 年）出使西蜀结识王建。王建善待士人，唐末中原动乱，很多文人入蜀避难。韦庄后来归附王建，辅佐王建称帝，官至吏部侍郎同平章事。他虽仕于西蜀，毕竟因时势所迫，其自小深受儒家思想熏陶，一直未能忘怀"平生志业匡尧舜"的远大抱负，因此思念故国、思念故君之情经常出现在他的词中。如《应天长》其一："绿槐阴里黄莺语，深院无人春昼午。画帘垂，金凤舞，寂寞绣屏香一炷。碧天云，无定处，空役梦魂来去。夜夜绿窗风雨，断肠君信否？"陈廷焯在《白雨斋词话》卷一中评这首词："《应天长》云：'夜夜绿窗风雨，断肠君信否？'皆留蜀后思君之辞。"[66] 还

189

《花间集》研究

有《天仙子》其三:"蟾彩霜华夜不分,天外鸿声枕上闻,绣衾香冷懒重薰。人寂寂,叶纷纷,才睡依前梦见君。"陈廷焯在《词则·别调集》卷一中说端己词时露故君之思,读者当会意于言外。[67]

牛峤的身世经历和韦庄相似,他曾经是唐朝进士,官至尚书郎,后在前蜀为判官。在词中也有感士不遇、兼怀君国的作品。比如那首《更漏子》其三:

南浦情,红粉泪。争奈两人深意。低翠黛,卷征衣,马嘶霜叶飞。招手别,寸肠结,还是去年时节。书托雁,梦归家。觉来江月斜。

这首词写家中的思妇想念远行征戍的丈夫,梦中重现去年依依分别时的场景。思妇梦到丈夫远行归来,可是梦醒之后才发现只是一场空欢喜。俞陛云在《唐五代两宋词选释》中谈到这首词的时候指出,晚唐五代之际,天下大乱,一些有才学有德行的人忧时感怀,因时局所迫,不能公然地抒发正直的言论,只能通过词来隐晦地表达,可以说用心良苦。比如温庭筠的《菩萨蛮》和牛峤的《更漏子》都是这样的作品,"哀思绮恨,殆亦同之"。

3. 通过梦境描写来抒发思乡之情

词人从不同的视角,通过不同的梦境来抒发思乡之情。这里有身在异乡的帝王子女对家国的思念。如孙光宪的《定西番》其二:

帝子枕前秋夜,霜幄冷,月华明,正三更。何处戍楼寒笛?梦残闻一声。遥想汉关万里,泪纵横。

帝子,即帝王的子女。结合下片"遥想汉关万里,泪纵横"提到的"汉关",

190

第四章 《花间集》的审美意象

我们可以推断这里的"帝子"应当为汉代人。根据《汉书·西域传》的记载,汉武帝元封年间,地处今伊犁河谷的西域乌孙国国王派遣使者到汉来求婚,汉武帝将江都王刘建的女儿细君作为公主嫁给了昆莫王,为右夫人,史称乌孙公主。晋石崇在《琵琶引》序中提到:"昔公主嫁乌孙,令琵琶马上作乐,以慰其道路之思。"可以作为佐证。那么这首词里的"帝子"即乌孙公主。词中表达的是嫁到异国的乌孙公主思念万里之外的故土家园。

也有客寓蜀地的前朝旧臣对故土家园的思念。皇甫松的《梦江南》二首即是。两首词都是咏调名本意,其一:"闲梦江南梅熟日,夜船吹笛雨潇潇。人语驿桥边";其二:"梦见秣陵惆怅事,桃花柳絮满江城。双髻坐吹笙"。皇甫松本为浙江人,客寓蜀地,在梦中思念自己当年在江南和秣陵的生活,表达了自己的思乡之情。俞陛云评:"语语带六朝烟水气也。"[68]

还有孤舟行客的思乡之情。如阎选的《临江仙》其二:

十二高峰天外寒,竹梢轻拂仙坛。宝衣行雨在云端,画帘深殿,香雾冷风残。欲问楚王何处去?翠屏犹掩金鸾。猿啼明月照空滩。孤舟行客,惊梦亦艰难。

词中描写了巫山神女庙的凄清冷旷的景色,抒发了在外漂泊的孤舟行客的羁旅行役之感。采用的是上片写景下片抒情的模式,上片由远及近,由庙外寒冷静寂的景色写到庙内高深冷清的殿堂,营造了凄清苦楚的氛围,为下片抒情做了铺垫。孤舟漂泊的游子置身于空廊寂寥的神女庙中,耳畔传来凄厉的猿啼之声,心中的苦况现于眼前。汤显祖评这首词:"非深于行役者,不能为此言。"[69]

《花间集》研究

更有征夫思妇的哀怨感伤。如牛峤的《定西番》：

> 紫塞月明千里，金甲冷，戍楼寒，梦长安。乡思望中天阔，漏残星亦残。画角数声呜咽，雪漫漫。

唐五代时，边患战争不断，征夫久戍不归。塞外荒寒，夜不能寐，耳边响起呜咽的画角声，思乡之情难以排遣。

孙光宪的《酒泉子》其一则是戍边的征人遥想家中思妇的苦楚：

> 空碛无边，万里阳关道路。马萧萧，人去去，陇云愁。香貂旧制戎衣窄，胡霜千里白。绮罗心，魂梦隔，上高楼。

这首《酒泉子》"刻画出远征西北的怵目惊心的现象和思妇楼头的伤感，……还在不同程度上寄寓着对不幸者的同情和对统治者的讽刺"[70]。应该说，这样的题材在唐五代词中是弥足珍贵的。

4. 通过梦境描写咏史怀古

如牛希济的《临江仙》其一：

> 峭碧参差十二峰，冷烟寒树重重。瑶姬宫殿是仙踪。金炉珠帐，香霭昼偏浓。一自楚王惊梦断，人间无路相逢。至今云雨带愁容。月斜江上，征棹动晨钟。

这首词和前面提到的阎选的《临江仙》其二"十二高峰天外寒"所写的题材是一样的，都是咏巫山神女事。不同的是阎选由巫山神女庙的凄清冷旷触动了自己这位孤舟行客的羁旅行役之感和思乡之情，而牛希济的这首《临江仙》则是通过咏巫山神女之事来寄寓兴亡之感。"十二峰"即巫山十二峰。明代陈耀文在《天中记》中提到十二峰指"望霞、翠屏、朝云、松峦、集仙、聚鹤、净坛、上升、起云、飞凤、登龙、圣泉",是巫山神女的居所。"瑶姬"即巫山神女,《襄阳耆旧传》中记载:"赤帝女曰瑶姬,未行而卒,葬于巫山之阳。楚怀王游高唐,梦与神遇,自称巫山之女,遂为置观,号曰朝云。""瑶姬宫殿"即巫山神女庙。庙内金炉珠帐,香炉中熏烟缭绕。美丽的神话故事引发了词人的联想,仇远云认为这首词"芊绵温丽极矣。自有凭吊凄怆之意,得咏史体裁"[71]。何光远的《鉴诫录》卷七、吴任臣的《十国春秋》卷四十四、蒋一葵的《尧山堂外纪》中都记载了牛希济的一段经历,他在前蜀时曾担任起居郎、翰林学士、御史中丞等职,前蜀灭亡后,跟随蜀主王建入洛降于后唐。唐明宗命王锴、张格、牛希济等前蜀旧臣写《蜀主降唐》诗,王锴等人的诗中都讽刺蜀主僭号、荒淫失国,唯独牛希济的诗歌不诽谤前君,只写前蜀气数已尽,"古往今来亦如此,几曾欢笑几潸然"。境界宏阔,气度非凡。李珣的《巫山一段云》其一:

有客经巫峡,停桡向水湄。楚王曾此梦瑶姬,一梦杳无期。
尘暗珠帘卷,香销翠幄垂。西风回首不胜悲,暮雨洒空祠。

词人途经巫峡,联想起有关巫山神女的传说,面对眼前的"瑶姬宫殿",思古之幽情油然而生。当年的珠帘、翠幄早已尘暗香销,只剩下一座空祠徒惹后人的伤感,由此引发的兴亡之感牵动词人的愁肠。

5. 通过梦境的描写来抒发宫中的幽怨之情

如和凝的《薄命女》:

天欲晓,宫漏穿花声缭绕。窗里星光少。冷露寒侵帐额,残月光

《花间集》研究

沉树杪。梦断锦帏空悄悄,强起愁眉小。

词中的"宫漏"点明了抒情女主人公的身份是宫中之人。天色即将破晓之时,女主人公从梦中惊醒,宫中计时的漏壶发出的声音穿过窗外的花丛在耳边萦绕。抬头望见窗外的星空,稀疏的星星发出微弱的光芒,冷雾带着寒意透过帐檐进入床上,一轮残月发出的清冷光芒压沉了树梢。在这样一个孤寂清冷的清晨,女主人公独宿空房,幽怨孤独,寂寞凄清。

薛昭蕴的《小重山》二首:

春到长门春草青。玉阶华露滴,月胧明。东风吹断紫箫声,宫漏促,帘外晓啼莺。愁极梦难成,红妆流宿泪,不胜情。手挼裙带绕阶行,思君切,罗幌暗尘生。

秋到长门秋草黄。画梁双燕去,出宫墙。玉箫无复理霓裳,金蝉坠,鸾镜掩休妆。忆昔在昭阳。舞衣红绶带,绣鸳鸯。至今犹惹御炉香,魂梦断,愁听漏更长。

这两首词是联章体,借汉武帝皇后陈阿娇失宠之事吟咏一位深宫失宠的女子从春到秋的哀愁。"长门"是汉代的宫殿,陈皇后失宠之后所居之地。第一首写这位失宠被弃的女子"愁极梦难成",因为思君心切,无法入睡,整夜流着伤心的眼泪。第二首写物是而人非,当年的玉箫早已闲置,鸾镜中再也看不到美好的妆容,回忆起青春韶华之时受君恩宠的情形,心中更加惆怅。茅暎《词的》卷三评:"怨女弃才,千古同恨。"[72]

词人笔下的梦境呈现出千姿百态的面目,读之各有韵味。

有的记梦词详写梦境。如温庭筠的《菩萨蛮》其二(水精帘里颇黎枕),女主人公在暖香中入梦,梦见了和情郎分别时的场景,"江上柳如烟,雁飞残月天"。皇甫松的《梦江南》二首,第一首:"闲梦江南梅熟日,夜船吹笛雨潇潇。人语驿边桥";第二首:"梦见秣陵惆怅事,桃花柳絮满江城。双髻坐吹笙"。韦庄的《女冠子》其二:"依旧桃花面,频低柳叶眉。半羞还半喜,欲去又依依。"

有的记梦词略写梦境。如韦庄的《清平乐》其二(野花芳草)着重写梦前的思念和梦醒后的寂寥,对于梦中的情景则一概略过。梦前是"惆怅香闺暗老",自己的青春韶华在这闺房中暗暗老去,让人无限感伤。"罗带悔结同心","同心"指同心结,用罗带打成同心结,象征男女相爱定情,结成婚姻。梁武帝的《有所思》中有:"腰中双绮带,梦为同心结。"宋代林逋的《相思令》中有:"君泪盈,妾泪盈,罗带同心结未成,江边潮已平。"抒情主人公后悔同男子定情,如今男子远行,只剩下自己"独凭朱栏"思念遥深。梦后是"梦觉半床斜月,小窗风触鸣琴",梦醒之后看到一弯明月挂在天空,月光透过窗户倾泻在床上,风儿吹在琴弦之上发出了声响。静中有动,更衬托出深夜的寂寥和女主人公凄楚悲凉的心境。李冰若在《栩庄漫记》中说:"昔爱玉溪生'三更三心万家眠,露结为霜月堕烟。斗鼠上堂蝙蝠出,玉琴时动绮窗弦'一诗,以为清婉超绝。韦相此词以'惆怅香闺暗老'为骨,亦盛年自惜之意。而'梦觉半床斜月,小窗风触鸣琴'为点醒,其声情绵邈,设色隽美,抑又过之。"上面提到的牛峤的《菩萨蛮》其一也是略写梦境,详写梦后的凄苦。

有的词开篇即写梦。如张泌的《酒泉子》其一:"春雨打窗,惊梦觉来天气晓";牛希济的《酒泉子》:"枕转簟凉,清晓远钟残梦";顾夐的《虞美人》:"晓莺啼破相思梦,帘卷金泥凤";鹿虔扆的《临江仙》:"无赖晓莺惊梦断,起来残酒初醒"。

有的词则是结尾才点明写的是梦境。如温庭筠的《菩萨蛮》其五,末

《花间集》研究
Huajianji Yanjiu

句:"春梦正关情,镜中蝉鬓轻";陈廷焯的《白雨斋词话》卷一谓"春梦"二句:"凄凉哀怨,真有欲言难言之苦"。再如《诉衷情》:"莺语,花舞。春昼午,雨霏微。金带枕,宫锦,凤凰帷。柳弱燕交飞,依依。辽阳音信稀,梦中归。"

词人笔下的梦种类繁多,有"春梦""秋梦""闲梦""残梦""孤梦""远梦""醉梦""狂梦""暖梦""鸳梦""惊梦""新梦""幽梦""瑶台梦""相思梦"……

顾敻最擅长写惊梦,"梦魂惊"在他的词中多次出现。如《虞美人》其三:"旧欢时有梦魂惊,悔多情";《玉楼春》其一:"梦惊鸳被觉来时,何处管弦声断续";《浣溪沙》其二:"红藕香寒翠渚平,月笼虚阁夜蛩清,塞鸿惊梦两牵情";《浣溪沙》其七:"良宵空使梦魂惊,簟凉枕冷不胜情";《遐方怨》:"辽塞音书绝,梦魂长暗惊"。再如牛峤的《菩萨蛮》其一:

> 舞裙香暖金泥凤,画梁语燕惊残梦。门外柳花飞,玉郎犹未归。愁匀红粉泪,眉剪春山翠。何处是辽阳?锦屏春昼长。

这首词表达的是抒情女主人公对远戍辽阳的情郎的思念之情。首句沿袭了温庭筠在《菩萨蛮》中的惯用手法,极写女子的服饰。"舞裙香暖金泥凤",舞裙用香料熏染过,裙上的凤凰用金粉涂印。盛装的美人在睡梦中被画梁下面呢喃的燕子惊醒。梦醒之后凝望远方,门外柳絮纷纷扬扬。燕子和柳花点明了季节,春天已经降临人间,可是"玉郎"还没有归来。"玉郎"是古代女子对情郎的爱称。女子服饰的繁盛和画梁点明了她的身份,这是一位贵族妇女。上片点明了季节和惊梦的缘由,点明了对玉郎的思念之情。下片"愁匀红粉泪",女子对镜梳妆,擦去因为思念而流下的眼泪。眼泪能够擦去,忧愁却无法掩盖。"眉剪春山翠",把双眉修剪成春山的形状,并描画颜色。写美人梳洗打扮,也是仿照了温庭筠的《菩萨蛮》的写法。末二句"何处是辽阳?锦屏春昼长"点明了情郎远戍之地在那遥远的"辽阳",心中挂念,不知"辽阳"在何处,更加增添了心中的悲愁。正因为心中的这份相思无处安放,孤独寂寥之感萦绕心头,越发感觉春日之长。

词人笔下的梦不都是感伤凄苦的,张泌的《柳枝》:"腻粉琼妆透碧纱,雪休夸。金凤搔头坠鬓斜,发交加。倚着云屏新睡觉,思梦笑。红腮隐出枕函花,有些些。"这首词中的美人做的便是美梦,想到梦中的情景,红腮上浮现出笑容。

二、朦胧缥缈、迷蒙浪漫的意境

花间词人善于谋篇布局来营造朦胧缥缈、迷蒙浪漫的意境。

(一)通过梦境的描写,营造朦胧绵邈的意境

清代陈昌治刻本《说文解字》解释"梦"的意思为:不明也。"梦"的小篆字形,由"宀"(房子)、"爿"(床)、"㒰"(不明也)三字合成。意为夜间在床上睡觉,眼前模糊看不清,即做梦。梦的虚幻不明,更便于营造朦胧绵邈的意境。王国维曾说:"词之为体,要眇宜修,能言诗之所不能言,而不能尽言诗之所能言。诗之境阔,词之言长。"[73]王拯说,词"窈深幽约,善达贤人君子恺恻怨悱不能自言之情"(《忏庵词序》)。词从产生那天起就呈现出与诗不同的审美特质,词最擅长表达委婉细腻、深微曲折的情感意绪。虚幻不明的梦境和深微曲折的意绪相互映衬,使词呈现出朦胧虚幻、迷蒙幽深、亦真亦幻、亦实亦虚的美感。如韦庄的《女冠子》其二:

《花间集》研究
Huajianji Yanjiu

> 昨夜夜半,枕上分明梦见。语多时。依旧桃花面,频低柳叶眉。半羞还半喜,欲去又依依。觉来知是梦,不胜悲。

女道士在梦中与情郎相见,二人互诉缱绻柔情,可是从梦中醒来后,才发现一切都是虚幻的,心中不胜悲凉。梦中的喜悦与梦后的悲伤相互映衬,越发烘托出女冠的孤独寂寞、无限感伤的情怀。

(二)通过梦境的描写,将人生无法实现的愿望托之于梦

梦是一种特殊的心理活动,关于梦的解释,历来充满了神秘主义色彩。《列子》提出了"昼想夜梦",即我们今天所说的日有所思,夜有所梦。明代庄元臣认为想念能役使人的血气而造梦。他在《叔苴子》卷五中说:"人之想念,可以役使血气,造作梦境。是故思火成热,思水成寒,思食成咽,思酸成津,思悲成泣,思愧成汗,此心能使气之验也。又如思淫梦感,思归梦家,思荣梦贵,思财梦获,思食梦尝,此心能造梦之验也。"[74]明代另一位著名的思想家王廷相在《雅述》中提到"思念之感"时说:"何谓思念之感?道非至人,思扰莫能绝也。故首尾一事,在未寐之前则为思,既寐之后则为梦。是梦即思也,思即梦也。"[75]这段话中,王廷相把人清醒时的思念和睡着后的梦看作是首尾相接的一件事。同样的观念也见于国外的研究者。英国的查尔斯·莱格夫特在他的《梦的真谛》一书中引用欧内斯特·琼斯(Jones)的话:"在所有的梦中无一例外地会出现主体在最后一个清醒的时刻所经历的心理活动……这个经历在心理上可能是举足轻重的,也可能是无关紧要的;但若是后者,那么它必定暗暗吻合了某个潜在的重要经历,所以才会入梦。"[76]梦的形成不是无缘无故的,它需要来自于现实生活的某一事件来引发。这一事件和做梦者内心受压抑的欲望有关,可以看成是梦的导火索。梦将现实生活与由词人潜在意识、情

感构成的虚幻世界联结到一起,在现实生活中无法实现的理想、愿望可以在虚构的梦幻世界中完成。正如弗洛伊德在《诗人与白日梦》中提到的:"我们可以从幸福的人从不幻想说起,只有不满足的人才幻想,未得满足的愿望是幻想背后的驱动力:每一次幻想都包含着一个愿望的体现。"[77]晚唐五代的词,还处在歌者的词、男子作闺音的代言体阶段。男性词作家模仿女子的口吻,模拟女子的心境来写词。女子由于受礼法所限,不能公开表达自己的感情。另外,晚唐五代时期的长期战乱使一些文人流落他乡或身仕两朝,对故土家园的留恋,由于关山阻隔而无法实现。种种现实中无法实现的愿望在梦境中得以完成。

(三)通过梦境的描写表达心中无法为外人道的隐秘的情怀,可以使这种微妙的情感发挥到极致

正如洪亮吉所说:"言情之作,至魂梦往来,可云至矣。"[78]梦具有独特的隐秘性,赫拉克利特曾经说过:"醒亦一世界,梦亦一世界;醒时世界人所共处,梦中世界己所独享。"[79]这段话指出梦中的世界是自己独享的,在梦中我们可以自由自在地、不受约束地去做现实生活中因种种原因无法做,或不能做的事,去不能去的地方,见不能见的人,诉说无法公开的隐秘情感。梦可以超越时空的限制,创造一个虚拟的世界,在这个虚拟的世界里,词人充分地张开想象力的翅膀,让思绪自由地飞翔。从这一点来说,梦也是我们生活的延伸,在现实生活中受压抑的欲望在梦中得到了暂时的解脱和满足,梦的这种隐秘性使它更加适合表达曲折微妙、隐秘难言的情感。梦的隐秘性与词的美感特质相近。词本身具有"窈深幽约"、委婉含蓄的抒情特质,善于表达"贤人君子恺恻怨悱不能自言之情"。花间词作为早期的诗客曲子词,开启了"词为艳科"的创作时代。词人们通过大量梦境的描写细腻地表达隐藏在人物内心深处的情感意绪,"情有文

不能达,诗不能道者,而独于长短句中可以委婉形容之"[80]。

(四)梦境的描写给词增添了浪漫传奇的色彩

梦是睡眠中特有的主观体验,梦中的行为是不受做梦人意识掌控的精神活动,是人的潜意识的一种外显现象。人做梦之后,很难将全部梦境详细完整地回忆起来,只能想起梦中的某个片段、破碎的情节。所以,人在清醒的时刻对梦境的描述,实际上是企图模仿再现梦境的一种语言活动,在模仿再现的过程中加入了作者的再创造。我们在花间词中看到详细描写梦境的作品并不多,更多的是展现梦醒之后的孤独惆怅,正是缘于这一点。换句话说,作者通过对虚幻梦境的叙述来实现梦与现实的交融,来隐晦地表达个体潜在的欲望与恐惧。从这一点来说,梦来源于现实生活,又超越了现实生活。梦境所具有的神秘飘忽的不确定性为词作增添了浪漫传奇的色彩。有的作品描写的并不是实有的梦境,而是借古人之梦来抒发自己的情感,即所谓的"借古人的酒杯,来浇自己心中的块垒"。花间词中描写巫山神女的作品就属于这一类。比如牛希济的《临江仙》其一:"一自楚王惊梦断,人间无路相逢。至今云雨带愁容。月斜江上,征棹动晨钟。"词人咏史怀古,寄托的是自己的亡国之悲。巫山神女的传说本身就充满了神奇浪漫的色彩。美丽多情的巫山神女与楚王的云雨恋情为词增添了一抹更加厚重的浪漫传奇的色彩,"高唐梦""楚王梦""云雨梦""巫山梦"成为痴情男女幽会的象征,温暖慰藉了孤苦寂寞的词人的心灵。"偷情锦浪荷深处,一梦云兼雨"(阎选的《虞美人》其一);"不逢仙子,何处梦襄王"(阎选的《临江仙》其一)。

花间词人借助梦境的描写,委婉曲折、细致入微地表达了相思离别、思君思乡、咏史怀古等人类共通的情感,将梦的虚幻性、朦胧性、象征性、隐秘性等特征水乳交融般地同词的创作融汇在一起,营造了朦胧缥缈、迷

第四章 《花间集》的审美意象

蒙浪漫的意境。

【注释】

[1]高亨:《周易大传今注》,齐鲁书社1998年版,第380页。

[2]刘勰著,周振甫注:《文心雕龙注释》,人民文学出版社1981年版,第298页。

[3][美]苏珊·朗格:《艺术问题》,中国社会科学出版社1983年版,第129页。

[4][美]庞德:《意象派诗选·导言》,漓江出版社1986年版,第44页。

[5][瑞士]荣格:《试论心理学与诗的关系》,引自叶舒宪等编《神话——原型批评》,陕西师范大学出版社1987年版,第100页。

[6]陈植锷:《诗歌意象论》,中国社会科学出版社1990年版,第13页。

[7][8][9]袁行霈:《中国诗歌艺术研究》,北京大学出版社2009年版,第4页、第3—4页、第53页。

[10]《礼记正义》卷一五。

[11][汉]班固:《白虎通德论》卷九,上海古籍出版社1990年版,第71—72页。

[12]陈子展:《诗经直解》(上),复旦大学出版社1983年版,第15页。

[13]王逸注:《楚辞章句补注·楚辞集注》,岳麓书社2013年版,第2页。

[14][43]宗白华:《美学散步》,上海人民出版社1981年版,第183页、第17—18页。

[15][16]渠红岩:《中国古代文学桃花题材与意象研究》,中国社会科学出版社2009年版,第24页、第26-27页。

[17][日]青山宏:《中国诗歌中的落花与伤惜春的关系》,《日本学者中国词学论文集》,上海古籍出版社1991年版,第87—92页。

[18]王世贞:《艺苑卮言》,《词话丛编》本,第385页。

[19]田同之:《西圃词说》,《词话丛编》本,第1450页。

[20][25][26]傅道彬:《晚唐钟声》,东方出版社1996年版,第47页—48页。

[21][美]迈克尔·卡茨:《艾米·洛威尔与东方》,见张隆溪《比较文学译文集》北京大学出版社1982年版,第184页。

[22]潘百齐主编:《全宋词精华分类鉴赏集成》,河海大学出版社1991年版,第209页。

[23][日]青山宏著,程郁缀译:《唐宋词研究》,北京大学出版社1995年版,第43、第39页。

[24]李渔:《李笠翁曲话》,湖南人民出版社1980年版,第44页。

[27]潘知常:《众妙之门·中国美感心态的深层结构》,黄河文艺出版社1989年版,第267页。

[28]张湖著,吴言生译注:《函梦影》,陕西旅游出版社1999年版,第87页。

[29]朱良志:《中国艺术的生命精神》,安徽教育出版社1998年版,第69页。

[30]许兴宝:《文化视域中的宋词意象初论》,博士论文2000年,第11—12页。

[31]刘永济:《唐五代两宋词简析》,上海古籍出版社1981年版,第3页。

第四章 《花间集》的审美意象

[32]王立：《中国古代文学中的春恨主题初探》，《内蒙古社会科学》，1986年第1期。

[33][清]吴衡照著，唐圭璋编：《词话丛编·莲子居词话》，中华书局1986年版，第2423页。

[34][36][66][67][68][69][70][71][72]王兆鹏主编：《唐宋词汇评·唐五代卷》，浙江教育出版社2004年版，第310页、第213页、第199页、第207页、第106页、第361页、第409页、第336页、第297页。

[35]潘君昭等：《唐宋词鉴赏辞典》(唐·五代·北宋卷)，上海辞书出版社1988年版，第62—63页。

[37]徐复观：《中国艺术的精神》，华东师范大学出版社2001年版，第135页。

[38]朱东润：《中国历代文学作品选》，上海古籍出版社1979年版，第257页。

[39][73]王国维：《人间词话》，彭玉平编著，中华书局2010年版，第126页。

[40][汉]许慎撰，段玉裁注：《说文解字注》，上海古籍出版社1981年版，第425页。

[41]裘庆元辑：《珍本医学集成》第四册，中国中医药出版社1999年版，第705页。

[42]邓小南：《唐宋女性与社会》，上海辞书出版社2003年版，第290页。

[44]崔小敬：《古典文学知识》，2015年第1期，第72页。

[45][清]况周颐著，孙克强辑考：《蕙风词话、广蕙风词话》，中州古籍出版社2003年版，第6—7页。

[46]罗颀：《物原》，商务印书馆1937年版，第33页。

[47][汉]司马迁:《史记》,中华书局1959年版,第2354页。

[48][61]马里扬:《〈花间〉词中的屏风与屏内世界——唐宋词境原生态解读之一》,《南昌大学学报》,2007年第3期。

[49][汉]刘向撰:《列仙传》,上海古籍出版社1990年版,第11页。

[50]罗一平:《历史与叙事——中国美术史中的人物图像》,岭南美术出版社2006年版,第150页。

[51][52][53][54][55]朱景玄撰,温肇桐注:《唐朝名画录》,四川美术出版社1985年版,第10页、第16页、第17页、第18页、第22页。

[56]陈传席:《中国山水画史》,天津人民美术出版社2001年版,第57页。

[57]郭熙:《林泉高致》,俞剑华编《中国画论类编》,人民美术出版社1957年版,第639页。

[58][汉]刘向:《列女传》,辽宁教育出版社1998年版,第1页。

[59]郦道元注,杨守敬等疏:《水经注疏》第3卷,江苏古籍出版社1986年版,第152页。

[60]袁珂:《山海经校注》,上海古籍出版社1980年版,第459页。

[62]唐圭璋:《唐宋词简释》,上海古籍出版社1981年版,第4页。

[63]转引自史双元:《唐五代词纪事会评》,黄山书社1995年版。

[64]转引自王洪:《唐宋词百科大辞典》,学苑出版社1990年版。

[65]刘学锴:《温庭筠全集校注》(下),中华书局2007年版,第921页。

[74][75]转引自申洁玲《梦文化》,中国经济出版社1995年版,第16页、第27页。

[76][79][英]查尔斯·莱格夫特:《梦的真谛》,学林出版社1987年版,第24页、第2页。

[77]弗洛伊德:《弗洛伊德文集》第四卷,长春出版社1998年版,第176页。

[78][清]洪亮吉:《北江诗话》卷二,人民文学出版社1983年版,第38页。

[80]查礼:《钟鼓书堂词话》,见唐圭璋《词话丛编》,中华书局1986年版,第1481页。

《花间集》研究
Huajianji Yanjiu

第五章 《花间集》中的道教文化意蕴

如果我们以客观冷静的视角回顾中国文化研究的历程,就会发现一个奇怪的现象,对于儒学的研究、佛教的研究,人们投以相当的笔力,相比之下,对于道教的研究则呈现出"门前冷落鞍马稀"的场景。对于中国本土宗教——道教的研究在很长的时间内处于一种发展缓慢和滞后的状态,直到二十世纪八十年代才开始引起学界的关注。事实上,道教自产生的那天起就和中国百姓的生活紧密相连。作为中国土生土长的宗教,它对中国人的价值观和生活方式都有很大的影响。鲁迅先生曾经说过:"中国根柢全在道教……以此读史,有许多问题可迎刃而解。"[1]"人往往憎和尚、憎尼姑、憎回教徒、憎耶教徒,而不憎道士。懂得此理者,懂得中国大半。"[2]许地山也说:"从我国人日常生活的习惯和宗教的信仰看来,道的成分比儒的多。我们简直可以说支配中国一般人的理想与生活的乃是道教的思想;儒不过是占伦理的一小部分而已。"[3]道教虽形成于东汉时期,可是如果追溯其渊源的话可以上溯到春秋时的道家思想和战国秦汉之际的方士活动。道家、方士和道教有一个共同的特点——都尊崇黄帝,而黄帝则是传说中华夏民族的祖先。所以如果说道教的思想和活动反映了中国古老文化的起源和发展并不为过,中国人的民族精神中蕴含了更多的道教文化的因素。

文学和宗教是文化的重要组成部分,任何一种文化样式都不是孤立

第五章 《花间集》中的道教文化意蕴

地存在,它们相互影响、相互渗透。道教与文学虽然属于不同的意识形态,但二者的关系又非常密切。文学中既有对道教教义、神话故事、神仙人物、专业语词的直接表现,也有对受道教影响的世俗民风的描写;道教本身亦运用文学这一媒介来宣扬教义,扩大影响。研究中国的传统文学,如果离开道教就会缺失许多神秘的浪漫色彩;研究道教,如果离开了传统文学,我们又无法识别其"庐山真面目"。道教和文学的关系的研究作为一门新兴的交叉性、边缘性的学术范型,应该是一个值得研究的课题。追踪道教在文学中形成演变的轨迹,分析文学中隐含的道教的因子,成为研究者关注的话题。其中道教与词的研究是这一课题的重要组成部分。道教文化与词的创作有着千丝万缕的联系:唐代是道教发展的全盛期,也是词的兴起时期。道教来源于民间,流行于民间,深植于民间土壤之中。中唐以后新兴的文学样式——词,亦是起于民间的胡夷里巷之曲。道教崇拜女神,而词亦以女性为描写中心。"词的产生,儿女风流乃成为一切时尚,并以表现女性美的生活基调为其主要内容。"[4]种种迹象表明,道教与词有着某种内在的关联。随着敦煌文献,尤其是敦煌曲子词的发掘与整理,随着唐五代词总集的逐步汇编和对道教文化研究的不断深入,人们开始注意到唐五代词与道教文化的关系。任何研究都不能脱离对文学文本本身的研究,只有在尊重文本的基础上,才能做出客观、科学的论断。本章拟从微观的角度切入,探讨唐代道教文化对花间词创作的影响和花间词本身折射出来的吉光片羽。

在探讨这一课题之前,我们有必要澄清一个问题,即什么是道教以及道教与道家的关系。道教和道家是两个截然不同的概念,简单说,道教是一种根植于中国本土的宗教形式,属宗教范畴;而道家则是以老子为代表的思想学术流派,属哲学领域。但是二者又并非泾渭分明,毫无瓜葛。尤其是东汉以后,人们往往混淆了道教与道家的概念,习惯于将二者混称。

《花间集》研究
Huajianji Yanjiu

作为正式为道教立传的《魏书·释老志》，当谈及道教起源问题时这样写道："道家之原，出于老子。"《四库全书总目提要》更将道家和道教的著作一并归于《子部·道家类》："后世神怪之迹，多附于道家。道家亦自矜其异，如《神仙传》《道教灵异记》是也。要其本始，则主于清净自持，而济以坚忍之力，以柔制刚，以退为进。故申子、韩子流为刑名之学，而《阴符经》可通于兵。其后长生之说与神仙家合为一，而服饵导引入之。房中一家，近于神仙者亦入之；《鸿宝》有书，烧炼入之；张鲁立教，附箓入之。北魏寇谦之等又以斋醮章呪入之。世所传述，大抵多后附之文，非其本旨。彼教自不能别，今亦无事于区分。"这段话的价值在于它阐述了道家思想是如何衍变为道教的，为我们界定道教的概念提供了可资参考的依据。东汉以前，中国并无儒、释、道三教之分。汉班固《白虎通义》卷三中的"三教"指的是夏"忠"、殷"敬"、周"文"三种不同风格的政治教化。佛教初传入中国时，依附于道教，称为佛道。到了东晋，佛教从道教分离出来，始出现儒、道、释三教并立的局面，所谓"百法纷凑，无越三教"[5]。道教形成于东汉顺帝时期，其标志是张陵倡导的五斗米道。张陵奉老子为教主，以《老子五千言》为主要经典。而它的渊源可以追溯到原始先民的鬼神崇拜、战国时期的方仙道和西汉时代的黄老道。中国最早的宗教崇拜要上溯到原始社会中的巫术，人们相信万物有灵，重祭祀、重巫觋，拜神敬鬼祭祀祖先是氏族生活中的重要组成部分。殷卜、周筮就是通过龟兆和卦象来向鬼神询问吉凶祸福的。一部分巫术作为"礼"的内容被记载于《周礼》《礼记》。当时不仅有专职的巫师，而且出现了记录巫术的专著——《山海经》。巫祝可以降神、解梦、预言、占卜、避灾、疗疾。战国时又出现了宣扬长生不死的方士，方士与巫师又吸收邹衍的阴阳五行学说形成神仙家，相信世间凡人可以通过修炼以求得长生不死。这与道家的"长生论"相顺应，遂形成黄老道。道教的渊源虽然复杂，几乎包容了汉民族的各种原始思想,但是它的基本信仰还是源于道家思想。道教的名称即出于老子的《道德经》,所谓"道可道,非常道,名可名,非常名"。明了了道教的发展进程,我们可以界定道教的概念了:"所谓道教,是中国母系氏族社会自发的以女性生殖崇拜为特征的原始宗教在演变过程中,综合进古老的巫史文化、鬼神信仰、民俗传统、各类方技术数,以道家黄老之学为旗帜和理论支柱,囊括儒、道、墨、医、阴阳、神仙诸家学说中的修炼思想、功夫境界、信仰成分和伦理观念,在度世救人、长生成仙,进而追求体道合真的总目标下神学化、方术化为多层次的宗教体系。它是在汉代及以后特定的历史条件下不断汲取佛教的宗教形式,从中华民族传统文化的母体中孕育和成熟的以'道'为最高信仰的具有中国民众文化特色的宗教。"[6]道教文化就是指以中国上古的鬼神信仰为基础,相信通过服饵、导引、胎息、内丹、外丹、符箓、房中、辟谷等方式的修炼可以达到长生不死、得道成仙的目的,通过斋醮、祈祷、诵经、礼忏等祭祀仪式来祈福免灾。同时以道家、阴阳五行家和儒家的谶纬学说中的神秘主义理论为依据,带有万物有灵论和泛神论性质的民族宗教文化现象。道教文化以"长生""乐生"为宗旨,以追求现世人生的享乐、满足人的欲望为目的,具有民族性、原始性、民间性、神秘性和世俗性的特质。作为中国封建社会中的一股不可忽视的文化力量,它有着相当广泛的社会思想影响。唐代时道教达到了极盛的状态,道教思想的影响遍及全社会。在浓厚的道教文化氛围中产生的唐五代的第一部文人词总集《花间集》,必然会折射出道教文化的印记。

《花间集》研究
Huajianji Yanjiu

第一节 《花间集》的道教文化意蕴之表征

一、紧承道曲的词牌

"诗词曲三者,始皆与乐一体。"[7]词是音乐文学的代表样式,音乐性是其突出的特征。刘熙载云:"乐歌,古以诗,近代以词。如《关雎》《鹿鸣》皆声出于言也;词则言出于声矣。故词,声学也。"[8]在音乐和诗歌的从属关系上,唐宋以前音乐附属于诗歌。如王灼《碧鸡漫志》云:"古人初不定律,因所感发为歌,而声律从之。"唐宋以后,尤其是词出现以后,二者的关系发生了变化。这时音乐占了主导地位,词则成为音乐的附庸。元稹称:"在音声者,因声以度词,审调以节唱。句度短长之数,声韵平上之差,莫不由之准度。"[9]刘尧民在《词与音乐》中谈到这种情况时说:"初期的词,词与乐是融合成一片,不惟形式上音乐化,而且情调意义上完全与音乐同化。……诗歌不过是借来作为音乐的说明,使音乐得到了具体化。"[10]《花间集》出现于词的初起阶段,作为"歌者的词""诗客曲子词",它的内容和形式要由音乐来决定。隋唐之际,伴随词而兴起的音乐是燕乐。燕乐内容丰富,既有宫廷音乐,也有民间音乐。"一切民间乐曲,可称无一不在燕乐范围之中。所以'燕乐'二字,在唐以后便成为俗乐的代名词了。隋唐燕乐中的中国乐(按:此'中国'与四夷相对,指京师及中原地区也,下同)以清乐、法曲为主。"[11]关于燕乐同词的密切关系,前人论述繁复,在此就不赘述了。我们在这里着重要指出的是燕乐中的法曲同词的关系。

法曲即"道法之曲",是燕乐的精华。据唐段安节《乐府杂录》载:"法

第五章 《花间集》中的道教文化意蕴

曲又名法乐,系西域外来各民族音乐传入内地与汉族清商乐结合而成,至迟南北朝时期已有,隋代作为法事仪式音乐,故名。唐代更与道曲相结合,发展至极盛。"从这段记载中,我们可以推断法曲与道曲的关系:道曲是法曲的重要组成部分,主要用于道教的法事活动,宣扬道教内容。隋朝的燕乐中就有道教音乐,"初,隋有法曲,其音清而近雅"[12]。

道教音乐有广义和狭义之分,广义的道教音乐是指在道教活动中所使用的音乐,它既包括道教科仪音乐又包括道教徒在传道、布道和修身养性时所使用的音乐;狭义的道教音乐是道教徒在斋醮活动中使用的音乐,又叫道场音乐。它起源于原始巫祝仪式,继承了"巫以歌舞降神"的传统,最初的目的是为了通过音乐来感动神灵。在道教的广泛流传过程中,音乐成为重要的传播载体。求福祈愿的斋醮仪式中,除了演奏祭祀音乐外,还要念诵献给天神的祈祷词和奏章表文,如颂、赞、偈和步虚词、青词等。北魏神瑞二年(415年),寇谦之所得的"云中音诵",即"步虚声",是道教音乐较早的书面记载。关于步虚声的来历,据《异苑》记载:"陈思王(曹植)游山,忽闻空里诵经声,清远遒亮,解音者则而写之,为神仙声。道士效之,作步虚声。"唐吴兢《乐府古题解》谓:"步虚词,道家曲也,备言众仙缥缈轻举之美。"道教斋醮仪式中的乐、舞、词相综合的表演形式为后世词的发展提供了模仿的范式。唐五代统治者崇尚道教,对于道教音乐也情有独钟,唐代的法曲中就掺杂了道曲而发展到极盛。[13]唐高祖曾将燕乐二十八调中的林钟宫改为"道宫"。唐高宗曾令太常演奏道士潘师正新作道曲《祈仙》《望仙》《翘仙》。[14]到了玄宗时,宫廷道教音乐极盛。唐玄宗酷爱法曲,命梨园弟子学习,称为法部。"选坐部伎子弟三百教于梨园,声有误者,帝必觉而正之,号'皇帝梨园弟子'。"[15]他曾召道士、大臣、乐工广制道曲,"诏道士司马承祯制《玄真道曲》、茅山道士李会元制《大罗天曲》、工部侍郎贺知章制《紫清上圣道曲》……太常青韦绍制

· 211 ·

《景云》《九真》《紫极》《小长寿》《承天》《顺天乐》六曲"[16],玄宗还自制道曲四十余首[17],并订正了道教音乐步虚声。由于玄宗的亲力亲为,道教音乐名正言顺地跻入宫廷音乐之中。"骊宫高处入青云,仙乐风飘处处闻。"[18]天宝十三载,玄宗又诏令道曲与胡部新声合作,并更改了一大批曲名,使其具有浓郁的道教色彩。[19]文宗亦好道曲,他曾"诏太常卿冯定采开元雅乐,制《云韶法曲》及《霓裳羽衣舞曲》。"演奏《云韶乐》时,"童子五人绣衣执金莲花以导,舞者三百人。……乐成,改法曲为仙韶曲"[20]。关于文宗制云韶乐的事迹在《旧唐书》冯宿传和王涯传中都有记载:"文宗每听乐,鄙郑、卫声,诏奉常习开元中《霓裳羽衣舞》,以云韶乐和之。"[21]"文宗以乐府之音,郑卫太甚,欲闻古乐,命涯询于旧工,取开元时雅乐,选乐童按之,名曰云韶乐。"[22]五代时前蜀后主王衍好道尤甚。他曾游道教圣地青城山,随行宫人衣服上皆画云霞,"飘然望之若仙"。王衍自作《甘州曲》来描述宫人缥缈若仙的情状,并放歌于山谷之中,让宫人和之。[23]这种悠游自在的生活,与神仙相差无几。帝王的提倡促进了道教音乐的发展。它在同宫廷音乐的交汇融合中,沾染了高雅华贵的气质。在其广泛流传的过程中,道教音乐又吸收了外来音乐的成分,"开元二十四,升胡部于堂上。……后又诏道调,法曲与胡部新声合作"[24]。除宫廷音乐、胡部音乐之外,道教音乐在流行的过程中又吸收了民间音乐、佛教音乐等多方面内容,并借助于歌伎乐工、女冠伶人的传唱和文人士大夫的有意经营,渗透到社会生活的各个方面,因此具有浓郁的宗教色彩和民间性、世俗性的特点。正如五代张若海《玄坛刊误论》卷十七所指出的道教音乐"广陈杂乐,巴歌渝舞,悉杂其间",成为流行俗乐的组成部分。这就使道教音乐呈现出多样化的面貌:既有崇仙慕仙的超凡脱俗,又有及时行乐、享受人生的世俗欲求。

道教音乐对词的直接影响就是它为词的创作提供了可资参照的曲调

第五章 《花间集》中的道教文化意蕴

范式。因为词是配乐歌唱的歌词,所以"每一首词都先有一首歌谱,随后配词。当时每一首词的歌谱,就称词牌,牌就是谱"[25]。根据清康熙五十四年(1715年)刻印的《钦定词谱》进行分类统计,和道教相关的词牌有四十二种之多。其中就有道教音乐直接转化成的词牌,如道教在斋醮仪式中所唱的《步虚词》即转化为了《西江月》,玄宗极喜爱的《霓裳羽衣曲》本是道曲,白居易的《霓裳羽衣歌》就描写了舞者着道家服装之情景:"案前舞者颜如玉,不著人家俗衣服。虹裳霞帔步摇冠,钿璎累累佩珊珊。"关于《霓裳羽衣曲》的来历,《唐逸史》中有这样一段充满仙道色彩的逸事:"罗公远引明皇游月宫,掷一竹杖于空,为大桥,色如金,行数十里,至一大城阁,罗曰:'此乃月宫也。'明皇素晓音律,乃密记其音,及归,使伶人继其声,作《霓裳羽衣曲》。"唐玄宗凭借过人的记忆力将仙界的音乐带到凡间,所以才有宋代诗人石曼卿的"本是月宫仙音,翻作人间之曲"的感慨。任半塘先生在《教坊记笺订》中指出七首俗乐道曲:《众仙乐》《太白星》《临江仙》《五云仙》《洞仙歌》《女冠子》《罗步底》。而道曲由神坛走入寻常百姓家的同时,其本身所蕴含的严肃神秘的宗教外衣也入乡随俗,蜕变为亲切、舒服的流行装扮。正如葛兆光所言:"当步虚词不是由道士创作而是由文人创作的时候,它的内容便不再是宗教的诱惑,而是人类的追求,它的情感也不再是宗教的情感而是生活在现实世界中的俗人的情感了。"[26]《花间集》作为"诗客曲子词",其受道教影响的情况,我们仅仅从欧阳炯《花间集序》中的"唱云谣则金母词清"这一句就可以窥见一斑。"云谣"一词出自于《穆天子传》,据传是西王母在瑶池与穆王欢饮时所唱的歌谣。西王母是道教神仙谱系中的一个重要人物,其所唱的云谣遂成为神仙之歌。另外,敦煌出土的第一部民间词总集的名称为《云谣集》,也反映了道教音乐对词的影响和渗透。

我们这里参照龙榆生先生的《唐宋词格律》来看看《花间集》中涉及

213

的同道教音乐相关的词牌。

1.《南歌子》

又名《南柯子》《风蝶令》。唐教坊曲,《金奁集》入"仙吕宫"。《花间集》中收温庭筠七首,张泌三首。

2.《玉蝴蝶》

唐曲,《金奁集》《乐章集》皆入"仙吕调"。令词始见温庭筠。《花间集》中收温庭筠一首,孙光宪一首。

3.《巫山一段云》

唐教坊曲,原咏巫山神女事。毛文锡一首,李珣两首。

4.《临江仙》

双调小令,唐教坊曲。《乐章集》入"仙吕调"。张泌一首,毛文锡一首,牛希济七首,和凝两首,顾敻三首,孙光宪两首,鹿虔扆两首,阎选两首,尹鹗两首,毛熙震两首,李珣两首。

5.《天仙子》

唐教坊舞曲。据段安节《乐府杂录》:"龟兹部,《万斯年》曲,是珠崖李太尉(德裕)进。此曲名即《天仙子》是也。"《词谱》卷二谓因皇甫松词有"懊恼天仙应有以"句而得名。实际上早在唐玄宗开元、天宝年间,教坊就已传唱此曲。调名多咏本意,咏刘晨、阮肇入天台山的故事。《张子野词》将之归入"中吕""仙吕"两调。皇甫松两首,韦庄五首,和凝两首。

6.《河渎神》

唐教坊曲。南宋黄昇《唐宋诸贤绝妙词选》云:"唐词多缘题,所赋《河渎神》则咏祠庙,亦其一也。"《词律》:"此调多用以咏鬼神祠庙。"温庭筠三首,张泌一首,孙光宪两首。

7.《女冠子》

唐教坊曲。小令始于温庭筠,长调始于柳永《乐章集》"淡烟飘薄"

词,注仙吕调。黄昇言:"唐词多缘题所赋,《临江仙》则言仙事,《女冠子》则述道情,《河渎神》则咏祠庙,大概不失本题之意;尔后渐变,去题远矣。如此二词,实唐人本来词体如此。"[27]《花间集》中有温庭筠两首,韦庄两首,薛昭蕴两首,牛峤四首,张泌一首,孙光宪两首,鹿虔扆两首,毛熙震两首,李珣两首。

8.《谒金门》

唐教坊曲,此调为韦庄所创。任二北在《敦煌曲初探》中云:"唐帝自信为老子之裔,多好神仙,故道儒并尊;而黄冠之幸进,殆与儒士相等。敦煌三辞,已说明儒士谒金门(亦唐教坊曲名)名称之由,正为有别于黄冠之谒金门耳。"[28]这里所言黄冠指道士,依任二北所言谒金门乃道教之词牌。《花间集》中韦庄两首,薛昭蕴一首,牛希济一首,孙光宪一首。

我们知道,词的创作是"倚声填词"。汉字的平仄声韵的音韵性和宫商角徵的曲调相结合,形成了词独特的音乐美。而不同的音乐曲调表达了不同的情感,乐调不同,则词不同,其表达的情感便各有不同。譬如"大石调宜风流蕴藉,小石调宜旖旎娥媚,仙吕宫宜清新绵远,……道宫宜飘逸清幽,……"[29]对于词所表达的情感与音乐的关系,刘尧民指出:"由曲填成的词当然也要取得谐调。因为由调而生曲,由曲而生词,由音乐而变成文学,由抽象的情感而变为具体的情感,只是一个过程,一个情调,所以中间决不能发生矛盾。"[30]

《花间集》中收温庭筠的《南歌子》七首,《金奁集》注"仙吕宫",此调的特点清新绵远。而《南歌子》表现的风格直快、隽永、清绮,同词调的特点相符。如其一:

手里金鹦鹉,胸前绣凤凰。偷眼暗形相。不如从嫁与,作鸳鸯。

《花间集》研究
Huajianji Yanjiu

此词用白描的手法写一位清纯而又娇羞的少女对爱情的大胆表白。具有乐府民歌清新的特色,同温庭筠在《菩萨蛮》中表现的堆砌繁缛、婉约含蓄的风格迥然不同。"飞卿《南歌子》七首,有《菩萨蛮》之绮艳而无其堆砌,天机云锦,同其工丽"[31],所以李冰若大有为其抱不平之意:"而人之盛推《菩萨蛮》为集中之冠者,何耶?"[32]

其五:

扑蕊添黄子,呵花满翠鬟。鸳枕映屏山。明月三五夜,对芳颜。

此词描写一位妙龄女子的寂寞孤独。月圆之夜人不圆,独自一人空对芳颜,惆怅自怜。结句"对芳颜"给读者留下了丰富的想象空间,思妇对爱人的怀想、思念,思而不得的遗憾,月夜独处的凄清冷漠之感耐人回味。

由此可见,有什么样的音乐曲调就会有什么样的词作风格与之相谐。道教音乐的清新、飘逸、婉媚同花间词所表现出来的风格极其相似。德国作曲家、文学家瓦格纳曾说:"音乐所表现的东西是永恒的、无限的和理想的;它表现的不是某一个个人在某种状态下的激情、爱欲、郁闷,而是激情本身、爱欲本身和郁闷本身。"[33] 音乐是直接作用于人的意绪情感的艺术形式,并且"唐人填曲,多咏其曲名,所以哀乐与声,尚相谐和。"[34] 受道教音乐影响制约的花间词自然就具备了上述所涉及的道教音乐的特质。据此我们可以推断道教音乐的审美风格直接影响了花间词的审美风格。

二、浸润道教的题材内容

晚唐的吴融在《禅月集序》中指出李贺以来,"皆以刻削峭拔飞动文采为第一流,而下笔不在洞房、蛾眉、神仙、诡怪之间,则掷之不顾"[35]。《花间集》指涉的题材内容也不外乎男女之情,蛾眉、神仙之事。其中有以道教的神仙传说故事为题材的作品,也有直咏女神女仙的,还有描写女冠题材和直接表现民间拜神、祭神情景的作品,下面我们就分别加以考察:

(一)神仙故事题材

闻一多认为:"神仙是随灵魂不死观念逐渐具体化而产生的一种想象的或半想象的人物","乃是一种宗教的理想"。[36]道教在产生伊始,就形成了庞大的神仙谱系。《道藏》中的《列仙传》《穆天子传》《神仙传》《紫阳真人内传》等书中都记载了众多的神人、仙人。伴随着道教在大众中的广泛传播,许多充满神奇浪漫色彩的神话传说故事也随之流传开来。同时,道教追求"逍遥",自由的精神境界极大地激发了中国文人雅士的浪漫情怀。道教的许多神仙故事为文人的创作提供了丰富的素材。或直接吟咏迷离缥缈的神仙世界,或将神仙世界作为自己理想得以实现的媒介、场所。综观《花间集》,其中涉及的神仙故事主要集中在以下四种:巫山神女故事,刘晨、阮肇天台山遇仙女故事,嫦娥奔月故事,牛郎织女故事。我们根据其在词中出现频率的高低分列如下:

1. 巫山神女故事

巫山神女最早见于宋玉的《高唐赋》,(宋)玉曰:"昔者先王(楚怀王)尝游于高唐,怠而昼寝,梦见一妇人曰:'妾巫山之女也,为高唐之客。闻君游高唐,愿荐枕席。'王因幸之。去而辞曰:'妾在巫山之阳,高丘之阻,旦为朝云,暮为行雨,朝朝暮暮,阳台之下?'"后世遂以云雨来指代男女欢合之情事。

巫山神女在唐末道士杜光庭编纂的《墉城集仙录》中已进入道教神谱,成为道教的神仙。《花间集》中有十位词人的二十首词涉及。其中韦庄四首,《归国遥》其三:"睡觉绿鬟风乱,画屏云雨散";《清平乐》其三:

《花间集》研究
Huajianji Yanjiu

"何处游女？楚国多云雨";《望远行》:"出门芳草路萋萋,云雨别来易东西";《河传》其三:"玉鞭魂断烟霞路,莺莺语,一望巫山雨"。牛峤一首,《菩萨蛮》其四:"画屏重叠巫阳翠,楚神尚有行云意。朝暮几般心,向他情谩伸。"张泌一首,《浣溪沙》其三:"云雨自从飞散后,人间无路到仙家,但凭魂梦访天涯。"毛文锡两首,《赞浦子》:"正是桃夭柳媚,那堪暮雨朝云。宋玉高唐意,裁琼欲赠君";《巫山一段云》:"雨霁巫山上,云轻映碧天。远风吹散又相连,十二晚峰前。暗湿啼猿树,高笼过客船。朝朝暮暮楚江边,几度降神仙?"牛希济一首,《临江仙》其一,咏巫山神女事:"一自楚王梦断,人间无路相逢。至今云雨带愁容。"和凝一首,《何满子》其二:"目断巫山云雨,空教残梦依依。"孙光宪一首,《菩萨蛮》其一:"即此是高唐,掩屏秋梦长。"阎选三首,《虞美人》其一:"偷期锦浪荷深处,一梦云兼雨";《临江仙》其一:"物华空有旧池塘,不逢仙子,何处梦襄王";其二:"十二高峰天外寒,竹梢轻拂仙坛。宝衣行雨在云端,画帘深殿,香雾冷风残"。毛熙震三首,《临江仙》其一:"潘妃娇艳独芳妍,椒房兰洞,云雨降神仙";《南歌子》其二:"暗想为云女,应怜傅粉郎";《菩萨蛮》其一:"屏掩断香飞,行云山外归"。李珣三首,《浣溪沙》其三:"早为不逢巫峡梦,那堪虚度锦江春？遇花倾酒莫辞频";《巫山一段云》其一:"有客经巫峡,停桡向水湄。楚王曾此梦瑶姬,一梦杳无期";其二:"云雨朝还暮,烟花春复秋。啼猿何必近孤舟,行客自多愁"。以上的词作体现出一种模式化、范式化的倾向,即多是借巫山神女故事描写男女的欢会、离别、别后的相思和思而不得的哀怨。

2. 刘晨、阮肇故事

东汉刘、阮于天台山遇仙女的浪漫故事最早见于南朝刘义庆的《幽明录》,传说东汉永平年间,浙江剡县人刘晨、阮肇入天台山采药迷路,遇到二仙女,结为眷属。半年后归家,人间已过七世。[37]《神仙记》也有记

第五章 《花间集》中的道教文化意蕴

载:"汉刘晨、阮肇,入天台山采药,溪边有二女子,忻然如旧相识。乃留刘、阮止焉。居数月,而人间已隔数世。遂复入天台,迷不知其处矣。"《花间集》中不仅有以刘、阮故事创作的词牌《天仙子》,而且成为表现男女相思之情的特有题材。九首《天仙子》中,皇甫松两首,韦庄五首,和凝两首。除韦庄的《天仙子》其二:"深夜归来长酩酊,扶入流苏犹未醒,醺醺酒气麝兰和。惊睡觉,笑呵呵,长道人生能几何",表现词人要及时行乐的人生态度外,其余皆咏调名本意,表现情人之间的离别相思。即使和凝的两首《天仙子》表面上描写的是天台神女的春愁,实际上还是就题发挥,借神女情事,写人间闺思。此外,还有温庭筠一首,《思帝乡》:"唯有阮郎春尽,不归家";薛昭蕴两首,《浣溪沙》其八:"不为远山凝翠黛,只应含恨向斜阳。碧桃花谢忆刘郎",《女冠子》:"正遇刘郎使,启瑶缄";牛峤一首,《女冠子》其三:"醮坛春草绿,药院杏花香。青鸟传心事,寄刘郎";张泌一首,《女冠子》:"何事刘郎去? 信沉沉";毛文锡一首,《诉衷情》其一:"刘郎去,阮郎行,惆怅恨难平";顾敻两首,《虞美人》其六:"醮坛风急杏枝香,此时恨不驾鸾凰,访刘郎",《甘州子》其三:"曾如刘阮访仙踪,深洞客,此时逢";鹿虔扆一首,《女冠子》其一:"凤楼琪树,惆怅刘郎一去,正春深";阎选一首,《浣溪沙》:"刘阮信非仙洞客,嫦娥终是月中人,此生无路访东邻";李珣一首,《女冠子》其三:"对花情脉脉,望月步徐徐。刘阮今何处? 绝来书"。共计十二位词人的十四首词。除顾敻的《甘州子》其三一反离别相思之苦,表现男女欢会的场景,其余或是写闺中女子的相思之情,部分词作表现了女道士这一特殊群体尘缘未断的寂寞相思之苦,或是写男子对情人的思念之情。以刘郎、阮郎代指情郎几乎成为词中的定式。

3. 嫦娥故事

毛文锡的《月宫春》:"玉兔银蟾争守护,姮娥姹女戏相偎。遥听钧天

《花间集》研究
Huajianji Yanjiu

九奏,玉皇亲看来。"韦庄的《谒金门》:"天上常娥人不识,寄书何处觅?"上文中的"姮娥""常娥"即指嫦娥。据《淮南子·览冥训》,嫦娥为后羿之妻,偷吃不死之药后奔入月宫。古代文人常用其借指美人。和凝的《柳枝》其三:"鹊桥初就咽银河,今夜仙郎自姓和。不是昔年攀桂树,岂能月里索姮娥?"写其科举及第之后冶游幽会的得意之情。

4.牛郎织女故事

只有两三首词,如毛文锡的《浣溪沙》咏牛郎织女七夕相会之事。"七夕年年信不违,银河轻浅白云微,蟾光鹊影伯劳飞。每恨蟪蛄怜婺女,几回娇妒下鸳机,今宵嘉会两依依。"

仔细分析不难发现,这四类故事实际上是同一个模式,即人神相恋模式。在这一模式中,凡人皆为男子,而神仙皆为女子。这绝不是偶然的巧合。女仙是道教神仙体系中的重要组成部分,女神崇拜是道教不同于其他宗教的一个显著特点。这和道教尚阴,重阴阳调和的信仰有关。道教的神仙体系中女仙众多,如西王母、九天玄女、巫山神女,这些女神、女仙经常出现在词人的笔端。《花间集》中亦不乏对女神、女仙的描写。

(二)女神女仙题材

在《花间集》中,咏女神故事的有十余首,皆用女神来借指美丽的女子。令人高不可攀的女神成为世俗男子情爱的对象。最为突出的是牛希济,他的十一首词中有七首《临江仙》是分咏道教的七个著名神女。第一首咏巫山神女,"瑶姬宫殿是仙踪。金炉珠帐,香霭昼偏浓";第二首咏谢女,"谢家仙观寄云岑,岩萝拂地成阴";第三首咏弄玉,"渭阙宫城秦树凋,玉楼独上无憀。含情不语自吹箫";第四首咏湘妃,"江绕黄陵春庙闲,娇莺独语关关,满庭重叠绿苔斑";第五首咏洛神宓妃,"素洛春光潋滟平,千重媚脸初生。凌波罗袜势轻轻";第六首咏汉皋神女,"轻步暗移蝉鬓动,罗裙风惹轻尘";第七首咏罗浮仙子,"洞庭波浪飐晴天,君山一点凝烟。此中真境属神仙"。此外,毛文锡的《月宫春》咏嫦娥,"玉兔银蟾争守护,姮娥姹女戏相偎。遥听钧天九奏,玉皇亲看来";《临江仙》咏湘灵,"黄陵庙侧水茫茫。楚山红树,烟雨隔高唐"。张泌的《临江仙》咏湘妃,"翠竹暗留珠泪怨,闲调宝瑟波中。花鬟月鬓绿云重"。孙光宪的《河渎神》其二咏湘妃,"江上草芊芊,春晚湘妃庙前"。顾夐的《浣溪沙》其四咏瑶姬,"青鸟不来传锦字,瑶姬何处琐兰房?"瑶姬亦作"姚姬",即巫山神女。传说为赤帝之女,死后葬于巫山之阳。李珣的《巫山一段云》其一:"楚王曾此梦瑶姬,一梦杳无期。"

  道教强调男女双修,一同飞升。道教中的"坤道"就是独特的女性修行方法。道教认为男女不仅在凡间可以结为夫妇,通过修炼亦可以成为神仙美眷。宋代张君房《云笈七签》称张道陵与其子张衡、其孙张鲁及其妻共同飞升。河南洛阳出土的西汉卜千堆墓内壁画上有乘三足乌的女主人与乘腾蛇持弓的男主人一同飞升成仙的画面。道教神话中也常见男女双修成仙的故事:杨羲与九华安妃、羊权与愕绿华、许诺与云林夫人。道教的这种信仰表现出了强烈的世俗化倾向。道教的神仙谱系中,女神女仙占了一定的席位。刘向的《列仙传》、葛洪的《神仙传》《汉书·汉武帝内传》《太平御览》等都有记载。《神仙传》卷七大部分都是描述女仙故事的。唐代杜光庭的《墉城集仙录》就专门辑录了汉魏以来三十八位女仙的故事,是道教史上第一部较为系统的女仙谱系。张君房的《云笈七签》卷一百一十四、一百一十五、一百一十六都是专写女仙的,记录了西王母和二十五位修炼成仙的女性。《花间集》中的女神女仙题材可以说是道教信仰在文学中的一种表现。还要提及的就是女冠。

(三)女冠题材

  汉末道教创始阶段,就有女子出家入道。如天师道女祭酒魏华存夫

《花间集》研究
Huajianji Yanjiu

人。南北朝时,女冠已渐成风尚。至唐代,公主嫔妃出家为女真已成规模。"唐时重道,贵人名家,多出为女冠。至其末流,或尚佻达而愆礼法,故唐之女冠,恒与士人往来酬答。失之流荡,盖异于娼优者鲜矣。"[38]女冠作为一个特殊的群体,她们仙妓合一的特殊身份,给中国文学注入了一股别样的气息、特质。从词中我们可以管窥女冠内心深处的情思。"唐人登科之后,多作冶游,习俗相沿,以为佳话。"[39]中唐士人以狎妓、恋女冠为一时风气。文人和女冠唱和赋诗,文人是女冠的诗友,是女冠才华的欣赏者,女冠是文人的"红颜知己"。仙风道骨下隐藏的缱绻情思与文人亦仙亦凡(入道求仙和追求凡世的感官欲求)的人生追求相契合,演绎了千古传诵的浪漫情事。

《花间集》中以《女冠子》为题的词牌有九位词人的十九首词涉及,其中温庭筠两首,韦庄两首,薛昭蕴两首,牛峤四首,张泌一首,孙光宪两首,鹿虔扆两首,毛熙震两首,李珣两首。其主题宗旨不外乎以下两种:一是咏调名本意,二是或表现女冠对世俗情欲的追求,或借题发挥表现男女之情。

1. 对神仙世界的向往

举温庭筠的《女冠子》二首为例:

含娇含笑,宿翠残红窈窕。鬓如蝉,寒玉簪秋水,轻纱卷碧烟。雪胸鸾镜里,琪树凤楼前。寄语青娥伴,早求仙。

霞帔云发,钿镜仙容似雪。画愁眉,遮语回轻扇,含羞下绣帷。玉楼相望久,花洞恨来迟。早晚乘鸾去,莫相遗。

前一首主要歌咏女道士"仙骨珊珊,知非凡艳"的清丽之美,被沈际飞评为"幽闲之情即于风流艳词发之"。[40]后一首则透露了女道士对飘逸清幽的神仙生活的向往之情,塑造了一位柔情缱绻、容貌脱俗的女冠形象。其他同调的如薛昭蕴的两首、孙光宪的两首、鹿虔扆的《女冠子》其二、李珣的《女冠子》其二,都表现出了同样的题材倾向。

2. 对世俗情欲的追求

最典型的莫过于张泌的《女冠子》：

露花烟草,寂寞五云三岛。正春深。貌减潜销玉,香残尚惹襟。竹疏虚槛静,松密醮坛阴。何事刘郎去？信沉沉。

写一位女道士因思念情郎而消瘦,从一个侧面反映了女冠的恋情生活。类似的还有鹿虔扆的《女冠子》其一："凤楼琪树,惆怅刘郎一去,正春深。洞里愁空结,人间信莫寻";牛峤的《女冠子》其一："眼看惟恐化,魂荡欲相随。玉趾回娇步,约佳期",其三："醮坛春草绿,药院杏花香。青鸟传心事,寄刘郎",表现了女冠的世俗情思;毛熙震的两首《女冠子》表现的则是女道士寂寞的生活和对爱情的向往,"应共吹箫侣,暗相寻"。

除《女冠子》外,还有顾夐的《虞美人》其六："醮坛风急杏枝香,此时恨不驾鸾凰,访刘郎",写女道士的思凡之情;薛昭蕴的《浣溪沙》其五："帘下三间出寺墙,满街垂柳绿阴长,嫩红轻翠间浓妆。瞥地见时犹可可,却来闲处暗思量,如今情事隔仙乡"。

（四）直接表现民间拜神、祭神情况

如《河渎神》,此调多用以咏鬼神、祠庙。《花间集》中共有六首,其中温庭筠有三首,张泌一首,孙光宪两首。陈廷焯的《词则·别调集》卷一评温庭筠的《河渎神》三章："寄哀怨于迎神曲中,得《九歌》之遗意。"其

《花间集》研究
Huajianji Yanjiu

中的第三章"铜鼓赛神来"就是描写民间赛神,即设祭酬神的风俗。词中写道:"铜鼓赛神来,满庭幡盖徘徊。水村江浦过风雷,楚山如画烟开。"这同孙光宪在《菩萨蛮》中的描写极其相似:"木棉花映丛祠小,越禽声里春光晓。铜鼓与蛮歌,南人祈赛多",都是描写南方民间敲响铜鼓祭神的场景。张泌的《河渎神》(古树噪寒鸦)咏的是调名本意,写河畔寺庙的景色和祈神的盛况。孙光宪的两首《河渎神》则是就调名本意加以发挥,以祠庙为背景表现女子的相思之情。再如孙光宪的《竹枝》:"门前春水(竹枝)白蘋花(女儿),岸上无人(竹枝)小艇斜(女儿)。商女经过(竹枝)江欲暮(女儿),散抛残食(竹枝)饲神鸦(女儿)。"《岳阳风土记》中载:"巴陵鸦甚多,土人谓之神鸦,无敢弋者。"这首词描写的就是商女撒抛残食饲神鸦的南方常见的风俗。

三、反映道教的意象经营

《花间集》中充满了大大小小的与道教文化密切相关的意象。如瑶池、三岛、三清、十二楼、醮坛、星冠、霞帔、琪树、凤楼、蕊珠宫、白玉冠、霓旌、绛节、虚空、大罗天等等。其中与"玉"相关的意象尤为突出。道教崇尚玉,而《花间集》中的"玉"意象共出现一百五十九次,涉及十八位词人的一百一十九部作品。据统计,《花间集》中"玉楼"共出现二十一次,"玉郎"十二次、"玉钗"九次、"玉炉"九次、"玉箸"四次、"玉指"四次、"玉鞭"四次、"玉人"三次、"玉钩"三次、"玉容"三次、"玉冠"三次、"玉佩"三次,此外还有"玉所""玉阶""玉堂""玉琴""玉叶"等等。

中国的玉器最早出现于新石器时代,至今有七八千年的历史。我们从今天出土的大量文物可以发现,早在史前的良渚文化时期浙江余杭反山墓地就已有造型逼真的玉鱼。关于鱼崇拜,闻一多先生在他的文章《说鱼》[41]中已有精辟的论述。玉刻的鱼,在反映了古先民的生殖崇拜的

第五章 《花间集》中的道教文化意蕴

同时,也反映了他们对玉的尊崇。玉被先民们视为珍宝,成为生活中不可或缺的重要物件。它不仅是财富的象征,具有审美的价值,而且寄寓了神秘的宗教色彩,反映了原始先民们"长生久视的生命意识"[42],并且这种生命意识要先于它的财富价值和审美价值。

在中国道教典籍中常能看到玉的身影。如中国最早的神话总集《山海经·海内西经》中已有"白玉""玄玉"的记载。《西山经》中有:"丹水出焉,西流注于稷泽,其中多白玉,是有玉膏,其原沸沸汤汤,黄帝是食是飨。是生玄玉。"道教的玉崇拜渊源于以下几点认识:

第一,古人认为玉是山石之精髓,可以通天地。所以道教用玉来做祭神之器。郑玄曰:"璧外八方,象地之形;中虚圆以应无穷,象地之德,故以祭地。"[43]内圆外方的玉琮被赋予了沟通天地鬼神的作用。推而衍之,凡是同神仙有关的事物,道教都冠以"玉"字,如称天帝为玉皇、玉帝,道教的仙官称玉郎,神仙所居之处称玉洞、玉清、玉堂、玉殿。不仅如此,上至神仙天界,下至人世凡尘,道教都以玉称之。如在道教的典籍中指称人的身体为玉都,称胞胎为玉胞,肩为玉楼,鼻为玉垄,口为玉池,发为玉华。花间词中以玉指称美人的身体似源于此。

第二,玉是道教修炼必不可少的灵药,生而食玉、死而葬玉是道教的习俗。古人因玉温润的质地而赋予它润泽草木的功能,春秋、战国时期《大戴礼记·劝学》篇有"玉在山而草木润"的记载。人们认为玉能润泽万物,所以玉成为生命之源的象征。这是道教"养生""贵生"思想的一个折射。道教徒相信食玉可以使人轻身延年,羽化而登仙。食玉成为道教的修炼之法,"服玄真者,其命不极。玄真者,玉之别名也,令人身飞轻举,不但地仙而已"[44]。《列仙传》卷上载:"赤松子者,神农时雨师也。服水玉以教神农,能入火自烧。往往至昆仑山上,常止西王母石室中随风雨上下。"赤松子是道教传说中的人物,根据这段话我们可知他是服水玉而成仙的。托名东方朔的《十洲记》在描写瀛洲时也有类似的记载:"上生神芝仙草,又有玉石,高且千丈,出泉如酒,味甘,名之曰玉醴泉。饮之数升辄醉,令人长生。"玉醴泉水长生之功效,正反映了古先民赋予玉的强烈的生命色彩。所以屈原在《九章·涉江》中写道:"登昆仑兮食玉英,与天地兮同寿,与日月兮同光。"汉武帝要在建章宫前建神明台,服玉屑饮露水。[45]生而食玉可以使人长生而成仙,死而葬玉则可以使身体不朽,利于转世还阳。"金玉在九窍则死者为之不朽。"[46]所以人死后口中要含玉,手中要握玉,身上要穿金缕玉衣。

第三,对玉的崇拜使人们认为玉具有吉祥贵美的特质,可以驱邪避灾、祈福禳祸,所以以玉作为佩饰成为古代的习俗。道教的法器中有"玉圭",法服中有"玉冠"。据说唐高宗武后太平公主为帝所宠,有冠以玉为饰,称玉叶冠,价值连城。唐《李群玉诗集》中的《玉真观》:"高情帝女慕乘鸾,绀髪初簪玉叶冠。"[47]

玉有温润之质。按照中国的五行学说,玉属水,水属阴,故玉往往和女性联系在一起。同玉有关的神话中,神灵的主角常常是女性,文学作品中也经常出现玉女的形象。《太平广记》卷五十九引《集仙录》:"明星玉女者,居华山,服玉浆,白日升天",称女神女仙为玉女,集玉的尊贵和女性的阴柔之美于一身。清俞樾的《群经平议·尔雅》:"古人之词,凡所美者则以玉言之。《尚书》之'玉食',《礼记》之'玉女',《仪礼》之'玉锦',皆是也。"以《花间集》为例,词人惯称美人如玉。如温庭筠的《定西蕃》其三:"细雨晓莺春晚,人似玉,柳如眉,正相思",《杨柳枝》其一:"正是玉人肠绝处,一渠春水赤栏桥";韦庄的《谒金门》其一:"有个娇娆如玉,夜夜绣屏孤宿";孙光宪的《思越人》其二:"想象玉人空处所,月明独上溪桥"。既然美人如玉,那么和美人相关的事类就理所当然地同玉有了密切的关系。美人之体被称为"瘦玉""红玉",如和凝的《临江仙》其二:"肌骨细匀红玉软,脸波微送春心";孙光宪的《女冠子》其二:"澹花瘦玉,依约神仙妆束"。美人之容为"玉容",如温庭筠的《河渎神》其三:"离别橹声空萧索,玉容惆怅妆薄";韦庄的《浣溪沙》其二:"玉容憔悴惹微红",其三:"暗想玉容何所似?一枝春雪冻梅花"。美人之手为"玉腕",美人之足为"玉趾",美人之肤为"玉肌肤",美人之指为"玉纤",美人之泪为"玉筯"("玉箸"),美人之饰物为"玉钗""玉簪""玉连环""玉搔头""玉珰""玉珑璁",美人之情郎为"玉郎",就连美人的住所也叫"玉楼""玉殿""玉堂""玉所"。

葛兆光在《中国宗教与文学论集》中指出:"诗歌当然不是思想的符号,诗人写诗也不是在作理论文章,他不必先牵扯一种思想理论来表现自己的立场,不过正因为诗人写诗并不考虑思想理论的分野,所以他平时感受到的各种思想与当时的境缘凑合,会不自觉地在诗里通过意象流露出来。"[48]这种无意识或下意识的举动正反映了诗人所处的思想文化氛围对他创作的影响。玉意象在《花间集》中如此频繁且广泛地出现,也从一个侧面证明了道教文化对词的渗透和影响。

第二节 《花间集》的道教文化意蕴之成因

一、特殊的时代文化背景——唐五代的崇道之风

道教作为意识形态,它的命运起伏和政治紧密相连。一方面,道教的或抑或扬和统治者的政策息息相关;另一方面,道教的发展和演变同时对当时的政治也产生了不可忽视的影响。唐统治者大力弘扬道教既是出于政治上的需要,利用道教达到神化皇权,愚弄百姓,安定社会,巩固统治的

《花间集》研究
Huajianji Yanjiu

目的,也有帝王个人信仰的因素。

隋末大乱,起义军领袖李密、李轨等人利用道教制造舆论,发布谶纬之言"天道将改,将有老君子孙治世",引起隋统治者的恐慌,所以有大业十一年(615年),隋炀帝采纳方士安陁迦的建议"尽诛海内凡李姓者"[49],杀死右骁卫大将军李浑。到了隋大业十三年(617年),李渊在晋阳起兵反隋,也利用老君后代治世的谶纬之言来制造皇权神授的社会舆论。李渊起兵后,得到终南山道士岐晖的支持:"尽以观中资粮给其军,及帝至蒲津关,晖喜曰:此真君来也,必平定四方矣,乃改名为平定以应之,仍发道士八十余人向关应接。"[50]

无独有偶,唐太宗李世民在与太子李建成争夺帝位时得到以王远知为首的道教徒的支持。"武德中,太宗平王世充,与房玄龄微服以谒之,远知迎谓曰:'此中有圣人,得非秦王乎?'太宗因以实告,远知曰:'方作太平天子,愿自惜也。'"[51]当时,李世民并非太子,且还没有登基,王远知此语无异于泄露天机。故李世民登基后,对王远知礼遇有加,不但重修茅山道观,且"度道士二十七人"[52]。唐初的统治者大力扶植道教,一方面是因为道教在唐王朝的建立过程中起到了积极的作用,另一方面也是为了自高门第,以适应魏晋以来的门阀之风。李唐宗室出身于少数民族,为了使其对汉族的统治名正言顺,于是利用老子与自己同姓的机缘来标榜唐宗室是老子的后裔,老子被道教尊为"道德天尊""老君",道教遂成为国教。《唐会要》记载:"武德三年五月,晋州人吉善行于(浮山县)羊角山见一老叟,乘白马朱鬣,仪容甚伟,曰:'谓吾语唐天子,吾汝祖也,今年平贼后,子孙享国千岁。'高祖异之,乃立庙于其地。"唐高祖于武德八年(625年)规定三教次序:"今可老先,次孔,末后释宗。"[53]三教的排名道先,儒次,佛最后。贞观十一年(637年)唐太宗下诏:"自今之后,斋供行立,至于称谓,道士女冠可在僧尼之前。"[54]唐高宗于乾封元年(666年)

第五章 《花间集》中的道教文化意蕴

亲自到亳州拜谒太上老君庙,尊老子为"太上玄元皇帝",下令贡举人士必须兼通《道德经》。睿宗时,下诏"自今每缘法事集会,僧尼、道士、女官等宜齐行道集"[55],并命西城、隆昌公主为道士。道教的真正繁荣时期出现在玄宗朝,唐玄宗将崇道之风推向高潮。玄宗即位后推行崇道抑佛的政策,于开元十年(722年)诏两京及诸州各置玄元皇帝庙一所,每年依道法斋醮,并以开国以来五位皇帝之像陪祀老子,玄宗本人经常召见道士,并亲受法箓。[56]开元二十五年(737年)又下令"道士女冠隶宗正寺"[57]把男女道士视作皇族宗室;开元二十九年(741年),玄宗敕东西两京和诸州各建立老子庙,并设崇玄学,配置生员,令他们学习道家著作《老子》《庄子》《列子》和《文子》,每年进行考试。天宝元年(742年),又封庄子、文子、列子、庚桑子四人为真人,四子所著之书改为真经。玄宗还亲自为《道德经》作注,令朝野上下家藏一本,"劝令习读,使知指要"[58],成为百姓的家居必备之书。又遣发使臣搜访道书,正式汇辑成长达三千七百四十四卷的《道藏》,诏令传写流布,促进了道教思想的传播。天宝二年(743年)他追尊老子为"大圣祖玄元皇帝",天宝八年(749年)加封为"圣祖大道玄元皇帝",天宝十三年(754年)又加封为"大圣祖高上金阙玄元天皇大帝"。玄宗之后,武宗和僖宗亦崇道。唐武宗刚即位,就规定二月十五日老子诞辰日为降圣节,又接受道教法箓,成为同玄宗一样的皇帝道士。据《唐六典·祠部》称,唐代道观有一千六百八十七处之多。唐代公主嫔妃出家为道士的,传记可考的有四十多人。如众所周知的贵妃杨玉环道号"太真",玄宗胞妹金仙、玉真公主和女儿万安公主,皆为道士。唐五代的许多皇帝都服食金丹,其中包括唐太宗李世民在内,因服食金丹致死的有七人。唐武宗"重方士,颇服食修摄,亲受法箓。至是药躁,喜怒无常,疾既笃,旬日不能言"[59]。五代的帝王亦崇道,道士杜光庭受到前蜀君主王建的礼遇。五代时的梁太祖朱晃服食金丹后"眉发立堕,头背生痈"[60]。前蜀后主王衍不仅爱唱道曲《霓裳羽衣曲》[61],还令"宫人具衣道衣,莲花冠,施脂夹粉,名曰'醉妆'"[62]。后蜀后主孟昶好道教的房中术,"多采良家子以充后宫"[63]。上有好者,下必甚焉。上层统治者的崇道、信道让封建士大夫们趋之若鹜。受道箓者有之,当道士者有之,徜徉于道观者有之,同道士诗酒唱和者亦有之。王勃"常学仙经,博涉道纪"[64];卢照邻曾"学道于东龙门山精舍";房玄龄、贺知章、李白、李贺、李商隐都做过道士;韩愈与道士往来,服用硫黄后"一病竟不痊"[65];牛僧孺亦曾服食丹药。士大夫阶层作为意识形态的创造者和社会文化力量的主流,自身的宗教信仰必然会影响到当时的文化风气。与此相适应,唐代民间出现了一股求仙学道,追求长生的信道之风。道教成为全民性的宗教,影响之大波及朝野。《朝野佥载》记:"唐初以来,百姓多事狐神,房中祭祀以乞恩,食饮与人同之,事者非一主,当时有谚曰:'无狐魅,不成村。'"这种风气流行的直接结果有二:一是影响了唐代文学的题材取向。山水诗、游仙诗、志怪小说、志人小说的流行,使唐代文学镌刻上了明显的道教文化的印痕。二是影响了中晚唐五代的审美风尚。中唐以后,"审美趣味和艺术主题已完全不同于盛唐,而是走进更为细腻的官能感受和情感色彩的捕捉之中"。"时代的精神已不在马上,而在闺房;不在世间,而在心境。""不是人物或人格,更不是人的活动、事业,而是人的心情意绪成了艺术和美学的主题。"[66]《花间集》的产生正是晚唐五代独特的时代文化精神选择的结果。

二、创作主体的道教情结

十八位花间词人生不同时,长非一地,时间跨度从晚唐到后蜀长达一百多年的时间,但其创作所呈现的艺术风貌表现出了相近似的审美倾向。其中尤为突出的是道教文化意蕴的表现,几乎每位词人都有染指,具有共趋性的特点。法国艺术家丹纳在《艺术哲学》中指出:"要了解一件艺术品,一个艺术家,一群艺术家,必须正确设想他们所属的时代精神和风俗概况,这是艺术品最后的解释,也是决定一切的基本原因。"[67]唐代是道教最为鼎盛的时期,李唐王朝尊奉道教为"国教"。文化以人为中心、为主体、为对象,作为"一切社会关系的总和"的词人自然无法超越其所生存的社会关系。在这种时代风气的浸润之下,作为花间词创作主体的花间词人的创作倾向及其审美特点必然要受到所处的社会文化氛围的影响。

(一)巴蜀地域文化的特点

《花间集》被称为"近世倚声填词之祖",开创了"词为艳科"的局面。五百首词中,四百一十一首是以女性或以男女情爱为描写对象,占总数的百分之八十二。在《花间集》之前的《云谣集》中闺情花柳之作为数寥寥,据任二北《敦煌曲初探》中统计,描写爱情的计二十三首,描写伎情的计十七首。与《花间集》同时的南唐词风也不似西蜀词露骨地描写男女情事。对男女情事如此大胆且集中的描写,前代、同代以及后代都无法与之相比。究其原因,这与巴蜀独特的地理位置和地域文化密切相关。

蜀地乃道教发源地,葛洪在其所著《神仙传》中说:"(张陵)闻蜀人多纯厚,易可教化,且多名山。乃与弟子入蜀,住鹤鸣山,著作道书二十四篇,乃精思炼志。忽有天人下降,千乘万骑,金车羽盖,骖龙驾虎,不可胜数。或自称柱下史,或称东海小童,乃授陵以新出正一盟威之道。陵受之,能治病,于是百姓翕然,奉事之以为师。弟子户至数万,即立祭酒,分领其户,有如长官。"五斗米道奉老子为教主,以老子所著《道德经》为主要经典。张陵亲自撰写《老子想尔注》来解说《道德经》,书中第一次出现了"道教"一词。张陵死后他的儿子张衡和孙子张鲁继续传道,"雄据巴、

《花间集》研究

汉垂三十年"[68]。

道教乐生,重视现世的享乐,重阴阳调和,性命双修。巴蜀地区在道教的浸润之下,其享乐之风习席卷朝野。首先,让我们先看一看西蜀的上层统治者:前蜀后主王衍本身就崇尚道教,曾"裹小巾,其尖如锥,宫人俱衣道衣,簪莲花冠,施脂夹粉,名曰醉妆,自制《醉妆词》云云"[69]。他的《醉妆词》:"者边走,那边走,只是寻花柳。那边走,者边走,莫厌金杯酒。"纸醉金迷,醉生梦死的情态跃然纸上。王衍奢侈无度,"日与太后、太妃游宴贵臣之家,及游近名山,所费不可胜纪"。一年秋,王衍"披金甲,冠珠帽,执戈矢而行,旌旗戈甲,连亘百余里不绝"。又一年夏,王衍"幸浣花溪,龙舟彩舫,十里绵亘。自百花溪至万里桥,游人士女,珠翠夹岸"[70]。欧阳修在《新五代史》中记载了王衍游青城山的情景:"宫人衣服,皆画云霞,飘然望之若仙。衍自作《甘州曲》,述其仙状,上下山谷,衍常自歌,而使宫人皆歌之。"[71]后蜀后主孟昶更是有过之而无不及,他喜好女色,《新五代史》卷六十四《后蜀世家》记载:"昶好打毬走马,又为方士房中术,多采良家子以充后宫。"孟昶巡幸出游时,"乘步辇,垂以重帘,环结珠香囊,垂于四面,香闻数里,人亦不能见其面"。所制锦被,"其阔犹今之三幅帛,此之谓鸳衾也"(《辍耕录》卷七)。孟昶耽于歌舞,花蕊夫人《宫词》记述当时的宫廷生活:"舞头皆著画罗衣,唱得新翻御制词。每日内庭闻教队,乐声飞上到龙墀。""至于溺器,皆以七宝装之。"[72]宋太祖由此感叹:"所为如此,不亡待何。"(《十国春秋》卷四九)前后蜀的统治者生活奢侈淫靡自不必说,西蜀民间的游乐之风尤甚。十国之中,"蜀险而富"[73],西蜀自古以来就被誉为"天府之国"。《华阳国志·蜀志》记载:"蜀沃野千里,号为'陆海',旱则引水浸润,雨则杜塞水门,故记曰,水旱从人,不知饥馑,时无荒年,天下谓之'天府'也。"[74]唐时,蜀中经济发达,号称"扬一益二",益州即今日的成都。唐宣宗时卢求《成都记序》中言:"大凡今之推名镇,为天下第一者,曰扬、益,言以扬为首,盖声势也。人物繁盛,悉皆土著,江山之秀、罗锦之丽、管弦歌舞之多、伎巧百工之富,其人勇且让,其地腴以善,熟较其要妙,扬不足以侔其半。"[75]正因为"蜀中府库充实,与京师无异"[76],所以唐代帝王每逢战乱,必首选蜀地为避难之所。如唐玄宗因安史之乱而入蜀,唐德宗因朱泚之乱而入蜀,唐僖宗因黄巢之乱而入蜀。繁荣富庶的经济使市民的娱乐需求日益膨胀,从接受学的角度看,唐五代时的大众传播媒介是酒宴歌席的演唱。根据马斯洛的"需要层次论",当人们已经满足了温饱等基本生活需要时,就会追求更高层次的心理需求——社会交往的需要。深受道教文化浸润的唐五代人更易接受与自己生活相近,审美情趣相投的娱乐样式,词在人们的闲暇生活中扮演了极其重要的角色。与花间词人欧阳炯同时的景焕在《野人闲话》中写道:"后主时,城内人生三十岁,有不识米麦之苗者。每春三月、夏四月,多有游花院及锦浦者,歌乐掀天,朱翠填咽。贵门公子,华轩彩舫,共赏百花潭上。至诸王、功臣以下,皆各置林亭。"后蜀广政二三年,"边陲无扰,百姓丰肥"[77],"村落闾巷之间,弦管歌声,合筵社会,昼夜相接"[78]。正如欧阳炯在《花间集序》中所说:"《杨柳》《大堤》之句,乐府相传;《芙蓉》《曲渚》之篇,豪家自制。莫不争高门下,三千玳瑁之簪;竞富樽前,数十珊瑚之树。"享乐冶游之风充斥整个社会。特定的时代精神赋予了《花间集》独特的美学色彩。花间词所表现出的对现世享乐生活的追求和对男女情爱的大胆表现是道教乐生、好逸的真实反映。

(二)花间词人与道及巴蜀的关系

十八位花间词人中,除温庭筠与皇甫松为晚唐人,其余的十六位词人或是蜀人,或仕蜀。而皇甫松是牛僧孺之甥,牛僧孺即好道,有服药、养妓之事。《花间集》称皇甫松为"皇甫先辈",而牛峤是牛僧孺之孙,牛希济又是牛峤之侄,不排除他们受家族信仰的影响。孙光宪仕荆南,荆亦道教波及之地。张角太平道"十余年间,众徒数十万,连结郡国,自青、徐、幽、冀、荆、扬、兖、豫八州之人,莫不毕应"[79]。

"不管作家的创作天赋如何,他总能够违背,但绝不能不加理睬周围环境的情趣要求。"[80]文化作为一种情境客观地存在着,人在无可选择的情况下生活于其中。社会文化、家庭氛围潜移默化地影响着人的身心发展。不论人们是否意识到文化情境的影响,但是这种影响总是客观存在的。作为个体的人无法摆脱其所生存于其中的社会文化氛围。"当一个群体的成员都为同一处境所激发,并且都具有相同的倾向性,他们就在历史环境之内作为一个群体,为他们精心地缔造其功能性的精神结构。这些精神结构不仅在其历史演变过程之中扮演着积极的角色,并且还不断地表述在其主要的哲学艺术和文学的创作之中。"[81]道教在唐代的兴盛直接影响了当时的社会文化思潮,文学、绘画、音乐、舞蹈,无一不受到道教的影响。花间词作为五代文学的代表样式,占尽了天时、地利、人和之优势。天时:唐五代帝王崇道。地利:花间词产生之蜀地乃道教发源地。人和:花间词人与巴蜀关系密切。

综上所述,时代风习为词人的成长提供了广阔的文化背景和驰骋的空间,地域文化又为词人的创作培植了丰厚的土壤。特殊的政治文化背景和地域因素的相互作用而产生的以道教的享乐意识为感情基调的花间词,呈现出自具风貌的"香而软"的词风,开创了"词为艳科"的题材规范,树立了词体的正宗。

第三节 道教文化对花间词风格的影响

"挟飞仙以遨游,抱明月而长终",企盼白日飞升,羽化登仙,与天地

第五章 《花间集》中的道教文化意蕴

并存,追求永恒与超越构成了中国道教的核心追求。道教文化的主旨是重生、乐生。它一方面追求自由、美妙的神仙境界,描写仙境的美妙生活,表现出清绮脱俗的一面;另一方面追求个体生命的现世满足,两性关系开放,大胆直露地描写男女欢爱的场景,又表现出华艳媚俗的一面。这两方面相互纠结直接促成了花间词既有"清绝之词",也有"妖娆之态"。道教文化对花间词风格的形成表现在三个方面:

一、对男女性爱的大胆直露的描写直接促成了花间词华艳媚俗的审美风格

在《花间集》五百首词中,直接描写性爱的有二十余首,如欧阳炯的《浣溪沙》:"相见休言有泪珠,酒阑重得叙欢娱。凤屏鸳枕宿金铺。兰麝细香闻喘息,绮罗纤缕见肌肤,此时还恨薄情无?"词中描写男女欢合之情,被指斥为"自有艳词以来,殆莫艳于此"[82]。再如顾敻的词:"皆艳词也,浓淡疏密,一归于艳,五代艳词之驵矣。"[83]他的《荷叶杯》描写欢爱中的女性:"记得那时相见,胆颤,鬓乱四肢柔,泥人无语不抬头。羞么羞,羞么羞?"李冰若《花间集评注·栩庄漫记》评:"'柔'字入木三分。"牛峤的《菩萨蛮》更加直露地描写男女欢会之情:"粉融香汗流山枕""须作一生拼,尽君今日欢",也受到了"狎昵已极"[84]"是尽头语,作艳词者无以复加"[85]的指责。

实际上,这同道教贵生、乐生的哲学理念密切相关。葛洪《抱朴子·勤求》说:"生之于我,利亦大焉。论其贵贱,虽为帝王,不足以此法比焉;论其轻重,虽富有天下,不足以此才易矣。"道教认为个体生命的可贵是凌越于帝王权势和财富之上的。"人最善者,莫若常欲乐生,汲汲若渴,乃后可也。"[86]唐代道教思想家司马承祯也说:"夫人之所贵者,生也;生之所贵者,道也。"[87]从道教教义中我们可以看出,它尊重个体生命的价

《花间集》研究
Huajianji Yanjiu

值,突出人的主体意识,认为生活在世上是一件乐事。所以道教才有那么多的养生术、房中术、御女术。

花间词对身体和欲望的关注,对感官享受的无限欲求是人性的复归。从人性论的角度看,这是一个巨大的进步,是一个质的飞跃。五代时,天下分崩离析,儒家思想已渐渐失去其传统的约束力。相反,道教这种中国本土的宗教形式越来越取代儒家思想而日益深入人心。儒家注重强调人的共性,"修身"的目的是为了"齐家治国平天下"。人是社会的人,儒家忽视个体的价值,更注重人的社会价值的实现,所以它讲"舍生取义"。而道教恰恰相反,它肯定个体生命存在的价值。人们开始关注自身的存在意义,将人视为一个完整的独立的个体,客观地审视人本身所具有的美感特质。王国维说五代北宋词"非无淫词,读之者但觉其亲切动人;非无鄙词,但觉其精力弥满"[88]。"淫鄙之词",之所以使人觉其亲切动人,是因为它真实地表现了人类共同的情感欲求。它对人性的张扬表现出对个体生命的尊重,对生命的执着与热爱,人的主体意识的高扬和对自我价值的肯定。闻一多在《神仙考》中曾对此做了切中肯綮的说明:"神仙思想之产生,是人类几种基本欲望之无限度的生长,所以仙家如果有什么诫条,那只是一种手段,暂时节制,以便成仙后得到更大的满足。在原始人生观中,酒食、音乐、女色,可谓人生最高的三种享乐,其中酒食一项,在神仙本无大需要,只少许琼浆玉液,或露珠霞片便可解决。其余两项,则似乎是他们那无穷而闲散的岁月中唯一的课业。试看几篇描写仙人的文学作品,在他们那云游生活中,除了不重要的饮食外,实在只做了闻乐和求女两件具体的事。"[89] 这就不难理解《花间集》中为何有如此众多且露骨的男女情事的描写。满足纵意享乐的生命欲求,及时行乐,这本身就是道教所追求的快乐生活。明白了这一点,我们对花间词中到处可见的美人、男女之情的描写就不会大惊小怪了。道教是一种信仰,更是一种生活方式。对男女性爱的大胆直露的描写直接促成了花间词华艳媚俗的审美风格。相应的,在文学领域出现了异于儒家传统的新风貌。重娱乐、重审美的文学思想占了主导地位。"适意"取代了"适用",时代的审美追求使文人们重构文学的传统题材,俗艳、娱情的趋向越来越明显。

二、对神仙世界的向往与追求促成了花间词浪漫清绮的审美风格

道教是一种重生恶死,以生为乐,追求长生不老而至神仙境界的宗教。道教的经典《太平经》云"夫天恶杀好生",另《道藏》首经《元始无量度人经》强调"仙道贵生"。唐代道教思想家司马承祯说:"夫人之所贵者,生也;生之所贵者,道也。"[90]张陵的《老子想尔注》把《老子》中的"天大,地大,王亦大"改为"天大,地大,生大"。求仙学道之人不仅追求外在的物质享受,亦向往内在的精神升华,追求一种摆脱外在羁绊的无拘无束的身心自由。道教的教义认为通过修炼,世俗凡胎可以长生不死,羽化而成仙。著名的德国宗教社会学家马克斯·韦伯谈到道教的长生术时说:"中国人对一切事物的'评价'(wertung)都具有一种普遍的倾向,即重视自然生命本身,故而重视长寿,以及相信死是一种绝对的罪恶。因为对一个真正完美的人来说,死亡应该是可以避免的。"[91]道教信仰表现出强烈的生命意识。人们追求感官享受和世俗享乐,祈望长生不死的自由逍遥的神仙境界。《汉书·艺文志》载:"神仙者,所以保性命之真,而游求于其外者也。聊以荡意平心,同生死之域,而无怵惕于胸中。"神也好,仙也罢,都是超越凡俗生命的存在。"仙"字本作"僊",《说文解字注》作"长生僊去。"《释名》曰:"老而不死曰仙。仙,迁也,迁入山也。""仙"本身就蕴含了长生不死的意思,且和山结下了不解之缘,故后世修道之人皆入深山。人们相信昆仑山是"日月之所道,江汉之所出"的"中央之极"[92],是

百神之所在的"帝下之都"[93],对长生不死的渴望极大地调动了人们的想象力和创造力。虚无缥缈的海外仙山,让人们自由地驰骋想象;遍布神州的洞天福地,让人们的幻想找到了现实的根基。似真亦幻,似幻亦真,重视生命的现实存在,追求世俗的感官快意,超越个体生命的界限获得不受羁拘的逍遥自在。道教的神仙世界是那样真实,又是那样虚幻,它诱惑着尘世中躁动的魂灵,成为众生理想皈依的处所。对神仙世界的向往与追求促成了花间词浪漫清绮的审美风格。

三、道教尚阴的思想促成了花间词阴柔的审美风格

《花间集》中吟咏女神,以女性为主体的词篇正是道教尚阴思想的反映。道教尚阴源于道家的尚阴思想。《老子》讲"万物负阴而抱阳",道"可以为天下母""弱之胜强,柔之胜刚""牝常以静胜牡"等,都是尚阴观念的反映。道教继承了老子的尚阴思想,这种尚阴思想表现在词作中就是阴柔的审美风格。美有宏观大气的美,也有微观细致的美。跳出儒家"立德、立功、立言"的政治教化的观照,单纯从审美的角度来审视《花间集》,我们便会发现其独特的审美特质。唐代的女仙崇拜既反映了唐人对道教的狂热信仰,也寄托了人们对世俗情欲生活的追求。女仙不再是不食人间烟火的"藐姑射"山上的神人,"唐代'仙'之一名,遂多用作妖艳妇人,或风流放诞之女道士之代称,亦竟有以之目娼妓者。"[94]亦仙亦凡,浪漫清绮与绮艳媚俗如此完美地结合,构成了"词为艳科"的传统定式。

另外,葛兆光在《青铜鼎与错金壶:道教语词在中晚唐诗歌中的使用》一文中提到道教经典的文字风格同道教宫观的建筑风格一样"或刻凤雕龙,或图云写月……或丹墀碧砌,青琐绿纹,或金铺银锏,霞梁云栋"[95],也可以作为我们立论的一个佐证。葛兆光指出道教语言的镂金

第五章 《花间集》中的道教文化意蕴

错彩、绮丽浓艳是为了使道教徒产生对神灵的崇敬、畏惧之情,从而在内心深处激发起对神仙世界的向往与皈依。而这种语词堆砌、绮丽浓艳的风格同花间词的风格极其相似。道教的题材、语汇及意象在词中的使用使其绮丽浓艳的风格亦随之渗入花间词的字里行间,使词在产生初期就被篆刻上了"艳科"的印记,并成为其典型的特征。

二十世纪七十年代,一些发达国家开始出现"闲暇社会""闲暇文化"等概念,关于闲暇与人类生活方式以及人的生命质量的问题成为研究的热点。虽然对于闲暇的生活方式和闲暇文化的研究自二十世纪以来才开始进入人们的视野,但是实际上,休闲文学早已存在于我们的传统文化之中。"中国人的休闲是一门博大精深的学问,特别以士大夫文人为主的休闲文化,是中国传统文化中很重要的组成部分,它与自然哲学、人格修养、审美情趣、文学艺术、养生延年等许多方面都发生着极为密切的关系。"[96]自唐肇兴的词作为表达心绪的文学,是一种典型的乐生型闲暇文化样式,其中花间词作为唐五代这一特定时期的士大夫的休闲文学,更恰切地反映了封建士大夫文人的一种生存方式和生活态度。心理学家纽林格认为:"休闲感有且只有一个判据,那便是心之自由感。只要一种行为是自由的、无拘无束的、不受压抑的,那他就是休闲的。"[97]花间词正反映了词人的休闲心态:不是努力地去经营,积极地去追求,而是无拘无束,"任其自然",淡然处之。而这种自然无为的心态正是道教所倡导的终极境界。道教乐生,重享乐,对人生持乐观积极的态度,肯定人的自我价值,人生的目的不是为了受苦受难,而是为了享受一种平实的快乐。如果我们把花间词同道教文化相并置,就会发现二者有着千丝万缕的联系。从产生的渊源来看,词源于胡夷里巷之曲,道教亦产生于民间。从所处的时代背景来看,词肇兴于唐五代时期,而花间词正是唐五代文人词的总集,道教由于唐统治者的倡导而在唐代处于鼎盛时期。从地域文化的角度来

《花间集》研究
Huajianji Yanjiu

看,蜀地是道教的发源地,而花间词的编者、作者除温庭筠、皇甫松、和凝外,或生于蜀,或仕于蜀,几乎都同蜀有着这样那样的联系。花间词中的大量的神仙题材,与仙道有关的词牌、意象所呈现出的吉光片羽向我们昭示了其中蕴藏的道教文化因子。

前人对花间词的评价褒贬不一,褒者称其"风流华美,浑然天成。如美人临妆,却扇一顾"[98]"熏香掬艳,眩目醉心"[99],贬者斥其"方斯时,天下岌岌,生民救死不暇,士大夫乃流宕至此,可叹也哉!或者出于无聊故耶?"[100]前者肯定花间词的审美特质,后者则从儒教的角度立论。儒家的传统观念认为"天将降大任于斯人也,必先苦其心志,劳其筋骨,饿其体肤,空乏其身,行拂乱其所为,所以动心忍性,增益其所不能。"认为人必须要经过"必要的苦难",才能到达成功的彼岸。提倡"先天下之忧而忧,后天下之乐而乐"的忧患意识。所以有"忧劳可以兴国,逸豫可以亡身"的古训。儒家传统教育否定人的自我需求,"修身"的目的是为了"齐家治国平天下",人们通常以一种否定的、批判的眼光来看待闲暇,个人的休闲娱乐被视为玩物丧志、耽于享乐、不思进取的外在表现。所以才有沉迷于歌楼舞馆的温庭筠、柳永被排斥于庙堂之外。佛家思想甚至认为艳歌小词是"罪恶之由"。宋朝释惠洪的《冷斋夜话》中就记载了一段黄庭坚的故事:"法云秀关西铁面严冷,能以理折人。鲁直名重天下,诗词一出,人争传之。师尝谓鲁直曰:'诗多作无害,艳歌小词可罢之。'鲁直笑曰:'空中语耳,非杀非偷,终不至坐此堕恶道。'师曰:'若以邪言荡人淫心,使彼逾礼越禁,为罪恶之由,吾恐非止堕恶道而已。'鲁直领之,自是不复作词曲。"而道教的乐生、重视人的自身的价值、追求现世的享乐正与儒家和佛家的观念背道而驰,所以作为乐生型休闲文学样式的词在刚刚兴起时,无法进入儒学氛围笼罩下的正统文学的大雅之堂,只能被视为小道、末技和"靡靡之音"。如果我们从人性化的角度审视花间词,就

第五章 《花间集》中的道教文化意蕴

会发现晚唐五代是一个个性解放的时代。其时,中原干戈,而蜀地偏安一隅,且"蜀险而富"[101],经济基础决定上层建筑,经济的繁荣富庶为闲暇时间的增加、闲暇文化的发展提供了丰厚的物质基础。根据美国人本主义心理学家马斯洛的"需要层次理论",当人们满足了吃、喝、住等最基本的"生理需要"之后,就会追求更高层次的精神需要。人们在这种富庶、安逸的环境中,开始追求一种相对自由、放松的生活方式。"家家之香径春风,宁寻越艳;处处之红楼夜月,自锁嫦娥。"亚里士多德认为"人类天赋具有求取勤劳服务同时又愿获得安闲的优良本性,勤劳与闲暇的确都是必需的",但"闲暇比勤劳更高尚,而人生所以不惜繁忙,其目的正是在获致闲暇"[102]。社会生产力发展的最终目标是为了实现人类的自由解放,这既包括物质的解放,同时也包括精神的自由。正如马克思所说:"事实上,自由王国只是在由必须和外在目的规定要做的劳动终止的地方才开始。"[103]花间词中对情爱和性爱的无所顾忌的表达正是这种自由的体现。词人们尊重人的真实本性,不虚伪,不矫饰,发掘人类内心深处的真实情感。为自己的心灵找到了安顿的处所,自由地放歌,尽情地享受凡俗生活的平实乐趣。而这一切无不同道教的享乐意识息息相关。

应该指出的是《花间集》它是一部有着审美价值的艺术作品,而不是宣扬道教教义的专业书籍。在道教氛围的影响下产生的这部作品或多或少地反映了特定时代的思想文化动态和独特的审美倾向。

【注释】

[1]《鲁迅书信集上卷·致许寿裳》,人民文学出版社1976年版,第18页。

[2]《鲁迅全集》第三卷,人民文学出版社1981年版,第631页。

[3]许地山:《道教史》,华东师大出版社1996年版,第177页。

[4]林庚:《中国文学简史》,北京大学出版社1995年上下卷合印版,第390页。

[5][南朝]陶弘景:《华阳陶隐居集·茅山长沙馆碑》。

[6]胡孚琛、吕锡琛:《道学通论——道家·道教·丹道》(增订版),社会科学文献出版社2004年版,第258页。

[7]钱钟书:《谈艺录》,中华书局1984年版,第27页。

[8][清]刘熙载:《艺概》,上海古籍出版社1978年版,第106页。

[9][唐]元稹著,孙安邦、蓓蕾解评:《元稹集》,陕西古籍出版社2005年版,第240页。

[10][30]刘尧民:《词与音乐》,云南人民出版社1982年版,第207页、第261页。

[11]丘琼荪:《燕乐探微》,上海古籍出版社1989年版,第5—6页。

[12][13]《旧唐书·礼乐志》。

[14]《旧唐书·潘师正传》。

[15][元]马端临:《文献通考》。

[16][19][20][24]《新唐书·礼乐志》。

[17][明]胡震亨:《唐音癸签》卷十三。

[18][唐]白居易:《长恨歌》。

[21]《旧唐书·冯宿传》。

[22]《旧唐书·王涯传》。

[23]《新五代史·前蜀世家第三》。

[25]吴文蜀:《词学概说》,中华书局2000年版,第42页。

[26]葛兆光:《想象力的世界》,现代出版社1990年版,第120页。

[27][南宋]黄昇:《唐宋诸贤绝妙词选》卷一。

第五章 《花间集》中的道教文化意蕴

[28]任二北:《敦煌曲初探》,上海文艺联合出版社1954年版,第29页。

[29][元]燕南芝庵:《唱论》,中华书局1940年版。

[31][32]李冰若:《花间集评注》,人民文学出版社1993年版,第33页。

[33][苏]克别姆辽夫:《音乐美学问题概论》,艺术出版社1984年版,转引自陈咏红《重新认识花间词》,《学术研究》,1993年第4期。

[34][宋]沈括:《梦溪笔谈·乐律》。

[35]《全唐文》卷八二〇。

[37]详见《太平御览》卷四一,引刘义庆《幽明录》。

[36][41][89]《闻一多全集》第一卷,生活·读书·新知三联书店1985年版,第159页、第117页、第162页。

[38]谢无量:《谢无量文集》第五卷,《中国妇女文学史》,中国人民大学出版社2011年版,第217页。

[39]鲁迅:《中国小说史略》,人民文学出版社1973年版,第225页。

[40][明]沈际飞:《草堂诗余别集》卷一,明万历刻本。

[42]李炳海:《古代的水火崇拜与神话中的珠玉意象——兼论先民长生意识和审美崇尚的关联》,《中国文化研究》,2003年秋之卷,第2页。

[43]阮元:《十三经注疏·周礼·天官·王府》,中华书局1980年版。

[44][46]葛洪:《抱朴子·内篇·仙药》。

[45]《史记·孝武本纪》。

[47][唐]郑处晦:《明皇杂录》下。

[48][95]葛兆光:《中国宗教与文学论集》,清华大学出版社1998年

版,第71页、第76页。

[49]《资治通鉴》卷一八二。

[50]《混元圣纪》卷八。

[51][52]《旧唐书·王远知传》。

[53]《集古今佛道论衡·卷丙》。

[54]《唐大诏全集·政事·道释·道士女冠在僧尼之上诏》。

[55]《旧唐书·本纪第七》。

[56]《册府元龟》卷五十三。

[57]《旧唐书·玄宗本纪》。

[58]《龙角山记·唐明皇诏下庆唐观》。

[59]《旧唐书·武宗本纪》。

[60]何光远《鉴诫录》。

[61][78]张唐英:《蜀梼杌》卷下。

[62][69]孙光宪:《北梦琐言》。

[63][71][72]《新五代史·后蜀世家》。

[64]《全唐文·王勃·游山庙序》。

[65][唐]白居易:《思旧诗》。

[66]李泽厚:《美的历程》,生活·读书·新知三联书店2009年版,第159页。

[67][法]丹纳:《艺术哲学》,人民文学出版社1983年版,第7页。

[68]《三国志·张鲁传》。

[70]吴任臣《十国春秋·后主本纪》。

[73][101]《新五代史·世家序》。

[74][晋]常璩注,刘琳校注:《华阳国志校注》,巴蜀书社1984年版。

第五章 《花间集》中的道教文化意蕴

[75]《全唐文》卷七四四。

[76]《资治通鉴》卷二五四。

[77]句延庆:《锦里耆旧传》卷七。

[79]《后汉书·皇甫嵩传》

[80]罗贝尔·埃斯卡皮:《文学社会学》,浙江人民出版社1987年版,第82页。

[81][法]吕西安·戈德曼:《文学社会学方法论》,工人出版社1989年版,第46页。

[82][83]况周颐:《蕙风词话》。

[84]王士禛《花草蒙拾》。

[85][清]彭孙遹:《金粟词话》。

[86]《太平经合校》卷四十。

[87][90]《全唐文·坐忘论序》卷九二四,中华书局1983年版。

[88]姚柯夫:《人间词话及评论汇编》,书目文献出版社1983年版,第12页。

[91][德]马克斯·韦伯著,洪天福译:《儒教与道教》,江苏人民出版社1995年版,第216页。

[92]《淮南子·时则训》。

[93]《山海经·海内西经》。

[94]陈寅恪:《元白诗笺证稿》,上海古籍出版社1978年版,第107页。

[96]龚斌:《中国人的休闲》,上海古籍出版社1998年版,第2页。

[97]转引自[美]杰弗瑞·戈比:《你生命中的休闲》,云南人民出版社2000年版,第6页。

[98]郭麐:《灵芬馆词话》卷一。

[99]况周颐:《历代词人考略》。

[100]陆游:《花间集跋》。

[102]转引自庞桂美:《闲暇教育论》,江苏教育出版社2004年版,第47页。

[103]《马克思恩格斯全集》第25卷,第926页。

后　记

在呵气成霜、滴水成冰的日子里,这部书稿终于完成了。心中始终存留着某种仪式情结,放下手中的笔抬头远望,窗外阳光明媚。

2003年9月,我考入东北师范大学文学院,师从周齐文先生攻读硕士研究生。先生送我一本他注释的《花间词》,对花间词的关注就是从那时开始的。先生的书为我打开了唐宋词研究的门径,2006年硕士毕业时我就萌生了写一本关于《花间集》研究的书。这个想法得到了先生的肯定与鼓励。"逝者如斯夫,不舍昼夜",十年来,我一边完成中国古代文学和唐宋词鉴赏的教学工作,一边继续对《花间集》的研究。2013年9月,我主讲的"唐宋词鉴赏"课程被评为黑龙江省首批精品视频开放课程。同年,我主编的教材《唐宋词赏鉴》出版。在授课之余,我谨记先生"多读书,勤治学"的叮嘱,在教学和繁杂的行政工作之余不敢懈怠,坚持查阅资料,笔耕不辍,焚膏继晷,终于完成了书稿的写作。"十年成一梦",这部书稿是十年来我对《花间集》研究的一些感悟,也是十年来我的学术研究的梦想和心愿。在书稿的写作与修改过程中,先生提出了许多宝贵的意见。在本书出版之际,我要特别感谢周师的指导和教诲。先生为人宽厚,治学严谨,为人为学堪称楷模,先生的教诲使我终身受益。

在书稿的撰写过程中,得到很多学界前辈、同行的指点和鼓励,使我受益匪浅,不一一列举,在此一并致以诚挚的谢意!同时,感谢崔冉编辑为本书的辛勤付出。

  由于水平所限,书中难免存在一些不足或错误,敬请方家同道批评指正。

赵 丽

2018 年 1 月 8 日于知止斋